**Die chinesische Lady**

**Roman**

Herbert Schida

# Die chinesische Lady

**Roman**

Bibliografische Information der Deutschen Nationalbibliothek:
Die Deutsche Nationalbibliothek verzeichnet diese Publikation in
der Deutschen Nationalbibliografie; detaillierte bibliografische
Daten sind im Internet über http://dnb.de abrufbar.

Cover und Zeichnungen: Herbert Schida, www.schida.net
Lektorat: Ursula und Heinrich Jung
Herstellung und Verlag: BoD – Books on Demand, Norderstedt

ISBN: 978-3-7494-5327-6

*Silvester in London*

Von meiner Freundin Jin aus Shanghai ist heute ein lang ersehnter Brief angekommen. Aufgeregt öffne ich ihn. Sie schreibt mir: „Liebe Meiling, ich kann nicht zu Dir nach London kommen, da ich mich vor der weiten Flugreise fürchte."

Ich glaube nicht, dass es der einzige Grund ist. Sie wird mir noch nicht verziehen haben, dass ich ihr vor einem halben Jahr verschwiegen habe, einen Londoner Bankier zu heiraten. Sie war wie eine Schwester für mich. Wir besuchten zusammen die Schule und begannen nach unserem Studium an der Universität in Hangzhou mit der Arbeit in einem Kraftwerk, das sich nahe der Provinzhauptstadt Hangzhou befindet. Zwischen uns gab es nie ein Geheimnis, bis zu meiner Reise nach London. Sie weiß, dass ich mit einem Wiener Techniker auf der Baustelle verlobt war und wir uns liebten. Ich musste mich jedoch dem Willen meiner Eltern unterordnen und einen anderen Mann heiraten. Nichts hatte ich ihr gesagt. Ich habe ihr Vertrauen missbraucht.

Was soll ich jetzt tun? Ich könnte sie in Shanghai abholen, doch sie muss selbst den Willen aufbringen, zu mir zu kommen. Ich weiß, dass sie ein Hasenfuß ist und sich am liebsten in ihrem vertrauten Umfeld aufhält. Hier in London wäre sie bei mir und ich würde sie beschützen und ihr helfen, wie ich es früher getan habe. Wie kann ich ihr das nur verständlich machen?

Mir kommt die Idee, einen Brief an meine Mutter in Shanghai zu schreiben und werde sie bitten, mit Jin darüber zu sprechen.

Gleich setze ich mich hin und verfasse ein paar Zeilen.

Die Eltern und beide Schwestern haben sich nach der Hochzeit nicht bei mir gemeldet. Ich nehme an, dass es an dem schlechten Gewissen liegt, dass sie haben. Meinen Vater wird es hart treffen, wenn er in seine neue Bank-Filiale in Shanghai geht. Er wird sich jeden Tag daran erinnern, dass er für die Geschäftsführerposition mein Glück geopfert hat. Ich wünsche, dass alle unter diesem Druck leiden, die einen Vorteil aus meiner Heirat gezogen haben.

Zum Diner erzähle ich meinem Ehemann Gehao von Jins Brief und was sie mir geantwortet hat. Er reagiert nicht darauf. Es kränkt mich, dass er kein Interesse zeigt. Was sollte er sagen? Es ist Jins Entscheidung und die hat jeder zu respektieren.

Am Abend schalte ich vor dem Zubettgehen meinen Laptop ein. Im gesamten Bereich des Penthauses kann ich über ein verschlüsseltes WLAN ins Internet einsteigen. Ich möchte wissen, was meine Freundin Silvia gerade tut und versuche, mich in ihr Überwachungssystem für die Wohnung einzuloggen. Es gelingt mir. Auf dem Bild der Flurkamera erkenne ich, dass sie zu Hause sein muss. Ihre Schuhe stehen auf der Schuhablage im Korridor. Ich probiere es bei der zweiten Kamera im Wohnzimmer. Sie hat sie nicht ausgeschaltet, wie sie mir sagte. Deutlich kann ich sehen, wie sie ein Buch liest.

Ob sie die Kamera absichtlich eingeschaltet ließ, damit ich sie beobachten kann? Es ist möglicherweise eine leichte Form von Exhibitionismus.

Sie sagte mir, dass es sie nicht stört, wenn Zuseher in der Leitung sind. Der Gedanke ist für mich unerträglich.

Im Fernsehen hatte ich einen Bericht gesehen, wo exhibitionistische Frauen in ihrer Wohnung ständig eine Webcam laufen ließen. Manche Männer saßen stundenlang vor dem Bildschirm und betrachteten voyeuristisch die leichtbekleideten Damen. Es mag sein, dass diese Frauen an den Klicks ihrer Spanner verdient haben. Die Anzahl der Zuschaltungen pro Tag war in dem Bericht nicht genannt.

Ich denke, dass Silvia nicht zu diesen Frauen gehört. Vorsichtshalber werde ich ihr nichts über solche zusätzlichen Verdienstmöglichkeiten verraten. Seit mehreren Wochen sind wir mehr als enge Freundinnen, wir lieben uns. Sie hat es mir versichert und meine Gefühle zu ihr sind stark. Ich fühle mich zu ihr hingezogen, wie früher zu Peter. Seit ich verheiratet bin ist es meine erste körperliche Beziehung zu einem Menschen. Sie macht mir das Leben lebenswerter und lässt mich die Trennung von meinem ehemaligen Verlobten Peter und die Zwangsheirat mit dem Sohn eines Bankiers aus Hongkong vergessen. Bisher habe ich mich nur auf meine Schwangerschaft konzentriert. Die Geburt meines Sohnes soll in drei Monaten sein. Sylvia sagte mir, dass sie sich auf diesen Moment freut. Es wird unser Kind sein, auch wenn Peter der leibliche Vater ist. Davon weiß sie nichts. Sie glaubt, dass mein Mann Gehao der Erzeuger ist und ich eine bisexuelle Beziehung mit ihm und ihr habe. Dem ist nicht so. Mit Gehao hatte ich vor unserer Eheschließung einen geheimen Ehevertrag ausgehandelt. Wir teilen nicht das Bett und er erkennt, unter dem Siegel der Verschwiegenheit, mein Kind als das seine an. Bisher hat er sich an unsere Abmachung gehalten.

Das Ende des Jahres 2000 naht. Es war ereignisreich und traurig für mich. All den Luxus, der mich umgibt, würde ich gern gegen ein einfaches Leben mit Peter tauschen. Er ist mir in jedem Moment präsent und ich ertappe mich, dass ich mit ihm Selbstgespräche führe. Mir fehlen seine Schultern, an die ich mich lehnen kann und seine Stimme, die mich tröstet, wenn es mir nicht gut geht.

Nüchtern betrachtet habe ich keinen Grund zu klagen. Gehao ist ein zuverlässiger Partner, der mich achtet und Rücksicht auf mich nimmt. Beide sind wir Kinder der familiären Zwänge und müssen das Beste aus unserem Leben machen.

Heute startet die Silvesterparty. Isabella, das Dienstmädchen, frischt mein langes Abendkleid auf. Sie hält es vor den Spiegel und stellt sich vor, auf der Veranstaltung zu erscheinen und den Männern damit den Kopf zu verdrehen.

Ich beginne mich anzuziehen. Sie hilft mir dabei. Pünktlich zur verabredeten Zeit bin ich im Vorraum. Gehao und unser Chauffeur Harry warten auf mich. Ihren bewundernden Blicken sehe ich an, dass ihnen mein Kleid gefällt. Sagen tun sie nichts, obwohl mir ein Kompliment aus ihrem Mund gefallen würde.

Wir fahren mit dem Auto zu Silvias Adresse und holen sie ab. Sie wartet bereits am Hauseingang. Es ist das erste Mal, dass sie eine Party besucht, bei der viele prominente Personen aus London anwesend sind.

Gehao steigt aus und geht ihr entgegen. Sie tauschen ein paar Worte und kommen zum Auto. Harry öffnet meiner Freundin dienstbeflissen die Tür und hilft beim Einsteigen. Ich sitze mit ihr auf der Rückbank und wir drücken uns kurz zur Begrüßung.

Auf dem Weg bis zum Hotelgebäude, wo die Party stattfinden soll, sprechen wir kein Wort. Ich habe Silvia angemerkt, dass sie nervös und unsicher ist. Es ist nicht die passende Zeit, um mit ihr über belanglose Dinge zu plaudern.

In der Tiefgarage des Hotels sind genügend Parkplätze frei. Wir fahren mit dem Aufzug in das oberste Stockwerk und gelangen in einen Vorraum, mit angrenzender Garderobe. Durch die breiten Glastüren kann ich in das Restaurant sehen. Harry gibt unsere Mäntel ab. Silvia und ich gehen zur Fensterfront und sehen über die Dächer von London.

„Das ist eine wunderschöne Aussicht", sagt sie begeistert und zeigt in die Richtung wo sie wohnt. Vereinzelt sieht man Leuchtraketen aufsteigen und in den Straßen Knallkörper aufblitzen.

Gehao und Harry stehen an der gläsernen Flügeltür. Ein Herr vom Personal bittet uns, ihm zu folgen. Dieser erste Augenblick des Eintauchens in die Masse der Gäste ist für mich unangenehm. Auf zu viele Personen muss ich achten und keine darf ich übersehen, die mir auf einer der vergangenen Partys vorgestellt wurde. Wir gelangen nur langsam vorwärts. Der Kellner wartet ungeduldig an unserem Tisch und hilft Silvia und mir, die Stühle zu rücken. Harry setzt sich zu uns an den Vierertisch. Er hatte sich im Auto eine Smoking Jacke angezogen und niemand würde in ihm einen Personenschützer oder Fahrer vermuten. Silvia lächelt ihm freundlich zu. Sie ahnt, dass er ihr Abendpartner sein wird. Wein wird serviert. Das Essen war schon bei der Bestellung des Tisches festgelegt worden. Ein Ober bringt die Speisen. Für Silvia habe ich das gleiche Menü ausgewählt, wie für mich. Sie scheint zufrieden zu sein. Es schmeckt ihr.

Nach dem Essen beginnt das Abendprogramm. Eine der bekanntesten Bands spielt Lieder und es kann getanzt werden. Ich weiß, dass Gehao nichts davon hält und folge ihm zu der großen Bar, wo sich alle Nichttänzer einfinden. Harry fordert Silvia auf, mit ihm zu tanzen. Ich stehe gelangweilt herum und unterhalte mich mit ebenso benachteiligten Ehefrauen, deren Männer lieber einen Whisky trinken als das Tanzbein schwingen. Harry und Silvia scheinen sich gut zu verstehen. Ich bedaure, dass ich nur zusehen kann. Ein junger Mann, den ich noch nie gesehen habe, kommt an die Bar und fragt meinen Mann, ob er mich zum Tanz auffordern darf. Er nickt ihm zu und ich hake mich bei dem Herrn ein. Nach drei Musikstücken folgt eine Pause. Er bringt mich an die Bar zurück. Artig bedankt er sich bei mir und fragt, ob er mich nach Beendigung der Pause erneut zum Tanz auffordern darf. Gehao zeigt keine Spur von Eifersucht. Das wundert mich. Während der nächsten Tanzrunde versuche ich meinen netten Tanzpartner auszufragen. Ich erfahre nicht viel. Er ist mit seinem Vater hier, der in Gehaos Bankfiliale arbeitet. Er studiert zur Zeit Finanz- und Betriebswirtschaft und ist im dritten Semester. Seine Eltern sind geschieden und er ist über die Feiertage zu Besuch bei seinem Vater. Mir ist jetzt klar, dass der junge Mann extra für mich engagiert wurde, damit ich mich nicht an der Bar langweilen muss. Als Silvia und Harry eine Pause machen und sich an den

Tisch setzen, gehe ich zu ihnen. Harry zieht sich diskret zurück, um meiner Freundin und mir die Möglichkeit zu geben, unter vier Augen zu sprechen. Er hat großes Taktgefühl und weiß, was Frauen mögen.

Silvia ist begeistert von unserem Fahrer und kommt ins Schwärmen. Ich versuche ihre Euphorie zu dämpfen und verrate ihr, dass Harry über 50 Jahre ist und Frauen nur ausnutzt. Sie möchte, dass ich ihr das näher erkläre. Ich halte mich zurück.

Gehao hat mehrere Geschäftsfreunde getroffen. Er unterhält sich an der Bar angeregt mit ihnen. Es sind noch zwei Stunden bis zum Jahreswechsel.

Ich wundere mich, dass die ersten Gäste gehen. Die Musik wird ihnen nicht gefallen oder sie müssen noch zu einer anderen Veranstaltung, denke ich mir. Harry steht neben meinem Mann und flüstert ihm ins Ohr. Gehao kommt zu uns an den Tisch und bittet uns, ihm zu folgen. Wir gehen zum Ausgang und nehmen unsere Mäntel an der Garderobe entgegen. Erst im Auto erklärt er, warum wir fluchtartig das Restaurant verlassen haben. Die Hotelleitung erhielt einen anonymen Anruf, dass im Hotel eine Bombe versteckt ist, die um 24 Uhr explodieren soll. Die Polizei hat angewiesen, das gesamte Hotel zu evakuieren. Wenige Gäste wurden informiert, damit keine Panik ausbricht und alle gleichzeitig zu den Aufzügen oder zum Treppenhaus laufen.

Gehao beschließt, nach Hause zu fahren und dort das neue Jahr zu beginnen. Er lädt Silvia ein, mitzukommen. James und Isabelle sind überrascht, dass wir zurück sind. Gehao zieht sich in die Bibliothek zurück. Er hört klassische Musik und blättert in einem Bildband.

Ich zeige Silvia unsere Terrasse und die Orangerie, die hell erleuchtet ist. Sie ist begeistert davon. Ich bitte James, dass er das gesamte Dienstpersonal informiert, sich im Wohnsalon einzufinden. Ich möchte mit allen gemeinsam in das neue Jahr hinein feiern. Es scheint das erste Mal zu sein, dass sie zum Jahreswechsel eingeladen werden. Im Fernsehen läuft eine Show und wir trinken Sekt. Kurz vor dem Jahreswechsel gehen wir gemeinsam auf die Terrasse und sehen uns das Feuerwerk an. Gehao hat sich uns angeschlossen. Unzählige Raketen werden in den Straßen und Plätzen abgeschossen. Um null Uhr beginnen die Glocken zu läuten. Wir stoßen mit Sekt auf das neue Jahr an und wünschen uns viel Glück.

Von einer Explosion in dem Hotel, das wir verlassen mussten, habe ich nichts entdecken können. Bei dem allgemeinen Lärm durch die Böller hätten wir den Knall wahrscheinlich überhört. Ob die Polizei die Bombe finden konnte? Harry meint, dass es ein böser Streich eines Verrückten war, der damit Geld erpressen wollte.

Gehao zieht sich zurück, um weiter Musik zu hören. Die anderen gehen in den Salon und sehen sich die Show im Fernsehen an. Ich bleibe mit Silvia auf der Terrasse und berühre ihre Hand.

„Dies ist mein goldener Käfig. Würdest du mit mir tauschen wollen?", frage ich sie.

„Ich weiß nicht!"

„Du könntest viel reisen, brauchtest nicht mehr zur Arbeit gehen und dir alles kaufen was du magst. Ist es nicht das, was sich eine Frau am meisten wünscht?"

Silvia sieht mich skeptisch an.

„Ich nehme an, dass dir ein solches Leben nicht geschenkt wurde. Ich könnte nicht mit einem Mann zusammenleben."

„Findest du Gehao mit seinem entstellten Gesicht zu abstoßend?", will ich wissen.

„Es hat nichts mit deinem Mann zu tun. Sein entstelltes Gesicht wäre für mich kein Grund."

„Was ist es?"

„Ich bin eine Lesbe!"

Erschrocken ziehe ich meine Hand zurück. Ich nahm an, dass sie nicht ausschließlich auf Frauen steht.

„Warum hast du dich mit mir eingelassen? Ich bin keine Lesbe. Du weißt, dass ich seit einem halben Jahr verheiratet bin."

„Es stört mich nicht. Ich fordere nichts von dir, deine Liebe genügt mir!"

Silvia streicht mit den Fingern über meine Wangen.

„Wie denkst du, dass es mit uns weitergeht?", möchte ich wissen und sehe ihr in die Augen.

„Ich mache mir keine Gedanken darüber. Es kommt, wie es kommen soll. Du bist bisexuell und das genügt mir. Ich werde mich nicht zwischen dich und deinen Mann stellen."

Mit dem Begriff „bisexuell" kann ich nur wenig anfangen. Was sich zwischen Silvia und mir seit unserer gemeinsamen Reise nach Nürnberg vor ein paar Wochen entwickelt hat, ist für mich Neuland. Mir kommt es vor als befände ich mich in einem Traum. Sie nimmt mich in ihre Arme und küsst mich auf den Mund.

Wir gehen zurück zu den anderen und ich zeige Silvia mein Zimmer. Ich denke, sie freut sich ehrlich für mich, dass ich es schön habe. Unsere Sektgläser halten wir in der Hand und stoßen ein zweites Mal auf ein glückliches neues Jahr an. Sie stellt ihr Glas weg und nimmt mich in die Arme. Unsere Lippen berühren sich zart. Ihre Küsse sind anders als bei Peter. Ich sträube mich nicht und lasse sie gewähren. Sie streift mein Abendkleid ab und schiebt mich langsam zum Bett. Ich ahne, was jetzt passieren wird und voller Erwartungen lasse ich mich fallen.

Isabella kommt in mein Zimmer und hält erschrocken die Hand vor den Mund. Ich hatte ihr Klopfen nicht gehört. Wie erstarrt steht sie in der Tür. Ich bitte sie, mir den Morgenmantel zu reichen. Ihre Erstarrung weicht und sie eilt in das Bad. Silvia hilft mir beim Aufstehen. Isabella reicht mir den Mantel.

„Kann ich ihnen helfen, Madam?", fragt sie mich mit zitternder Stimme.

„Ja! Du kannst uns ein Glas Sekt bringen."

Eilig verschwindet sie aus dem Zimmer.

„Ich glaube dein Zimmermädchen ist mehr erschrocken als du", bemerkt Silvia.

„Sie ist einfältig und wird, was Sie gesehen hat, nicht deuten können. Ich hoffe, dass Sie nicht darüber redet."

„Sprich mit ihr, wenn Sie hereinkommt", meint Silvia.

Isabella erscheint mit zwei vollen Sektgläsern. Sie ist aufgeregt. Ich sehe es ihrem hochroten Gesicht an. Wie kann ich sie beruhigen? Mit zitternden Händen stellt sie die Sektgläser auf dem kleinen Tisch ab und schickt sich an zu gehen.

„Isabella, bitte sage mir, was du vorhin in meinem Zimmer gesehen hast!", fordere ich sie im ernsten Ton auf, zu sprechen.

„Nichts Madame!"

„Sag mir die Wahrheit!", fordere ich sie auf.

„Ich habe gesehen, dass Sie auf dem Bett lagen und Frau Silvia über ihnen."

„Das ist richtig. Ich wollte ein anderes Kleid anziehen und mir wurde schwindlig. Ich bin zum Glück ins Bett gefallen und habe mir nicht wehgetan."

Isabella hebt die Augenbrauen.

„Madame Silvia hat ihnen beim Aufstehen geholfen", kombiniert sie bedächtig.

„Es war wie du sagst! Du kannst jetzt gehen und
sprich nicht mit deiner Mutter darüber. Ich möchte
nicht, dass Sie sich um mich Sorgen macht. Sie könnte
denken, dass ich krank bin."

Isabella nickt heftig und verschwindet aus dem
Zimmer.

„Mit dem Sturz hast du eine großartige Idee gehabt.
Das wäre mir nicht eingefallen. Jetzt kann sich dein
Zimmermädchen die Situation leichter erklären und
wird keine schlaflosen Nächte haben", bemerkt Silvia
anerkennend. Gern würde ich dort fortfahren, wo wir
gestört wurden. Silvia rät mir jedoch zu den anderen in
den Salon zu gehen.

<< 2 >>

*Westminster Palast in London*

Mein Bauchumfang nimmt sichtbar zu. Isabella fragt mich ob ich ein Kind bekomme. Ich bestätige es und in Windeseile weiß es jeder Bedienstete. Sie gratulieren mir und wünschen alles Gute. Ab jetzt werde ich mit Samthandschuhen angefasst. Das Essen wird auf meinen Zustand abgestimmt. Ich bekomme getrennte Kost. Charlotte übernimmt jetzt die Menüplanung und sie duldet keinen Widerspruch von mir. Angeblich weiß sie am besten, was man einer Mutter mit Kind an Speisen vorsetzt. Für mich gibt es ab jetzt nur chinesische Gerichte. Sie kennt angeblich Rezepte, die bewirken sollen, dass ich einen Sohn bekomme. Ich verrate ihr nicht, dass es ohne ihre Kochkünste ein Junge werden wird. Später wird sie sich rühmen, für den Stammhalter gesorgt zu haben.

Gehao hat mich während des Diners gefragt, ob ich an der nächsten Montagsbesprechung in seiner Filiale teilnehmen möchte. Von diesem Angebot bin ich angenehm überrascht. Ich will wissen was ich dort tun soll.

„Nur zuhören und nicht reden, wenn du nicht direkt von mir aufgefordert wirst. Alle Bereichsleiter für die einzelnen Sparten werden da sein. Wir sprechen unter anderem über die Berliner Firma, die wir besucht hatten. Ich denke, dass es dich interessiert. Hier sind die letzten Bilanzen."

Er reicht mir einen Schnellhefter mit den Dokumenten aus Berlin. Ich freue mich, dass er mich in seine geschäftlichen Aktivitäten einbezieht. Am Wochenende bin ich vollauf beschäftigt, die Bilanzen zu studieren. Die Zahlen haben sich verschlechtert. Ob die Firma verkauft wird oder nicht, hängt nur an einem seidenen Faden. Meine anfängliche Begeisterung für das Unternehmen hat sich abgekühlt. Die Kalkulationen zeigen, dass keine Verbesserungen in den nächsten Monaten zu erwarten sind. Trotzdem bin ich für die Erhaltung des Betriebes. Es geht nicht nur um Zahlen, sondern um Menschen, die dahinterstehen. Wenn sie ihre Arbeit verlieren, kann es sein, dass sie in den Strudel der Arbeitslosigkeit geraten und wie in ein schwarzes Loch gerissen werden. Die meisten Arbeiter und Angestellten sind verheiratet und die Schließung betrifft auch ihre Familien. Mir ist bewusst, dass man als Eigentümer eine gesellschaftliche Verantwortung hat und diese ausüben muss.

Die Montagsbesprechung erwarte ich voller Ungeduld. Ich ziehe ein dunkles Kostüm an und betrete gemeinsam mit Gehao den Besprechungsraum in der Chefetage. An dem ovalen Tisch sitzen acht Herren und die Sekretärin. Gehao geht zu seinem Sessel an der Stirnseite des Tisches mit der Fensterfront im Rücken. Zur Rechten stenographiert die Sekretärin für das Protokoll und zur Linken, darf ich sitzen und schweigen.

Meine Vorstellung ist nicht nötig. Bei meinem ersten Besuch in der Bank hatte ich alle Anwesenden kennengelernt. Gehao nennt die Punkte, die in der Besprechung abgehandelt werden sollen. Das Schicksal des Berliner Betriebes steht am Ende der Tagesordnung. Bis dahin kann ich still die Diskussionen zu den anderen Punkten mitverfolgen und die Herren beobachten.

Ich bin überrascht, wie klar und schnell über hohe Geldbeträge entschieden wird. Mir ist wirr im Kopf von den vielen Millionen, die hin und her geschoben werden. Keiner der Herren zeigt im Geringsten eine Unsicherheit. Sie sind echte Profis auf ihrem Gebiet. Es gibt eine kurze Pause für die Raucher, die ihre Glimmstängel in einem Raucherzimmer genießen dürfen. Die anderen begnügen sich mit einem Sandwich und Tee.

Ein älterer Herr spricht mich an. Er heißt John Black und erzählt mir, dass er für die erworbenen Firmen in der ehemaligen DDR zuständig ist.

„Ihr Gatte sagte mir, dass Sie sich für einen kleinen Betrieb in Ostberlin interessieren."

„Ich war mit meinem Mann im September in Berlin und habe die Firma besichtigt", erkläre ich ihm.

„Ich weiß davon. Gehao erzählte es mir. Dieses Unternehmen gehört uns zu 100 Prozent. Wir haben in den Betrieb bisher nur investiert und keine Gewinne gemacht. Wie es aussieht, müssen wir ihn verkaufen oder schließen."

„Bei meinem Besuch habe ich festgestellt, dass durch Veränderungen im Management und wenige Investitionen im Maschinenpark, ein profitables Unternehmen daraus werden könnte." entgegne ich.

„Vielleicht gelingt es. Wir behandeln die Angelegenheit in der weiteren Sitzung. Die Entscheidung, ob es verkauft wird, treffen wir alle gemeinsam."

Herr Black sieht mich skeptisch an. Er erzählt mir, dass mein Schwiegervater mehrere Unternehmen nach dem Fall der Mauer in Berlin und der ehemaligen DDR günstig erworben hatte. Wenige dieser Firmen haben es geschafft, schwarze Zahlen zu schreiben. Die meisten dümpeln vor sich hin oder gehen alsbald in Konkurs. Diese Unternehmen gilt es schnell und günstig zu veräußern, damit keine weiteren Verluste für die Bank entstehen.

Herr Black verrät mir, dass er bald in Rente gehen wird. Seine Frau stammt aus Wien und sie beabsichtigen sich eine Eigentumswohnung dort zu kaufen. Es tut mir leid, dass er aufhört. Ich finde ihn sympathisch.

Die Sitzung geht weiter. Gehao informiert über die Bilanzen der Unternehmen, bei denen wir Anteile haben. Es geht zu, wie auf dem Basar. Ich kann nicht erkennen, warum manche Betriebe mit Verlusten gleich liquidiert werden und andere noch einen Aufschub bekommen. Die einfache Mehrheit des Direktoriums entscheidet über Sein und Nichtsein binnen Sekunden. Es kommt die Sprache auf das Unternehmen in Berlin, für das ich mich gern einsetzen möchte. Die meisten der Herren wollen es verkaufen, da nicht zu erkennen ist, dass sich die Bilanzen in absehbarer Zeit verbessern. Gehao und Herr Black plädieren für abwarten.

Ich hebe meinen Arm. Mit Verwunderung richten sich alle Augen auf mich. Gehao gestattet mir, zu sprechen.

„Meine Herren! Ich habe mir dieses Unternehmen vor ein paar Monaten angesehen und glaube, dass es profitabel werden kann."

„Worauf stützen sich ihre Mutmaßungen?", fragt mich einer der Herren am Tisch und sieht mich durch seine große Hornbrille misstrauisch an.

„Der Betrieb hat einen zu alten Maschinenpark. Es müsste in CNC-Maschinen investiert werden. Das würde das Unternehmen wettbewerbsfähig machen", erkläre ich.

„Wir haben viel Geld in den Betrieb gesteckt, von dem wir nichts mehr wiedersehen werden. Jedes weitere Pfund ist hinausgeworfenes Kapital", gibt der unbekannte Fiesling zu bedenken.

Herr Black und Gehao unterstützen mich bei meiner Argumentation, dass wir noch ein Jahr abwarten sollten. Es wurde abgestimmt. Die Mehrheit entscheidet sich für den sofortigen Verkauf. Herr Black soll einen Interessenten finden oder den Betrieb liquidieren. Ich bin traurig, dass ich nicht mehr machen kann.

Nach der Sitzung holt mich Harry in der Filiale ab und begleitet mich in die Wohnung. Abends zum Diner habe ich Gelegenheit mit Gehao über die Abstimmung in der Sitzung zu sprechen. Er bedauert ebenso, dass das Ergebnis für mich ungünstig ausgegangen ist.

„Hättest du nicht als Chef der Bank selbst entscheiden können?", will ich wissen.

„Es geht nicht! Die Bankfiliale untersteht noch meinem Vater. Er hat sie gegründet und das System mit der geteilten Entscheidungsbefugnis eingeführt. Die Bereichsleiter oder Direktoren, wie sie genannt werden, wurden von ihm ernannt und nur er kann sie absetzen. Meine Befugnisse als Geschäftsführer haben reale Grenzen, die ich beachten muss."

Ich erkenne, dass Gehao sich in einer schlechten Position befindet. Die Abhängigkeit von seinen Eltern muss ihm wie eine Kugel am Bein vorkommen. Er kann nur begrenzt handeln und muss bei größeren Entscheidungen die Zustimmung seines Vaters einholen.

Die letzten Tage meiner Schwangerschaft erscheinen mir wie eine Ewigkeit. Ich bereite mich auf die Geburt vor. Viele Handlungen und mein Denken konzentrieren sich nur auf diesen Moment. Die Vorfreude ist groß und mit den gekauften Babysachen könnte ich ein ganzes Säuglingsheim ausstatten. Das eingerichtete Kinderzimmer ist zu klein und die überzähligen Sachen habe ich in Räumen des Gästetraktes untergebracht. Mein rationaler Verstand scheint ausgeschaltet zu sein. Silvia, die mich besucht, ist der gleichen Meinung. Sie amüsiert sich über meinen Wandel. Die aufkeimenden Mutterfreuden wird sie wohl nie genießen. Sie versucht diese durch mich mitzuerleben. Ich lasse mich im Strom der Gefühle dahintreiben und genieße bewusst jeden Augenblick.

Gehao sagt mir, dass sich meine Mutter zu Besuch angemeldet hat. Sie möchte mich vor und nach der Geburt unterstützen. Es ist schön, dass ich sie wiedersehen werde. In dieser Zeit ist es beruhigend, ein vertrautes Wesen, um sich zu haben. Ich hoffe, dass sie das nicht aus einer Pflicht als Mutter tut. Sie sollte das innere Bedürfnis haben, mich zu sehen.

„Es hat sich noch jemand angekündigt", informiert Gehao weiter. Ich hoffe, dass es Jin ist.

„Meine Mutter!", sagt er unbetont.

Mir stockt vor Schreck der Atem. Er sieht, wie ich zusammenzucke.

„Ich habe Sie davon abbringen können, gleich zu kommen und Sie gebeten, erst nach der Geburt des Kindes anzureisen. Das schien ihr sinnvoll zu sein. Ist es in deinem Sinn?"

Ich nicke ihm zu. Die Schwiegermutter möchte ich jetzt ungern um mich haben.

„Wann wird meine Mutter da sein?"

„Schon übermorgen!", teilt er mir mit.

„Kann Sie bei uns wohnen?", möchte ich wissen.

„Ja, in einem von unseren Gästezimmern."

Es freut mich, dass Gehao meiner Mutter gestattet, nah bei mir zu sein. Wir werden uns jeden Tag sehen und unterhalten können. Sie muss mir viel von Shanghai berichten und auch von Jin. Ich hoffe, dass sie Gelegenheit hatte, mit ihr zu sprechen.

Die Zeit bis zur Ankunft meiner Mutter will nicht vergehen. Mit Harry fahre ich zum Flughafen, um sie abzuholen. An der Ankunftstafel erkenne ich, dass die Maschine pünktlich landen wird. Ungeduldig sehe ich zu den Ankommenden. Von weitem erblicke ich ihre Gestalt und winke ihr zu. Sie winkt zurück. Wo ist ihr Gepäck? Hinter ihr geht jemand, dessen Schritt mir bekannt vorkommt.

Es ist Jin. Ich rufe ihnen laut zu und würde am liebsten die Absperrung durchbrechen und entgegenlaufen. Mir kommen die Tränen vor Freude. Warum hat mir Gehao davon nichts gesagt? Er muss es gewusst haben. Meine Mutter umarmt mich. Sie bringt vor Rührung kein Wort heraus. Jin steht daneben und ich drücke sie an mich.

„Ich freue mich, dass du mitgekommen bist. Du machst mich glücklich."

Harry nimmt das Gepäck und geht uns voran in die Parkgarage. Es muss ihm sonderbar erscheinen, wie drei Frauen gleichzeitig reden und sich verstehen können. Er wird glauben, dass es eine Eigenart der chinesischen Sprache und Kommunikation ist.

In unserem Penthaus begrüßt Gehao die Gäste. Er freut sich, dass ihm die Überraschung mit meiner Freundin gelungen ist. Ich zeige meiner Mutter und Jin ihre Zimmer in unserem Gästetrakt und bitte sie, wenn sie sich frisch gemacht haben, in den Wohnsalon zu kommen.

Gehao muss ins Büro. Bevor er geht, bedanke ich mich bei ihm für die wunderbare Überraschung.

Dass Jin mitgekommen ist, freut mich am meisten. Ich hoffe, dass sie für längere Zeit bei mir bleiben kann.

In der Wohndiele sitze ich in der gemütlichen Ecke, wo wir den Tee einnehmen und warte ungeduldig auf ihr Erscheinen. Jin kommt. Sie setzt sich neben mich auf das Sofa. Ich rücke an sie heran. Sie fühlt sich unsicher in der neuen Umgebung.

„Ich freue mich, dass du da bist. Warum hast du es mir nicht geschrieben?", möchte ich wissen.

„Dein Mann wollte dich damit überraschen."

„Das ist euch wahrlich gelungen."

Nervös streicht Jin über ihren Rock.

„Lass dich ansehen! Es ist lange her, dass ich von China weg bin", sage ich mit Freudentränen in den Augen.

Ich drücke sie fest an mich. Meine Mutter kommt zu uns und James serviert den Tee.

„Du hast dich stark verändert, liebe Tochter", beginnt meine Mutter,

„Wie meinst du das?", entgegne ich überrascht.

„Du wirkst, wie eine englische Lady auf mich."

„Ich dachte du meinst meinen gewaltigen Bauchumfang."

Wir müssen lachen. Jetzt soll ich berichten wie es mir geht. Es ist schnell erzählt und ich bombardiere meine Mutter mit vielen Fragen. Bis zum Diner sitzen wir beim Tee und unterhalten uns. Gehao kommt und will wissen ob unsere Gäste mit ihrer Unterkunft zufrieden sind. Meine Mutter übertreibt, wie sie es in einer solchen

Situation gern tut. Würde man ihr Glauben schenken, hat sie ein schöneres und geschmackvoll gestaltetes Zimmer vorher noch nie gesehen. Ich denke es ist nicht bös gemeint. Sie will damit ihre Dankbarkeit ausdrücken, dass sie nah bei mir wohnen darf. Hunger haben meine Mutter und Jin nicht. Sie kosten nur von den aufgetragenen Speisen. Gehao erkundigt sich nach meinem Vater, wie es ihm gesundheitlich geht und ob er mit dem Aufbau der Bankfiliale in Shanghai gut vorankommt.

Nach dem Essen und kurzem gemeinsamen Gespräch entschuldigt sich Gehao, da er noch zu arbeiten hat. Als er gegangen ist sieht mich meine Mutter verwundert an.

„Stört es deinen Mann, dass wir hier sind?", fragt sie vorsichtig.

„Nein! Er geht jeden Abend nach dem Diner ins Büro. Er hat viel zu tun."

„Kommst du damit klar?", will sie wissen.

„Es ist, wie es ist. Er arbeitet viel und kennt kein Privatleben. Das ist der Preis für den Erfolg."

Meine Mutter wird jetzt daran denken, dass sich mein Vater in die gleiche Richtung entwickeln könnte und keine Zeit mehr für die Familie hat. Sie bedauert, dass der gemeinsame Teenachmittag und die anschließende Plauderstunde weggefallen sind. Sie wird müde und zieht sich in ihr Zimmer zurück.

Ich zeige Jin das Penthaus. Wir gehen in die Orangerie und setzen uns dort auf eine Bank. Jin ist sprachlos von der Schönheit des Ortes und den vielen exotischen Pflanzen. Ungeduldig frage ich sie wie es Peter geht. Sie erklärt mir, dass er die Trennung nicht verkraftet hat und dem Alkohol verfallen ist.

„Hast du dich nicht um ihn gekümmert?"

„Er hat es abgelehnt, da er glaubt, dass ich von deiner Heirat wusste und es ihm verschwiegen habe."

„Armer Peter! Es hat ihn genauso schwer getroffen wie mich. Ich durfte vorher nichts sagen. Du hast mir ebenso leidgetan, dass ich dir nichts erzählen durfte. Es war mir als müsste ich mich selbst verleugnen. Wie hast du es verkraftet?"

„Ich bin noch nicht darüber hinweg", gesteht Jin.

„Das verstehe ich und bitte dich inständig um Verzeihung. Glaube mir, dass ich das alles nicht gewollt habe."

„Du hättest mir sagen müssen, dass du gehst!"

Jin fängt an zu weinen. Die Zeit nach meinem Weggang aus Hongping scheint nicht leicht für sie gewesen zu sein. Ich drücke sie an mich, um sie zu trösten.

„Erzähle mir wie es dir ergangen ist!"

Sie braucht lange, um sich zu beruhigen.

„Mir ging es nicht gut. Unser Chef, der widerliche Kerl, hat mich nach deinem Weggang ständig drangsaliert. Er gab mir neue Aufgaben. Ich sollte für ihn Programmroutinen schreiben. Die Zeit war viel zu kurz, die er angesetzt hat. Jeden Abend musste ich bei ihm antreten und zeigen, wie weit ich mit meiner Arbeit gekommen bin. Er hat mich angeschrien und gemeint, dass ich zu langsam für den Job bin und er sich in seiner Freizeit hinsetzen muss, um die Programme fertigzustellen. Vor Arbeitsbeginn hielt er mir die Routinen unter die Nase, die ich hätte erstellen sollen. Ich hatte große Angst, dass er mich entlässt und ich keine andere Arbeitsstelle finde."

„Das ist eine grobe Gemeinheit von ihm", erwidere ich entrüstet.

„Es kommt noch schlimmer. Er fragte mich, wie ich seine Freizeit bezahlen würde, in der er meine Programme schreiben muss. Geld konnte ich ihm nicht geben, soviel verdiente ich nicht. Er bot mir an, dass ich zweimal in der Woche in seine Wohnung komme und putze. Ich hatte keine andere Wahl!"

„Hast du das angenommen?"

„Mir blieb nichts anderes übrig. Während der Zeit, wo ich arbeitete, saß er über meinen Programmen, fluchte und beschimpfte mich. Ich bin mir, wie der letzte Dreck auf dieser Erde vorgekommen. Von Tag zu Tag ging es mir schlechter."

„Du hättest gleich kündigen sollen."

„Dazu war es zu spät. Er brachte mich durch seine Beschimpfungen in ein Tief, aus dem ich selbst nicht mehr herauskam. Eines Tages hatte er getrunken und wurde zudringlich. Ich sträubte mich. Er schlug mir ins Gesicht und verlangte von mir, dass ich mich ausziehe. Vor Angst habe ich gezittert und getan, wozu er mich aufforderte."

„So ein Schwein! Hast du ihn angezeigt?"

„Niemand würde mir das glauben", erklärt sie schluchzend.

„Du bist hoffentlich nicht mehr in seine Wohnung gegangen?"

„Ich hatte keine Wahl. Er drohte mir. Ich fand mich mit meinem Schicksal ab und ertrug, was er mir antat. Dein erster Brief hat mich aus meiner Lethargie gerissen. Ich bin gleich am nächsten Tag zur Personalleitung gegangen und habe gekündigt."

„Arme Jin, was musstest du erleiden. Warum hast du mir nicht auf meinen Brief geantwortet? Du hättest schon viel früher zu mir kommen können.

Sie beginnt erneut zu weinen und hält die Hände vors Gesicht als wollte sie sich schützen. Nach einer Weile beruhigt sie sich und spricht leise weiter.

„Ich hatte große Angst, aus China wegzugehen. Was ist, wenn ich hier nicht klarkomme?"

Vorsichtig greife ich nach ihrer Hand.

„Ich bin doch bei dir. Du brauchst dich nicht zu sorgen", beruhige ich sie.

Skeptisch sieht sie mich an.

„Es braucht Zeit, bis ich wieder Vertrauen zu dir finde", gesteht sie verhalten.

„Ich verspreche dir, dass du dich bei mir wohlfühlen wirst und wenn dich das Heimweh plagt, fliegst du nach Shanghai und besuchst deine Mutter. Ich möchte, dass du dich bei mir wohlfühlst."

Wir drücken uns und ich hoffe, dass sie die Schmerzen, die ich und andere ihr zugefügt haben, bald vergessen wird. Wie kann ich ihr Vertrauen zurückgewinnen? Diese Frage beschäftigt mich noch viele Tage. Ich bin mir nicht sicher, ob mir dies gelingt. Es ist ein Prozess, der viel Geduld erfordert. Mit dem Wohlstand, den ich ihr bieten kann, ist es nicht getan. Ich brauche einen neuen Zugang zu ihrem Herzen. Es gibt Dinge im Leben, die man nur schwer reparieren kann und dazu zählt der Vertrauensverlust. Ich an ihrer Stelle würde wahrscheinlich genauso skeptisch reagieren.

<< 3 >>

*Cai wird geboren*

Es geht mir den Umständen entsprechend gut. Meine Mutter und Jin sind in meiner Nähe. Mit meiner Freundin aus Kindheitstagen frische ich alte Erinnerungen auf und wir lachen viel, wie früher. Ich fühle mich wohl, wie zu Hause in Shanghai, das mehr als zehntausend Kilometer entfernt ist. Unser Zusammenleben im Penthaus läuft harmonisch ab. Ich halte mich jetzt viel im Kinderzimmer auf. Mit Jin gestalte ich den Raum täglich um als hätten wir nichts anderes zu tun. Meine Mutter sitzt schweigend in unserer Nähe und stickt Blumen in ein Seidentuch. Mit diesem Tun vergehen die Tage, bis zur Geburt. Meine Ärztin hat mir zum Kaiserschnitt geraten, da das Kind groß ist und sie meint, dass es bei der natürlichen Geburt Komplikationen geben könnte.

Vor Beginn der Wehen fährt mich Harry zusammen mit meiner Mutter und Jin in die Klinik, in der ich entbinden werde. Das Kind hat sich rechtzeitig gedreht und der Stationsarzt ist zuversichtlich, dass kein Kaiserschnitt notwendig sein wird.

Jin ist bei der Geburt bei mir. Es ist für mich reine Schwerstarbeit, obwohl ich mich in entsprechenden Kursen gut auf diesen Augenblick vorbereitet habe. Die Schmerzen sind unerträglich. Mir wäre jetzt ein Kaiserschnitt lieber, bei dem ich einschlafe und nach dem Aufwachen das Kind in meinen Armen halten kann. Ich muss es aushalten und ertragen, was kommen wird. Eine Hebamme feuert mich an zu Pressen als wäre ich ein Fußballspieler, der endlich ein Tor schießen soll. Es hilft mir, mich mehr anzustrengen. Das Zeitgefühl geht mir verloren und ich merke, dass mich die Kräfte verlassen. Da passiert es.

Mit letzter Anstrengung presse ich den kleinen Körper aus meinem Leib. Die Hebamme hält ihn hoch und legt mir meinen Sohn auf die Brust. Es ist ein unbeschreibliches Gefühl des Glücks und die vorangegangenen Beschwerden sind im Nu vergessen.

„Es ist ein hübscher Junge!", flüstert mir Jin zu.

Ich finde ihn nicht ansehnlich. Er ist blutbeschmiert und faltig, wie eine Bulldogge. Die vielen schwarzen Haare gefallen mir und die kleine Stupsnase.

Meine Mutter hatte draußen im Gang gewartet und kommt jetzt zu mir. Sie ist wie eine Schwester gekleidet. Ich habe sie fast nicht erkannt, da sie wie die anderen eine OP-Maske trägt. Sie streichelt meine Hand und ihre Augen strahlen. Es freut sie, dass es ein Junge ist. In ihrem Leben waren ihr nur Mädchen beschieden, das hat sie bedauert und mein Vater war nicht glücklich darüber. Ich frage sie, ob sich Gehao bei ihr telefonisch gemeldet hat. Sie schüttelt den Kopf. Es ist Nachmittag und da kann es sein, dass er noch eine wichtige Besprechung hat. Ich bin gespannt, wie er reagiert, wenn er das Kind vor sich sieht. Die Schwestern kümmern sich um das Baby und ich spüre die Müdigkeit.

Nach einer Stunde wache ich in einem Einzelzimmer auf und sehe mich um. Mein Sohn liegt in einem Wagen, der neben meinem Bett steht. Eine Schwester kommt und legt ihn mir an die Brust. Sie geht aus dem Zimmer. Gewaschen und gepflegt sieht der Kleine viel besser aus. Ich streiche ihm über den Kopf, während er trinkt.

An der Tür klopft jemand. Es ist meine Mutter mit Jin, die im Gang gewartet haben.

Jin muss mir jetzt erzählen, wie sie die Geburt erlebt hat. Sie beschreibt sie anders als sie in meiner Erinnerung verlaufen ist.

„Hat sich Gehao gemeldet?", frage ich meine Mutter nochmals.

„Nein, mein Kind, er wird viel zu tun haben", entschuldigt sie ihn.

Es kränkt mich. Ich lasse mir jedoch nichts anmerken.

Bis zum Abend bleiben Jin und meine Mutter bei mir. Ich bitte sie, mit dem Taxi nach Hause zu fahren und morgen wiederzukommen. Die Ruhe tut mir gut. Ich brauche nicht daran denken, wann ich Cai stillen muss. Die Schwestern achten pünktlich darauf. Sie versorgen mich und ich versuche nach dem Essen zu schlafen.

An der Tür höre ich leises Klopfen. Wer kann das zu dieser späten Stunde sein. Vom Personal ist es niemand, die klopfen nicht an. Ich richte mich auf und sage: „Herein!".

Gehao ist gekommen. Ich bin froh. Er fragt, ob er eintreten darf. Ich zeige ihm das Baby in seinem Wagen.

„Der Junge hat viele schwarze Haare und deine Nase", bemerkt er und reicht mir einen Aktendeckel.

„Was ist das?", frage ich verwundert.

„Die meisten Ehemänner schenken ihrer Frau bei der Geburt eines Kindes Schmuck. Ich habe mir gedacht, dass dich dies hier ebenso erfreuen könnte."

Ich schlage den Aktendeckel auf und sehe einen Vertrag. Schnell überfliege ich die ersten Zeilen und erkenne den Namen einer Berliner Firma. Erstaunt sehe ich Gehao an. Er versucht das Dokument zu erklären.

„Dies ist der Kaufvertrag, des Berliner Unternehmens, das wir uns gemeinsam angesehen hatten. Du brauchst hier unten nur noch unterschreiben. Der Betrieb gehört ab jetzt dir! Du kannst damit tun und lassen wie es dir beliebt!"

Ich fasse es nicht und sehe Gehao mit offenem Mund an. Er sucht in seinem Jackett seinen Füllhalter und reicht ihn mir.

„Der Betrieb sollte liquidiert werden?", wende ich ein.

„Ja! Wir hatten die Firma zum Verkauf ausgeschrieben. Es gab keinen Interessenten. Ich habe über meinen Anwalt in Berlin dann den Kauf unter deinem Namen arrangiert und die Firma für einen Spottpreis für dich erworben. Es liegt an dir, was du damit machst."

Vor Freude kommen mir die Tränen. Ich kann es nicht fassen. Gehao nimmt sein Taschentuch und trocknet sie ab. Ein leichtes Lächeln bemerke ich auf seinem Gesicht. Er ist sich sicher, dass ihm die Überraschung gelungen ist.

„Entschuldige, ich wollte dich nicht zum Weinen bringen", bemerkt er gut gelaunt.

„Es sind Freudentränen", entschuldige ich mich.

„Der Vertrag ist der Grund, dass ich nicht früher gekommen bin. Mein Anwalt hat ihn mir erst heute Abend gebracht."

„Wann muss ich mit der Sanierung beginnen?", möchte ich wissen. Am liebsten würde ich gleich aus dem Bett steigen und mit der Arbeit loslegen.

„Du kannst dir Zeit lassen. Sie schreiben noch keine roten Zahlen und können die Löhne auszahlen. Wie lange das gut geht, weiß ich nicht."

„Wann hattest du die Idee zum Kauf?", frage ich neugierig.

„Anfang Januar wurde in der Vorstandssitzung entschieden, den Betrieb zu verkaufen. Du warst damals dabei."

„Ich erinnere mich genau. Du und Herr Black habt anders gestimmt. Mir hatten die Menschen in dem Berliner Unternehmen leidgetan. Deshalb habe ich mich für den Erhalt des Unternehmens eingesetzt", erkläre ich Gehao.

„Niemand war an dem Betrieb interessiert, da hohe Investitionen für die Sanierung notwendig sind. Unsere Bank hatte beschlossen, sich von dem Unternehmen baldmöglichst zu trennen. Der Vorstand senkte nochmals den Preis für das Unternehmen. Bei dieser Entscheidung habe ich als Einziger dagegen gestimmt, damit mir später niemand nachsagen kann, dass ich vorsätzlich zu meinen Gunsten die Firma billig erworben habe."

„Das war klug von dir", bemerke ich bewundernd.

„Als der Wert des Unternehmens ein Minimum betrug, habe ich meinen Anwalt in Berlin eingeschaltet, der für dich den Elektrobetrieb erworben hat."

Ich setze meinen Namen auf mehrere Seiten des Vertrags.

An den Gedanken, eine eigene Firma zu besitzen, muss ich mich erst noch gewöhnen. Der Kauf des Unternehmens ist das eine, aber was ist mit den Investitionen, die notwendig sind? Als würde er meine Gedanken erraten, fährt Gehao fort.

„Mit meinem Vater habe ich heute telefoniert. Es gefällt ihm, dass du dich für das Unternehmen interessierst. Sein Geschenk für den Stammhalter ist ein zinsfreier Kredit, der innerhalb der nächsten zehn Jahre zurückgezahlt werden muss. Er ermöglicht dir die notwendigen Investitionen vorzunehmen. Mein Vater wünscht dir viel Glück."

Ich fasse nach Gehaos Hand und drücke sie. Ein solches Geschenk habe ich mir nicht erhofft. Am liebsten würde ich mich gleich an die Arbeit machen und der Berliner Firma einen Besuch abstatten. Jetzt hat jedoch das Baby Vorrang. Meine wichtigste Aufgabe ist Mutter zu sein.

Die Schwester betritt das Zimmer und gibt mir das Kind. Ich lege es an die Brust und vergnügt beginnt es zu saugen. Ich merke, dass Gehao dieser Anblick unangenehm ist. Eilig verabschiedet er sich von mir und verschwindet.

Ich bin nur wenige Tage in der Klinik. Zu Hause ist alles, für meinen Empfang und den des Babys, vorbereitet. Ich werde gefeiert, wie eine Heldin und habe nur das geleistet, was viele Mütter vor mir getan haben. Das Gefühl anerkannt und geliebt zu werden, ist schön und tut meiner Seele gut.

Während des Diners sagt uns Gehao, dass seine Mutter nächste Woche zu Besuch kommen wird. Ich könnte auf sie verzichten. Als gute Schwiegertochter darf ich das nicht äußern. Die einzige, die sich über ihren Besuch zu freuen scheint, ist meine Mutter. Sie sagt es beim Diner und wir schweigen diskret und höflich.

Wo sie wohnen wird, habe ich noch nicht erfahren. Ich denke, dass sie sich nicht bei uns im Penthaus einquartiert. Isabella hätte es mir gesagt.

Alle sind in großer Erwartung auf Madame Zhou. Gehao holt sie vom Flughafen ab und bringt sie in unser Penthaus. Wir warten auf sie in der Wohndiele. Das Dienstpersonal wurde vom Butler in einer Linie ausgerichtet. Ich werde mit dem Baby im Arm in die vorderste Position gebracht und meine Mutter steht mit Jin, wie zur Verstärkung, hinter mir. Mein Lächeln, das ich zeige, ist nicht echt. Wie kann man wegen des Besuchs meiner Schwiegermutter einen solchen Aufwand treiben. Es scheint geübte Praxis zu sein, wie mir James versichert, mit uns als Sahnehäubchen.

Die Glocke der Aufzugskabine ist zu hören und im selben Moment ertönt die Stimme von Madame Zhou.

„Wo ist mein Baby?", ruft sie schrill und eilt auf mich zu.

Alle strahlen Madame, wie eine Königin, an. Solche Empfänge scheint sie zu lieben. Sie sieht zuerst auf das Baby, das die Augen geschlossen hat und von dem Trubel nicht viel mitbekommt. Gönnerhaft ergreift sie meine Hand und sagt: „Er kommt nach seinem Vater. Unser Söhnchen hatte die gleichen schwarzen Haare und dieselbe Nase. Nur schade, dass ich kein Foto bei mir habe, wo Gehao noch ein Baby war."

Huldvoll winkt sie der Dienerschaft zu und begrüßt meine Mutter.

„Es ist schön, dass du früher kommen konntest als ich. Meine Termine und Verpflichtungen in Hongkong, du weißt, ich habe dir davon erzählt. Es gab in der letzten Woche drei Wohltätigkeitsveranstaltungen, zu denen ich unbedingt gehen musste. Bei einer davon bin ich die

Vorsitzende des Spendenkomitees. Ich könnte mich zerteilen."

Ihr Blick fällt auf Jin.

„Sie ist die Freundin von Meiling und ihr Kindermädchen. Ich bin froh, dass sie aus China ist und mit dem Buben in unserer Muttersprache sprechen kann. Das übrige lernt er ohnehin in den Internaten. Mein Sohn besuchte das beste Institut in der Schweiz. Es war nicht billig. Die Investition hat sich gelohnt, wie man sieht."

Mit einem triumphierenden Lächeln sieht sie zu Gehao, dem das Gerede seiner Mutter peinlich ist.

„Ich werde sofort meine Suite aufsuchen und mich frisch machen. In einer halben Stunde können wir dinieren."

Sie geht zur Aufzugskabine. Gehao und Harry begleiten sie.

Als sie verschwunden sind, atmen wir kräftig durch und ich muss laut lachen. Keiner von uns ist zu Wort gekommen. Das war ein Auftritt, der mir unvergessen bleiben wird. Ich bin froh, dass sie bei dem Baby die Ähnlichkeit mit Gehao festgestellt hat. Somit scheint die Stammeslinie der Familie Zhou abgesichert zu sein.

Zum Diner treffen wir uns im Speiseraum. Madame Zhou ist die letzte, die am Tisch erscheint und heimst die volle Aufmerksamkeit ein. Sie sitzt zur Linken von ihrem Sohn und mir gebührt die rechte Seite. Meine Mutter und Jin sitzen sich gegenüber.

Isabella bringt die Speisen aus der Küche und James serviert. Das schweigsame Diner verwandelt sich in ein Parlament, in dem nur eine Person reden darf und das ist meine Schwiegermutter. Sie erzählt von ihren vielen Verpflichtungen, die sie in Hongkong hat und in welchen hochrangigen Kreisen sie dort verkehrt. Wenn man sie anhört könnte man glauben, dass London gegenüber Hongkong nur ein Dorf mit einfältigen Menschen ist. Sie spricht nur Chinesisch, damit uns der Butler nicht versteht, wenn sie über die Unkultur des Abendlandes herzieht.

Gleich nach dem Essen entschuldige ich mich, da ich das Kind stillen muss und Gehao schließt sich mir an, weil er noch im Büro zu tun hat. Meine Mutter und Jin bleiben zurück und sind dem Redeschwall von Madame Zhou weiter ausgesetzt. Ich merke, dass Gehao gereizt ist und spreche ihn draußen nicht an. Er eilt zum Aufzug und verschwindet. Ich bin froh, dass meine Schwiegermutter nicht bei uns im Penthaus wohnt. Wir haben keinen Raum, der ihren Ansprüchen genügt.

Am nächsten Morgen frühstücke ich mit Gehao. Es ist die einzige Zeit, wo wir ungestört sind. Er sagt mir, dass er verreisen muss, um sich mit Geschäftsfreunden zu treffen. Ich vermute, dass er seiner Mutter aus dem Weg gehen will.

Die nächsten Tage verlaufen besser als ich dachte. Madame Zhou war den ganzen Tag mit meiner Mutter zusammen in der Stadt. Ich habe den Eindruck, dass sie sich gut verstehen. Mir genügt es, mit Jin zu Hause zu sein. Da ich nachts stillen muss, fehlt mir der Schlaf, den ich tagsüber nachhole. Jin und Isabella kümmern sich um den Kleinen. Madame Zhou sehe ich nur zum Diner. Ihre Stimme hat noch keinen Schaden gelitten und sie beherrscht die Gesprächsrunde nach wie vor. Ich kann mich nicht erinnern, dass ich einen ganzen Satz in ihrem Beisein zu Ende bringen konnte. Spätestens nach den ersten Ansätzen, fällt sie mir und den anderen ins Wort. Zum Glück kann sie nur eine Woche bleiben. Sie bedauert das und verspricht, uns bald zu besuchen. Es ist gut, dass sie meine Gedanken in diesem Moment nicht erraten kann. Ihr Abschied ist für mich eine große Erleichterung. Meine Mutter empfindet es anders. Die Einkaufs- und Museumstouren mit Madame Zhou haben ihr gut gefallen und sie bedauert, dass sie nur einen Bruchteil von London gesehen hat. Ich verspreche, dass ich ihr Flugtickets schicke, wenn sich meine Schwiegermutter das nächste Mal zu Besuch bei uns anmeldet. Sie kann dann die Stadttouren mit ihr fortsetzen.

Gehao kommt am Tag nach der Abreise seiner Mutter von der Dienstreise zurück. Er wirkt ausgeglichen und ruhig, wie ich ihn mag. Über den Besuch seiner Mutter sprechen wir kein Wort. Alles geht seinen gewohnten Gang.

## 4

*Skyline von Hongkong*

Jin hat sich an der Universität für ein Studium in Betriebswirtschaft eingeschrieben. Sie kann mitten im Studienjahr beginnen, da sie einen Abschluss von der Hangzhou Universität besitzt. Als sich das Baby mit der Flasche zufriedengibt, begleite ich sie zu den Vorlesungen. Es ist wie früher, in Hangzhou. Zu Hause lernen wir gemeinsam und auf diese Weise bekomme ich gute Einblicke in die ökonomischen Fachgebiete. Ich werde dieses Wissen brauchen, wenn ich Zeit finde, mich um mein Berliner Unternehmen zu kümmern. Jin habe ich davon noch nichts gesagt. Sie wird es zeitig genug erfahren.

Mein Deutschunterricht läuft kontinuierlich weiter. Nach den Lehrstunden gehe ich mit Silvia zu ihr in die Wohnung. Sie hat den ganzen Tag frei. Mit ihrem Chef konnte sie vereinbaren, dass sie die Fehlstunden am Samstag nachholt. Somit haben wir genügend Zeit für uns. Wir versuchen nur deutsch miteinander zu sprechen. Das hilft und wir sind bald die besten Schüler.

Ich erzähle Silvia von dem großzügigen Geschenk Gehaos. Sie ist begeistert, dass sich die Firma in Berlin befindet. In dieser Stadt würde sie gern leben. Sie war noch nie dort und kennt sie nur aus Büchern und Filmen. Ich sage ihr, dass ich Mitte September dorthin reisen werde und dass sie sich mir anschließen kann.

„Was ist mit deinem Baby?", will sie wissen.

„Was soll sein? Ich nehme es mit", entgegne ich spontan.

„Geht das? Es ist noch klein."

„Die Babys vertragen mehr als du glaubst", behaupte ich.

„Was willst du dort tun?"

„Meine Firma besichtigen", erwidere ich, nicht ohne Stolz.

„Natürlich komme ich mit, wenn ich Urlaub bekomme."

„Dein Chef kann nicht nein sagen, wenn du ihn bezirzt.", rate ich ihr.

„Ich weiß nicht, wie man das bei einem Mann anstellt", sagt sie lachend.

Es ist schade, dass sie sich absolut nicht für Männer interessiert. Ich kann mir vorstellen, dass sie eine gute Mutter sein könnte.

Die Berliner Firma schickt mir jeden Monat die aktuellen Zahlen des Betriebsergebnisses. Ich bereite mich auf meinen Besuch Anfang September vor. Da ich die Örtlichkeiten kenne bin ich nicht aufgeregt. Harry und Silvia werden mich begleiten. Mit der Kavallerie an meiner Seite fühle ich mich stark und denke, dass ich meinen Antrittsbesuch bravourös bestehen werde. Silvia kümmert sich um das Kind und ich mich um die Dokumente und Betriebsunterlagen. Gehao hatte mir noch einen Stoß alter Unterlagen übergeben.

Was soll ich damit?
Zeit bleibt keine, sie mir anzusehen.

An einem nebligen Tag verlassen wir mit dem Flugzeug London und landen zwei Stunden später auf dem Flughafen Berlin-Tegel. Hier ist das Wetter genauso trüb wie in London. Harry hatte einen Mietwagen reserviert. Er fährt uns in das Hotel, in dem ich bei meiner Hochzeitsreise übernachtet hatte. Mein Sohn hat den Flug gut überstanden. Der Lärm und das Rütteln schienen ihm zu gefallen. Ab dem Start war er eingeschlafen. Und gleich nach der Landung aufgewacht. Wir bekommen dieselben Räume. Das Baby, Silvia und ich schlafen in der Suite. Mir ist alles vertraut und ich freue mich auf den Spaziergang im Garten. Ob die Vögel und das Eichhörnchen noch da sind?

Nach dem Lunch gehe ich kurz in den Park. Ich habe eine Scheibe Weißbrot mitgenommen, die ich den Tieren verfüttern will. Auf der Bank sehe ich einen Vogel. Ich setze mich und er fliegt weg. Es dauert nicht lange und ein Schwarm von Meisen kommt angeflogen. Sie versuchen, ein großes Stück aus der Weißbrotscheibe herauszupicken. Bald erscheint das Eichhörnchen. Es kommt nur zaghaft zu mir und ich muss ihm gut zureden. Die Umgebung mit den Bäumen und Tieren ist mir vertraut. Ich kann nicht lange verweilen. Harry sucht mich. Er wird mich in meine Firma begleiten. Silvia muss auf Cai achtgeben, bis ich zurückkomme.

Ich ziehe ein dunkles Kostüm an, um seriös und älter zu erscheinen. Meine Unterlagen packe ich in den Aktenkoffer und übergebe ihn Harry. Wir können fahren.

Wie beim ersten Besuch steht die Betriebsleitung vor dem Verwaltungsgebäude und erwartet mich. Ob sie sich an mich erinnern können? Bei meinem letzten Besuch wird man mich wenig wahrgenommen haben, bis auf den Leiter des Prüffeldes. Ihn kann ich in der Gruppe nicht erkennen.

Harry fährt mit dem Mietwagen in einem großen Bogen vor und hält in der Nähe der Gruppe. Er öffnet mir die Tür des Wagens und folgt mit dem Aktenkoffer. Der Betriebsleiter kommt mir entgegen. Ich höre ihn ständig „Wellcome!" sagen. Er scheint sich nicht mehr an mich zu erinnern. Mit einem breiten Grinsen begrüßt er mich mit „How do you do!".

Er stellt mir die Personen der Betriebsleitung vor und bittet mich ihm zu folgen. Wir gehen hinauf in das Besprechungszimmer und tauschen Visitenkarten aus. Jetzt kann ich den Herren Namen zuordnen. Der Betriebsleiter informiert, dass ich die neue Eigentümerin bin und bedankt sich für das Vertrauen, dass ich dem Unternehmen entgegenbringe. Ihren Gesichtern sehe ich an, dass sie glauben, mit einem jungen Ding, wie mir, leichtes Spiel zu haben. Sie werden sich fragen, warum ich die Firma kaufte und was ich damit vorhabe.

Es folgt die kurze Präsentation, die sie vor einem Jahr Gehao und mir, gezeigt hatten. Am unteren Rand der Folien erkenne ich das Erstellungsdatum. Sie haben sich nicht die Mühe gemacht, die neuen Bilanzzahlen in die Grafiken einzuarbeiten. Der Betriebsleiter schließt seinen Vortrag mit dem Versprechen, alle Anstrengungen zu unternehmen, bald Gewinne zu schreiben. Es gibt eine kurze Pause.

Die Raucher stürzen nach draußen, um sich eine Zigarette anzustecken und nur ein paar wenige bleiben im Raum zurück. Ich frage nach dem Prüffeldchef und bitte den Betriebsleiter, ihn zu der Besprechung zu holen. Er kommt noch vor Beendigung der Pause und begrüßt mich mit Namen. Die umstehenden Herren sehen ihn erstaunt an. Jetzt erinnern sie sich an mich. Sie versuchen ihr Bedauern auszudrücken, dass sie mich nicht gleich erkannt haben und es scheint ihnen peinlich zu sein.

Die Pause ist beendet und ich ersuche den Betriebsleiter, mir die Bilanz zu erklären. Er verweist auf seinen Kaufmann. Der legt alte Folien auf. Ich unterbreche ihn.

„Mich interessieren nur die aktuellen Zahlen. Ich habe ihre Berichte gelesen und komme zu dem Schluss, dass nach einem Jahr noch keine konkreten Schritte gesetzt wurden, um das Unternehmen zu retten."

Alle senken die Köpfe und schweigen.

„Meine Herren, wie wollen Sie in die Gewinnzone kommen?", will ich wissen.

Ich sehe den Betriebsleiter an.

„Das ist nicht leicht zu beantworten. Wir prüfen verschiedene Vorschläge und benötigen zusätzliche Kapitalmittel."

Die meisten in seiner Führungsriege stimmen ihm kopfnickend zu.

„Gehen wir davon aus, dass sie es aus eigener Kraft schaffen müssen, das Unternehmen profitabel zu gestalten. Ich möchte Sie bitten, sich bis Morgen darüber Gedanken zu machen und mir ihre Vorschläge zu unterbreiten. Ich danke ihnen meine Herren!"

Als ich mich aus meinem Stuhl erhebe, springen die anderen sofort auf.

Ich verabschiede mich und gehe. Der Betriebsleiter bringt mich bis zum Auto.

„In Zukunft möchte ich, dass der Prüffeldchef bei den Besprechungen anwesend ist", sage ich ihm.

Harry fragt mich im Auto, wie es mir ergangen ist. Er fügt hinzu, dass er in Sorge war mich ungeschützt unter diesen Wölfen zu wissen.

„Es sind keine Wölfe Harry, eher Coyoten. Die meisten von ihnen haben keinen Biss."

Am nächsten Morgen treffe ich die gesamte Betriebsleitung im Besprechungszimmer. Die Miene der Herren ist ernst als hätten sie einen Trauerfall in der Familie. Nur der Betriebsleiter grinst wie ein Chinese, der seine wahren Absichten zu verschleiern versucht. Ich frage nach ihren Vorschlägen. Eisernes Schweigen umgibt mich als hätten sie mich nicht verstanden.

„Ihre Vorschläge bitte!", wiederhole ich langsam und deutlich.

„Wir brauchen noch Zeit", erklärt der Betriebsleiter.

„Wieviel?", möchte ich wissen.

„Zumindest bis Jahresende!"

„Ich dachte, dass Sie bereits entsprechende Pläne erarbeitet haben und diese mir nur vorlegen müssen."

„Es hat sich in den letzten Monaten viel geändert. Der Markt ist ein anderer geworden und wir brauchen Kapital, um zu modernisieren", erklärt er mir.

„Über Investitionen können wir sprechen, wenn alle anderen Möglichkeiten ausgeschöpft sind", erwidere ich kurz.

Der Betriebsleiter fühlt sich von mir bedrängt und sieht mich ratlos an.

„Ich bin ihrer Meinung, Frau Zhou. Geben Sie uns bitte noch Zeit bis Ende Dezember. Wir werden ihnen die Vorschläge vorlegen."

Es ist nicht viel Zeit bis dahin. Ich erkläre mich mit dieser Frist einverstanden. Die Gespräche werden in englischer Sprache geführt. Keiner weiß, dass ich die deutsche Sprache erlerne und sie verstehe. Ich will das beibehalten, denn um Auslandsgeschäfte abwickeln zu können müssen die Herren Bereichsleiter Englisch beherrschen.

Ich bitte den Prüffeldchef mich durch den Betrieb zu führen und zu übersetzen. Wir beginnen in der Fertigungsabteilung. Seit meinem ersten Besuch scheint sich nichts verändert zu haben. An einigen Arbeitsplätzen lasse ich mir die Tätigkeiten erklären. Diese Aufmerksamkeit kommt gut an. Ich erkenne, dass diejenigen, mit denen ich spreche, stolz auf ihre geleistete Arbeit und die Firma sind. Ich erfahre Einzelheiten über die Geschichte des Unternehmens. Manche haben hier seit ihrer Lehrzeit gearbeitet. Angeblich war das Unternehmen zur DDR-Zeit ein Vorzeigebetrieb und sie konnten mit der Fertigung ihrer Standardprodukte nicht nachkommen. Mehr als die Hälfte ihrer Produktion lieferten sie in den sogenannten Westen. Das war die ehemalige Bundesrepublik Deutschland. Der Rest ging zum großen Teil in die Sowjetunion.

Nach der Wende hatte die Treuhand den Großbetrieb an einen Schweizer Unternehmer verkauft. Der reduzierte als erstes das Personal und krempelte die Führung und Organisation um. Es ging nicht gut aus. Die ehemals begehrten Produkte waren nicht mehr gefragt oder zu teuer. Für Investitionen war kein Geld da. Der Großbetrieb wurde zerteilt und die wenigen lukrativen Filetstücke zum Kauf angeboten. Lange Zeit fanden sich keine ernsthaften Interessenten und man dachte daran, die geschaffenen Kleinbetriebe zu schließen. Viele Arbeiter und Angestellte wären ohne Job und würden keine neue Arbeitsstelle finden. Die Stadt hatte bestimmte steuerliche Vergünstigungen in Aussicht gestellt, um die Firmen noch zu retten. Nach der Studie einer namhaften Betriebsberaterfirma müsste die Beleg-schaft nochmals stark reduziert und erhebliche Investi-tionen getätigt werden. Ebenso würde die Umstellung auf neue Produkte erfolgen müssen, um einen gesicher-ten Absatz zu gewähren. Im Großen und Ganzen eine nicht erfreuliche Gesamtsituation. Dies war der Zeit-punkt als Gehaos Vater diesen und andere kleine Be-triebe, in den neuen deutschen Bundesländern, kaufte. Wie viele er davon noch besitzt, weiß ich nicht.

Nach zwei Tagen hatte ich mir alle Abteilungen an-gesehen und mit den Mitarbeitern gesprochen. Bis Ende des Jahres erwarte ich die Sanierungsvorschläge der Betriebsleitung und werde entscheiden wie es weiterge-hen soll. Grundsätzlich bin ich mit meinem Besuch zufrieden. Es war ein erster Einstieg.

Die restliche Zeit widme ich Silvia, die sich eine Wo-che Urlaub genommen hat. Gemeinsam mit dem Baby und Harry erkunden wir Berlin. Wir lassen uns von Silvia führen, die noch nie hier war und ihr Wissen über die Stadt aus den Reiselektüren gewonnen hat. Am En-de stellen wir fest, dass sie sich besser in der Stadt aus-kennt als Harry und ich.

Abends nach dem Diner genießen Silvia und ich das reichhaltige Wellnessprogramm des Hotels. Harry muss in dieser Zeit Babysitter spielen, den Kleinen windeln und das Fläschchen geben. Ich bin erstaunt, wie vielsei-tig und geschickt er ist.

In London hat sich wenig getan. Ich sitze mit Gehao beim Diner. Er erzählt mir, dass vor ein paar Tagen seine Mutter angerufen hatte. Sie wollte uns kurzfristig besuchen. Als sie erfuhr, dass ich mit dem Kind nach Berlin geflogen bin, war sie außer sich und machte ih-rem Sohn große Vorwürfe, dass er es zuließ. Gehao reagierte gut darauf und sagte seiner Mutter, dass dies ein Test sei, ob sein Sohn das Fliegen verträgt. Er habe beschlossen, dass wir zum Frühlingsfest nach Hongkong kommen. Diese Nachricht schlug bei meiner Schwiegermutter wie ein Blitz ein. Sie ist hocherfreut und ließ viele Grüße an mich ausrichten. Ihre Freude ist groß, den Stammhalter bei den Verwandten in Hongkong herzeigen zu können.

„Wie lange werden wir bleiben?", will ich von Gehao wissen.

„Ich denke, dass wir drei Tage zum Frühlingsfest dort sein sollten und im Anschluss noch drei Tage deine Eltern in Shanghai besuchen. Das muss genügen. Mehr als eine Woche halte ich bei der Familie nicht aus", sagt Gehao.

„Ich mache dir einen Vorschlag. Wir besuchen meine Eltern in Shanghai nur einen Tag und die beiden verbleibenden Tage verbringen wir in Berlin. Dort können wir meinen Betrieb kurz besuchen."

Mit dem Vorschlag ist Gehao einverstanden. Vier Tage im Kreis der Familie reichen ihm. Jin und Harry werden mit uns kommen.

Meine Freundin Jin freut sich, dass ich sie mitnehme und sie ihre Mutter wiedersehen kann. Scheinbar hängt sie stärker an ihr als ich an meinen Eltern. Sie nimmt ihr Betriebswirtschafts-Studium ernst. Da ich ihr bei den Hausübungen helfe, lerne ich viel von dem gebotenen Lehrstoff.

Für mich hat der Deutschunterricht hohe Priorität. Unserem Lehrer fällt auf, dass Silvia und ich deutlich besser sind als der Rest der Gruppe und er rät uns in eine höhere Stufe zu wechseln. Wir tun es, da wir zusammenbleiben können. Das ist für mich am wichtigsten und Silvia empfindet es ebenso.

Isabella ist jetzt mehr Kindermädchen und findet wenig Zeit für die Zimmerreinigung. Das missfällt dem Butler und er macht mich darauf aufmerksam. Ich frage ihn, ob er sich vorstellen könnte, sich um das Baby zu kümmern, wenn Isabella keine Zeit hat und ich nicht zu Hause bin. Entsetzt sieht er mich an und meint, dass dies nicht seine Aufgabe sei. Der anfängliche Frust über das Ansinnen verfliegt bald. Ich entdecke ihn eines Tages, wie er mit Cai auf dem Arm im Penthaus spazieren geht. Zufrieden nehme ich es zur Kenntnis und habe den Eindruck, dass er froh ist, die Rolle eines Großvaters einzunehmen.

Weihnachten feiern wir gemeinsam unterm Tannenbaum. Gehao und Silvia sind am Heilig Abend bei der Bescherung dabei. Wir freuen uns, dass Cai die leuchtenden Kerzen und Geschenke gut aufnimmt. Viel wird er noch nicht mitbekommen. Er ist noch zu jung. Mit seinem Lachen erfreut er unsere Herzen.

Nach den Weihnachtsfeiertagen trifft Post von meiner Berliner Firma ein. Sie schicken mir einen Vorschlag zur Sanierung des Betriebes. Ich überfliege ihn kurz und freue mich, dass der Betriebsleiter Wort gehalten hat. Sofort kopiere ich sämtliche Seiten, um darin handschriftliche Bemerkungen einfügen zu können. Ich bin begeistert und viele der Vorschläge sind ohne große Investitionen realisierbar. Die Betriebsleitung hat mich bei meinem Besuch richtig wahrgenommen und sich an die Vereinbarungen gehalten. Als einzige Frau unter Männern, hatte ich anfangs das Gefühl, dass sie mich nicht ernst nehmen und versuchen, mich hinters Licht zu führen. Diese Verdachtsmomente schiebe ich beiseite. Sie haben sich Mühe gegeben und einen umfassenden Bericht vorgelegt. In ihm sind die Bilanzen der letzten Jahre, die Prognose und ein Maßnahmenkatalog enthalten. Er ist in einer professionellen Weise erstellt. Ich bin positiv überrascht. Mehrmals lese ich die Unterlagen durch und schreibe meine Notizen an den Rand der Seiten. Voller Ungeduld erwarte ich Gehao zum Abendessen. Er wird sich über den Bericht freuen. Als er zum Diner erscheint, zeige ich ihm den Brief mit dem Bericht der Firma. Er hat keine Zeit sich den Vorschlag anzusehen und nimmt ihn nach dem Essen mit in sein Büro.

Am nächsten Abend gibt er ihn mir mit einem zweiten Schnellhefter zurück.

„Was ist das?", frage ich überrascht.

„Es ist derselbe Maßnahmenkatalog, den sie mir vor einem Jahr geschickt haben. Vergleiche beide!"

„Das darf nicht wahr sein!", entgegne ich entrüstet. „Ich dachte, Sie hätten verstanden worauf es mir ankommt", erwidere ich entrüstet.

„Der Betriebsleiter hat ein Pokergesicht. Er wird versuchen dich zu täuschen, wie er es bei mir getan hat", erklärt Gehao.

„Warum hast du ihn nicht entlassen?", will ich wissen.

„Das ging nicht. Er ist betrieblich gut abgesichert. Die Zeit habe ich nicht, um marode Firmen zu sanieren. Einfacher ist es, sie zu verkaufen. Hättest du kein Interesse gezeigt, würde es die Firma heute nicht mehr geben."

Ich habe das Gefühl, dass Gehao bedauert, mir den Betrieb geschenkt zu haben. Er sieht für das Unternehmen keine Zukunft.

„Ich bin überzeugt, dass Sie es schaffen können", erwidere ich trotzig.

„Nicht mit dem Betriebsleiter. Der Wasserkopf in der Führungsebene ist zu groß und die Mitarbeiterzahl müsstest du um die Hälfte reduzieren. Das wäre nur der Anfang und wie ich glaube, nicht ausreichend."

Diese Lösung finde ich nicht akzeptabel. Ich wage nicht, Gehao zu widersprechen. Er hat jahrelange Erfahrungen und ich denke, dass ich einen anderen Weg finden werde. Gehao macht mir einen Vorschlag:

„Bei deinem letzten Besuch in der Filiale hast du mit einem älteren Herrn gesprochen. Es war Herr Black."

„Ich kann mich an ihn gut erinnern", bestätige ich.

„Dieser John Black hat unsere Bank verlassen, weil er in den Ruhestand gegangen ist. Er war einer meiner besten Mitarbeiter und ein Vertrauter. Mit meinem Vater hat er deine Firma einst gekauft und wie du weißt, gegen einen Verkauf in diesem Jahr gestimmt. Ihn könnte ich fragen, ob er dich als Coach unterstützt."

„Ist er noch in London? Er sagte mir, dass er die Absicht hat mit seiner Frau nach Wien zu übersiedeln."

„Er ist in Österreich. Ich denke, dass es nicht lange dauern wird, bis er sich im Ruhestand langweilt."

„Vielleicht hat er Hobbys, die ihn ausfüllen?", mutmaße ich.

„Die sind mir nicht bekannt", entgegnet Gehao und verzieht den Mund zu einem Grinsen.

„Was willst du tun? Ihn anrufen oder nach London einladen", versuche ich von ihm zu erfahren.

„Wenn du damit einverstanden bist, frage ich ihn am Telefon, ob er grundsätzlich bereit ist, dich zu unterstützen. Sagt er ,Ja', können wir uns mit ihm nach dem Frühlingsfest in Berlin treffen und er begleitet uns, in deine Firma."

Einen Nachteil sehe ich jedoch. Wenn ich mit einem Coach in der Firma auftauche, könnte es aussehen als wäre ich meiner Aufgabe als Eigentümerin nicht gewachsen. Herrn Black habe ich als ruhigen Herrn in Erinnerung, der sich nicht zu profilieren versuchen wird. Wenn er sich an meiner Seite im Hintergrund hält, wäre das eine gute Lösung. Nach der Täuschung mit dem Bericht, sehe ich keine bessere Möglichkeit, gegen die Machenschaften der alten Garde in meiner Firma vorzugehen. Einen erfahrenen Mann wie Herrn Black werden sie nicht versuchen, über den Tisch zu ziehen.

„Bitte frage ihn, ob er mir helfen wird", bitte ich Gehao und er versucht gleich Herrn Black am Telefon zu erreichen. Es gelingt. Herr Black ist am Telefon und will die Sache mit seiner Frau besprechen.

Zu Silvester reist mein Mann mit Harry in die USA. Was er dort für Geschäfte hat, sagt er mir nicht. Wir feiern nur im kleinen Kreis. Silvia kommt mich besuchen und wir denken daran, wie wir im letzten Jahr das Restaurant wegen einer Bombendrohung verlassen mussten. In den Zeitungen stand darüber nichts. Sie haben es verschwiegen. Nachahmungstäter will man nicht erst auf die Idee bringen. Wir sehen uns die Show im Fernsehen auf der Projektionswand der Heimkinoanlage an. Es ist als ständen wir unter den Menschen, die miteinander die „Stunde null" des kommenden Jahres erwarten. Alle Darsteller sind amüsiert und frohgestimmt, obwohl die Sendung eine Aufzeichnung ist.

Ich denke an die bevorstehende Reise nach China. Welche Geschenke kaufe ich und für wen. Es sollen nur kleine Aufmerksamkeiten sein, die zu London einen Bezug haben. Ich kann mich noch gut erinnern, dass alle Waren, die aus Westeuropa kamen, einen hohen Stellenwert hatten. Jetzt wird es nicht anders sein, bis auf Hongkong.

Von Gehaos Familie kenne ich nur seine Eltern. An die anderen Verwandten, die zur Hochzeit nach London gekommen waren, kann ich mich nicht mehr erinnern. Ich werde am besten noch ein paar Reservegeschenke für sie besorgen. In meiner Familie sind es Vater und Mutter, die beiden Schwestern mit ihrem Anhang, meine beiden alten Tanten und Jins Mutter. Mir fällt kein anderer aus dem engeren Kreis ein. Das Problem mit den Geschenken lässt mich nicht mehr los. Was kann ich ihnen kaufen? Worüber würden sie sich freuen? Sie haben alle genug Geld, sich jeden kleinen Wunsch zu erfüllen. Es muss etwas Ausgefallenes sein. Silvia frage ich, was sie kaufen würde. Zerstreut nennt sie mir Dinge, die ich gleich verwerfe. Sie ist mit einem Auge und Ohr bei der Fernsehshow. Isabella, die neben uns sitzt und zugehört hat, macht ein paar brauchbare Vorschläge. Ich bitte sie, mir diese Geschenke zu besorgen. Diesen offenen Punkt kann ich zum Teil abtun.

Es sind nur noch wenige Minuten bis zum Jahreswechsel. James schenkt unsere Gläser ein und mit dem Ertönen der Glocken stoßen wir auf ein glückliches neues Jahr an. Mein Söhnchen verschläft diesen Moment. Er hatte lange durchgehalten. Die Müdigkeit hat ihn übermannt.

Mit Silvia gehe ich auf die Terrasse. Wir sehen über die Stadt. Die Häuser sind durch die Raketen in ein düsteres Licht getaucht. Silvia erzählt mir, von der Bombardierung Londons, die ihre Großeltern miterlebt haben. Viele Menschen sind in den Flammen umgekommen. Die Eltern ihrer Großmutter waren unter den Opfern.

„Es war eine Zeit des Schreckens und der Not. Mir ist unverständlich, wie sich Menschen an dem Lärm, Rauch und Gestank erfreuen können", klagt Silvia.

„Daran sind wir Chinesen schuld. Hätten wir das Schwarzpulver nicht erfunden, gäbe es das alles nicht."

„Ihr habt es mehr als tausend Jahre zuvor nicht für Waffen verwendet. Das waren wir Europäer."

Silvia beschäftigt das Thema weiter.

„Gestern habe ich ein paar Jugendliche in einem Geschäft gesehen, die eine Menge der Raketen und Knallkörper gekauft haben. Sie standen vor mir an der Kasse. Mehr als 500 Pfund haben sie für diesen Unsinn ausgegeben", beklagt sie sich.

„Wenn sie das Geld ehrlich verdient haben, kann man es ihnen nicht verbieten", gebe ich zu bedenken.

„Sie könnten das Geld spenden und damit etwas Gutes tun", schlägt Silvia vor.

Ich möchte nicht mehr darüber sprechen, doch Silvia ist von dem Thema nicht abzubringen. Ich erkläre ihr, dass wir seit einer halben Stunde auf der Terrasse stehen und den Raketen nachsehen. Begeistert rufen wir „Oh!", wenn sie explodieren und ihre farbigen Sterne versprühen. Wenn wir ernsthaft dagegen wären, dürften wir uns das Spektakel nicht ansehen.

Es wird kalt und wir gehen zurück zu den anderen. Im Fernsehen läuft die aufgezeichnete Show. Silvia bittet James, ihr eine Glasschale mit kaltem Wasser und eine große Kerze zu bringen. Aus ihrer Handtasche holt sie einen Metalllöffel mit einem Holzstiel und einen Beutel mit Zinnfiguren. Skeptisch sehe ich ihr zu und bin gespannt, was sie vorhat.

„Was soll das werden?", frage ich sie.

„Wir machen jetzt Bleigießen. Es kommt darauf an, das verflüssigte Metall in das Wasser zu schütten und erstarren zu lassen. Die Figur, die sich bildet, wird von mir gedeutet. Wir wollen sehen, wer Glück im neuen Jahr hat."

Sie kennt meine tiefgründige chinesische Seele, denke ich. Für solche Spiele bin ich immer zu haben. Silvia zeigt mir, wie ich es machen muss und angelt mein abstraktes Metallgebilde aus dem Wasser.

„Seht her! Wonach sieht es aus?", ruft sie begeistert.

„Mit Fantasie erkenne ich einen Drachenkopf", wage ich zu deuten.

„Genau! In China bringt der Drachen Regen und Glück. Hebe ihn dir gut auf."

Das Fernsehen ist jetzt für alle nicht mehr interessant und sie möchten sich am Bleigießen beteiligen. Wir haben viel Spaß wegen der Deutungen der Gussstücke.

Es ist spät als wir zu Bett gehen. Kurz vor Mittag des Neujahrtages stehen wir auf. Rückblickend hat das Bleigießen allen am meisten Freude bereitet. Bei der Deutung gab es verschiedene Meinungen. Sie hatten alle einen positiven Ausgang. Ich werde darauf achten, ob mir mein Drachenkopf Glück bringt. Brauchen kann ich es, im neuen Jahr.

## 5

*Hafen von Hongkong*

Wir sind auf dem Flug nach Hongkong. Zwölf Stunden befinden wir uns über den Wolken und das Flugzeug beginnt endlich mit dem Landeanflug. Die Silhouette der ehemaligen Kronkolonie ist in der Ferne deutlich zu sehen. Sie verschmilzt mit den hohen Bergen im Hintergrund.

Mein Sohn Cai hat bisher alles gut überstanden und wirkt munterer als wir. Das leichte Vibrieren und monotone Summen der Triebwerke haben ihn ruhig schlafen lassen. Ich fühle mich todmüde und sehne mich nach einem Hotelbett.

Wie erwartet lässt es sich meine Schwiegermutter nicht nehmen, uns am Flughafen abzuholen. In ihrer überschwänglichen Art stürmt sie auf uns zu und umarmt ihren Sohn als wäre er jahrelang verschollen gewesen. Nur die Freudentränen fehlen noch, dann wäre die Inszenierung perfekt. Danach wendet sie sich Cai zu. Er bekommt ihre ungeteilte Aufmerksamkeit und den anderen winkt sie nur huldvoll zu. Ich bin zu müde, um ihr böse zu sein, weil sie mich nicht beachtet. Nur schlafen möchte ich.

Im Hyatt Hotel hatte Gehao von London aus reservieren lassen. Wir haben eine Suite mit Wohn-, Schlaf- und Kinderzimmer. Jin und Harry sind in der gleichen Etage untergebracht.

Gehao gelingt es, mich bis zum Diner von seiner Mutter und der übrigen Familie zu entschuldigen. Er sagt ihr, dass unser Sohn nach dem anstrengenden Flug schlafen müsse. Dass er an mich gedacht hat, verschweigt er. Ich bin ihm dankbar für die Notlüge und bleibe mit meiner Freundin und Cai im Hotel. Jin passt auf das Kind auf und ich schlafe mich aus.

Vor dem Diner werden wir mit der Limousine abgeholt. Wir fahren zu dem Bankhaus von Gehaos Vater. Es ist ein Hochhaus mit einer modernen gläsernen Fassade. Die gesamte Etage, oberhalb der Büroräume der Bank, dient seinen Eltern als Wohnung. Ein externer Aufzug führt uns dort hin. Die Räume liegen beidseits eines breiten Ganges. Er wirkt auf mich, wie eine Ahnengalerie mit den Bildern der männlichen Vorfahren der Familie Zhou. Wir gehen in einen großen Raum, der einem Restaurant gleicht. Es dürfte der Speiseraum sein, in dem wir unser Diner einnehmen werden.

Viele Gäste warten hier auf uns. Sie sind freundlicher zu mir als Madame Zhou es am Flughafen war. Manche begrüßen mich auf englische Art. Gehao stellt sie mir alle vor.

Seine Mutter trägt Cai zu den vielen Tanten, die alle die Ähnlichkeit des Babys mit Gehao bestätigen. Als er ein Jahr war, soll er genauso ausgesehen haben.

Madame Zhou bittet zu Tisch. Sie hat Tischkarten aufgestellt, damit es kein Chaos und Diskussionen bei der Platzwahl gibt. Ich bewundere sie, wie gut ihr das gelungen ist. Ich habe das Glück neben Gehaos Vater zu sitzen, wie zu unserer Hochzeit. Er strahlt viel Ruhe aus, mehr noch als mein Mann. Die beiden ähneln sich. Ich bin froh, dass Gehao in seiner Art nach ihm kommt. Vorsichtig versuche ich mit ihm ein Gespräch zu beginnen.

Ich möchte wissen, wie viele Bedienstete sie in ihrer Wohnung haben.

„Nur einen Koch und zwei Mädchen zum Putzen. Die anderen, die du siehst, sind von einem Partyservice. Bei größeren Festen oder Einladungen engagieren wir sie. Sie bringen den Großteil der Speisen mit. Hier diese Pastete ist von unserem Koch. Die musst du probieren."

Er nimmt mit seinen Stäbchen eine Teigtasche von einem Teller und hält sie mir vor den Mund. Er füttert mich, stelle ich fest. Es ist eine nette Geste. Sie drückt aus, dass ich in seinem Clan als vollwertiges Mitglied aufgenommen bin. Ich bin mir sicher, dass ein wichtiger Grund dafür ist, dass ich für den Stammhalter gesorgt habe.

Nach dem Diner gehen wir ins benachbarte Teezimmer. In kleinen Gruppen sitzen die Familienangehörigen zusammen und erzählen sich von Begebenheiten des letzten Jahres.

Gehao und sein Vater ziehen sich ins Arbeitszimmer zurück. Ich vermute, dass sie sich über geschäftliche Dinge unterhalten. Madame Zhou spricht ein Thema an, das viele interessiert. Im letzten Jahr hatte ein genealogisches Institut Erkenntnisse bei der Stammbaumforschung der Familie Zhou gewonnen. Diese Ergebnisse sind für alle neu. Madame Zhou ist in ihrem Element. Jeder hört ihr aufmerksam zu. Es ist für mich interessant, was sie berichtet.

Das Institut an der Hongkonger Universität forscht seit Jahren auf dem Gebiet der Genealogie der Familie Zhou. Die Historiker hatten herausgefunden, dass die Familie eine der ältesten in China ist. Der Familienname soll mit der gleichnamigen Zhou-Dynastie in Verbindung stehen. Damit gäbe es sie seit über 3000 Jahren. Das Familienbuch ist in den Kriegswirren verschollen. In ihm waren der Stammbaum der Haupt- und Nebenlinien dokumentiert. Ein neues Buch wurde vom Institut erstellt. Es basiert auf Zukäufen von Familienbüchern ausgestorbener Nebenlinien.

Mir erscheint das alles kompliziert. Ich weiß, dass sich mein Vater damit beschäftigt und stolz ist, das originale Familienbuch seines Clans zu besitzen. Mit ihm endet jedoch sein Stamm. Er ist der letzte männliche Nachkomme.

Mit meinem Sohn Cai gibt es eine Fortsetzung des Zhou-Clans. Meine Schwiegermutter ist stolz darauf. Sie erzählt allen, dass sie es war, die den Namen Cai ausgewählt hat, weil einer der bedeutenden Vorfahren diesen Namen getragen hatte. Jin muss mit dem Kind zu ihr kommen und Cai wird herumgereicht. Die Tanten spenden ihm ihren Segen und jede versucht ihn zu streicheln.

Die männlichen Mitglieder des Clans ziehen sich in eine Ecke des Teezimmers zurück und unterhalten sich über Sport. Ihr Interesse an der Genealogie scheint bei ihnen nicht zu bestehen.

Mir kommt in den Sinn, wie überrascht die Familienmitglieder wären, wenn sie wüssten, dass das Kind nicht von Gehao ist. Bis zur Geburt habe ich befürchtet, dass man ihm ansehen kann, dass er ein Mischling ist. Als er in meinen Armen lag, hatte ich ihn mir gleich gut angesehen. Befriedigt stellte ich fest, dass sein Haar pechschwarz, die Augen mandelförmig und die Nase kurz, wie bei mir sind. Von Peter konnte ich keine Merkmale entdecken. Ein schlechtes Gewissen habe ich nicht, dass ich sie alle täusche. Es war Gehaos Idee, meinen Sohn als seinen auszugeben. Es ist eine Angelegenheit zwischen ihm und mir. Ob ich Cai sagen werde, wer sein wirklicher Vater ist? Ich glaube nicht.

Mein Sohn hat Durst. Jin gibt ihm die Flasche. In der Traube von Frauen fühlt er sich wohl. Ich frage Madame Zhou, ob sie mir ihre Wohnung zeigen würde. Es scheint sie zu freuen, dass ich sie sehen will. Sie beginnt mit ihrem Schlafzimmer.

„Es ist wichtig für ein Ehepaar, zusammen in einem Zimmer zu schlafen. Warum habt ihr in London getrennte Räume?"

Ich bin erschrocken, dass sie es weiß. Ich habe es ihr nicht gesagt. Gehao wird, wie ich, nicht darüber sprechen. Es bleiben die Bediensteten und meine Mutter, die darüber Bescheid wissen.

„Ich schnarche zu laut und Gehao braucht seinen Schlaf, weil er hart arbeiten muss.", entgegne ich.

„Warum tust du nichts gegen dieses Übel?", will sie wissen.

„Ich habe verschiedenes ausprobiert. Es hat nichts geholfen."

„Du musst in ein Schlaflabor gehen, die können feststellen, was die Ursache ist."

Ich verspreche ihr, das zu tun und hoffe, dass sie keine weiteren Fragen zu unserem Intimleben stellt.

„Wie sieht es mit einem Geschwisterkind aus?", fragt sie neugierig weiter.

Es ist mir zu viel und ich bereue, dass ich sie um die Besichtigung der Wohnung gebeten habe. Jetzt kann ich ihr nicht ausweichen.

„Bis jetzt hat es noch nicht funktioniert", antworte ich mit einem schuldbewussten Gesichtsausdruck.

„Wenn du von mir ein paar Ratschläge benötigst, gebe ich sie dir gern."

„Danke, liebe Schwiegermutter, es ist nicht nötig. Wir kommen zurecht. Wenn es soweit ist, werden wir es dich gleich wissen lassen. Du sollst es als erste erfahren."

Sie scheint sich damit zufrieden zu geben.

Wir kommen in das Badezimmer, das mit Marmor getäfelt ist. Die Armaturen sind aus purem Gold, wie sie betont und die Spiegel stammen aus Italien. Nichts ist ihr teuer genug. Sie nennt mir die Preise und erkennt voller Genugtuung, dass sie mich damit beeindruckt. Gästezimmer sind viele vorhanden. Sie bedauert, dass Gehao darauf bestanden hat, im Hyatt Hotel zu wohnen. Sie hat die Zimmer an die Familienmitglieder gegeben, die von weit her angereist sind. Ich bin Gehao dankbar, dass er standhaft geblieben ist. Die Arbeits- und Privaträume ihres Mannes zeigt sie mir nicht. Alle Zimmer sind groß und überladen mit luxuriösem Schnickschnack, um nicht zu sagen, Kitsch. Unser Penthaus wirkt im Vergleich, wie eine schlichte Puppenstube.

Am nächsten Tag beginnt das neue chinesische Jahr. Es steht im Zeichen der Schlange. Viele sehen es als Jahr der großen Umwälzungen an. Die Schlange gilt als klug und unberechenbar.

Wir besuchen am Vormittag die Stadttempel, in denen der Verstorbenen gedacht wird. Es ist ähnlich, wie die Feier bei meinen Eltern in Shanghai, nur eine Größenordnung darüber. Nicht alle Gäste können mitkommen, da sie mit dem Laufen große Probleme haben.

Für mich ist es ein schöner Tag. Die Besuche in den Buddhistischen und Taoistischen Tempeln vermitteln mir ein geborgenes Gefühl. Tausende Menschen sind unterwegs. Die Massen wirken nicht erdrückend. Wenige Langnasen sind hier zu sehen. Es wird daran liegen, dass die Chinesen an diesen Tagen zu massiv auftreten.

Wir gehen zum Hafen und in einen Park. Der Unterschied an diesen beiden Orten könnte nicht größer sein. Die Ruhe in der Grünanlage inmitten der Stadt ist angenehm. Die Menschen scheinen disziplinierter als in Shanghai zu sein. Die feine englische Art wird auf sie abgefärbt haben.

Mit Gehaos Vater kann ich mich gut unterhalten. Er erkundigt sich, wie es mir in London gefällt und ob ich mich dort eingelebt habe. Es scheint ihn vieles aus meinem Leben zu interessieren, wonach bisher kein anderer gefragt hat. Bereitwillig antworte ich ihm.

Über seinen Enkel scheint er sich zu freuen und bedauert, dass wir weit von Hongkong entfernt leben. Er würde mich und den Jungen gern öfter sehen. Ich lade ihn zu uns nach London ein. Höflich bedankt er sich und lächelt traurig. Er wird an seinen vollen Terminkalender denken. Ihm geht es wahrscheinlich wie Gehao, der nur seine Arbeit kennt. Einen Unterschied stelle ich fest. Der Großvater beschäftigt sich mehr mit dem Baby.

Gehao meidet den Jungen. Andere Kinder scheinen ihn ebenso wenig zu interessieren. Mir war das aufgefallen als wir einen Geschäftsfreund von ihm, außerhalb von London, besuchten. Er hatte zwei liebe Kinder, die mit uns spielen wollten. Mir gefiel es. Gehao fühlte sich unwohl. Er sagte mir auf dem Heimweg, dass er mit Kindern nicht umgehen kann. Das ist die Eigenschaft, die er wahrscheinlich von seiner Mutter geerbt hat.

Am zweiten Tag machen wir gemeinsam eine Hafenrundfahrt und ich bewundere die schöne Skyline von Hongkong. Wenn man die Stadt von weitem betrachtet, erkennt man wie stark sie verbaut ist. Die Häuser stehen eng beieinander und ragen hoch in den Himmel. Hier würde ich mich nicht wohlfühlen.

Wenn ich nur einmal im Jahr zum Frühlingsfest zu Besuch kommen muss, genügt es mir. Davon sage ich nichts zu den anderen. Meine Schwiegermutter fragt mich, warum wir nicht öfter nach Hongkong kommen. Ich schiebe Gehaos Arbeit vor. Wie lange Madame Zhou das akzeptieren wird, kann ich nicht sagen.

Gehao unterhält sich viel mit seinem Vater. Als wir uns am Abend nach dem Diner verabschieden und zum Hotel fahren, bemerke ich, dass mein Mann sorgenvoll dreinschaut. Ich frage ihn, was ihm Kummer bereitet. Er sieht mich wie geistesabwesend an.

„Mein Vater hat mit mir über seine Zukunft gesprochen. Er will kürzertreten."

„Warum bekümmert dich das?", möchte ich wissen.

„Seine Zukunftsplanung greift stark in unser Leben ein."

„Was soll sich da ändern?"

„Sehr viel! Er möchte, dass ich in ein paar Jahren seine Bank übernehme. Wir müssten London verlassen und nach Hongkong übersiedeln."

Erschreckt sehe ich ihn an.

„Das geht nicht!", bemerke ich kurz.

Ich denke in erster Linie an mich. In London habe ich mich gut eingelebt und die Firma in Berlin ist für mich leicht zu erreichen. Hier in Hongkong bin ich zu nahe bei meiner Schwiegermutter. Sie allein wäre Grund genug, mich gegen den Wohnortswechsel zu stemmen. Nie würde das gut ausgehen.

„Mein Vater hatte vor einem halben Jahr einen Herzinfarkt gehabt und sein Arzt hat ihm empfohlen, die Arbeit stark einzuschränken. Die Warnung scheint er ernst zu nehmen. Ich soll das gesamte Unternehmen als Geschäftsführer, unter seiner Aufsicht, leiten. Ich sagte ihm, dass ich damit nicht einverstanden bin. Die gesamte Bank würde ich nur als Eigentümer übernehmen wollen. Dieser Vorschlag von mir, gefiel ihm nicht und er will ihn überdenken."

„Ich verstehe dich. Gibt es außer dir nicht einen anderen Kandidaten in der Familie, der ihn entlasten kann?"

„Es gibt zwei Neffen, die in seiner Bank arbeiten."

„Soll er die doch ansprechen!"

„Ich habe ihm das vorgeschlagen. Er sieht ein Problem für die Zukunft, dass die Neffen mich eines Tages aus der Bank drängen könnten."

„Du bist der einzige Erbe! Wie soll das gehen?"

„Wenn sie ein Komplott gegen mich schmieden, könnte es ihnen gelingen. In London bin ich zu weit vom Zentrum entfernt. Auch meine Position als Geschäftsführer der Londoner Filiale wäre gefährdet."

Ich kann mir das alles nicht richtig vorstellen. Einen Ausweg sehe ich für ihn nicht. Meine Träume zerfließen zu einer undefinierbaren Masse. Für Gehao muss sich ein Abgrund auftun. Wie wird er sich entscheiden? Hat er überhaupt noch eine Wahl?

„Wenn du deinen Job verlierst, stelle ich dich in meiner Berliner Firma ein", sage ich mit einem Augenzwinkern.

Gehao schmunzelt und geht auf mein Angebot ein.

„Welchen Job würdest du mir anbieten?"

„Das muss ich mir noch überlegen. Zumindest sollte er hoch dotiert sein, damit wir nicht hungern müssen."

Sein Gesicht hellt sich auf. Das Problem bleibt und wird uns in der nächsten Zeit noch viel beschäftigen. Ich bin mir sicher, dass er genauso wenig die Nähe seiner Mutter sucht. Viele Möglichkeiten bieten sich nicht. Er ist in einer schwierigeren Lage als ich, denn er ist der zukünftige Clan Chef. In diesem Moment bin ich froh, eine Frau zu sein und nicht diese Bürde eines Tages tragen zu müssen. Er hat sich sein Leben nicht aussuchen können, ebenso wenig wie Cai es sich nicht aussuchen kann. Es ist wie in einem großen Theater, in dem jeden seine Rolle in dem Spiel zugewiesen wird.

<< 6 >>

*Shanghai Pudong*

Madame Zhou hat es sich nicht nehmen lassen, uns vom Hotel zum Flughafen zu bringen. Sie bedauert, dass wir früh abreisen, wo sie uns zu gern noch ihren vielen Freundinnen in den nächsten Tagen vorstellen wollte. Ich bin Gehao im Stillen dankbar, dass er den Aufenthalt von vornherein minimiert hatte. Mir haben die drei Tage gereicht und ich bin froh, Hongkong zu verlassen. Mit dieser Stadt verbindet mich nichts. Nur schnell weg, sage ich mir und eile zum Abfertigungsschalter.

Cai muss noch viele Küsse über sich ergehen lassen. Gestern Abend hat er sich diesbezüglich tapfer verhalten als sich alle Tanten über ihn beugten. Immerzu hat er gelacht.

Erst als die Maschine startet und ich die Silhouette von Hongkong durch mein Fenster sehe, atme ich erleichtert auf. Die Einzige, die am Flughafen Tränen vergossen hat, war Madame Zhou. Ob sie echt waren oder gut gespielt, kann ich nicht einschätzen.

In zweieinhalb Stunden landen wir in Shanghai. Hier ist schönes Wetter. Von meiner Familie ist niemand am Flughafen. Der Fahrer eines Kleinbusses steht am Ausgang mit einem Schild in der Hand, auf dem der Name unseres Hotels steht. Wir fahren in die Innenstadt. Die Straßen sind überfüllt, wie zur Rushhour in London. Langsam kommen wir voran und Cai wird unruhig, weil er Hunger hat. Wir checken im gleichen Hotel ein, in dem ich Gehao mit seiner Mutter vor unserer Heirat besuchte. Es ist mir angenehm, obwohl ich hier noch nie übernachtet hatte.

Nachdem wir uns ein wenig frisch gemacht haben, fahren wir mit dem Hotel-Bus zu meinen Eltern. Hier werden wir sehnsüchtig erwartet. Meine Mutter kann ihre Freudentränen nicht unterdrücken. Die Schwestern ohne Anhang, die beiden Tanten und Jins Mutter sind ebenfalls da. Alles ist mir vertraut. Vor Ergriffenheit kann ich nicht sprechen.

Zum Glück ist Cai bei mir, auf den sich alle Blicke richten. Wir Erwachsenen sind jetzt nur das schmückende Beiwerk. Es stört mich nicht, da ich seine Mutter bin und es mich freut, wenn andere mein Kind hübsch und liebenswert finden.

Gehao unterhält sich mit meinem Vater und Jin hat mit ihrer Mutter viel zu besprechen.

Nur Harry und ich werden nicht beachtet. Ich frage ihn, ob er sich mein Elternhaus ansehen möchte. Freundlich nimmt er das Angebot an. Die Zimmer erscheinen mir viel kleiner als ich sie in Erinnerung habe. Ob es daran liegt, dass die Räume in unserem Penthaus im Vergleich viel größer sind?

Als wir zurückkommen, hat sich der erste Ansturm auf das Baby gelegt und ich werde als Person zur Kenntnis genommen. Jetzt wollen alle wissen, wie ich mich in London eingelebt habe, wie unsere Wohnung aussieht und ob ich irgendwelche Hobbys ausübe. Vieles kennen sie aus den Erzählungen meiner Mutter. Dass ich Deutsch lerne, ist ihnen neu.

Mit Tee und Früchten überbrücken wir den Hunger und spazieren am späten Nachmittag zum Restaurant in unserer Straße. Die weitläufigen Verwandten haben sich eingefunden und das Erzählen beginnt von vorn.

Ich denke daran, wie vor zwei Jahren Peter hier saß und unsere Gesellschaft heimlich beobachtete. Wie wird es ihm gehen?

Ich frage Jin, ob und wie wir es herausfinden können. Sie hat noch die Rufnummern von einigen Studienkolleginnen, die mit uns in Hongping arbeiteten.

Eine kann sie telefonisch erreichen. Sie verabreden sich am nächsten Morgen in der Stadt beim Teehaus am Bund. Ich kann nicht mitkommen, da ich mit der Familie die Tempel unserer Schutzheiligen aufsuchen muss.

Für mich steckt in allem, was mich umgibt viel Erinnerung. Ich stelle mir die Frage, ob ich lieber hier oder in London lebe. Von meinem Gefühl und Verstand würde ich mich für London entscheiden. Ich weiß, dass ich dort jetzt zu Hause bin.

Nach dem Essen spricht mich meine ältere Schwester Lu an und möchte mit mir Wichtiges besprechen. Sie fragt mich, ob ich für ihren Freund, den Maler, eine Ausstellung seiner Bilder in London organisieren kann.

„Wie geht es ihm?", möchte ich von ihr wissen.

„Er ist fleißig und hat im letzten Jahr seine Werke in der Galerie von Hangzhou ausstellen können. Nicht jeder wird dort zugelassen. Es ist eine große Ehre für ihn."

„Hat er Internetanschluss?", frage ich sie.

„Ja!"

„Dann soll er mir Fotos von seinen Bildern mailen. Die zeige ich den Galeristen in London. Sie entscheiden, ob sie die Bilder ausstellen wollen. Gib ihm meine Visitenkarte, da ist die E-Mail-Adresse vermerkt."

Ich suche in meiner Handtasche eifrig und finde eine.

„Sprich mit niemand darüber. Mein Mann hat eine komische Bemerkung zu mir gemacht. Ich muss diesbezüglich zurückhaltender sein", flüstert Lu mir zu, obwohl niemand in unserer Nähe steht und das Gespräch belauscht.

„Ich werde nichts sagen!", verspreche ich ihr und meine es ehrlich.

Einen bösen Hintergedanken habe ich jedoch. Ich freue mich, wenn er sich realisieren lässt. Wie ich Lu kenne, wird ihr die Sache peinlich sein und sie sich sehr darüber ärgern. Recht wird es ihr geschehen, dieser falschen Schlange. Dass sie mich vor meiner Ehe hintergangen hatte, werde ich ihr nie verzeihen. Der Gedanke an Rache ist süß und ich koste ihn nach Herzenslust aus.

Am nächsten Morgen besuchen wir gemeinsam den Stadttempel, in dem wir zu unseren Ahnen beten. Hier hatte sich mein Vater bei Peter bedankt, dass er ihm beim Aufsammeln der Räucherstäbchen half. Sie waren ihm aus der Hand gefallen. Hätten sich beide bewusst kennengelernt, wäre mein Leben möglicherweise anders verlaufen. Ich traure meinem Schicksal nicht mehr nach und nehme es, wie es ist.

Jin will versuchen, Informationen von dem Projekt in Hongping zu bekommen, an dem ich mitgearbeitet hatte. Ob sie erfährt, wie es Peter geht? Gedanklich ist er mir nah. Ich könnte mir vorstellen, dass er hinter jedem Gebäude mit seiner Kamera hervortritt.

Meine Mutter ruft mich zu sich. Sie hält ein paar Räucherstäbchen in der Hand und streckt sie Cai entgegen. Er möchte damit spielen.

„Er soll sie selbst in den Sand stecken. Das bringt ihm Glück im neuen Jahr", sagt sie zu mir.

„Das Glück kann jeder brauchen. Glaubst du daran?"

Verwundert sieht sie mich an.

„Natürlich glaube ich daran und du solltest es ebenso tun! Vergiss nicht, aus welcher Familie du kommst. Unsere Ahnen sind für uns unsichtbar. Sie leben unter uns und können in schwierigen Situationen helfen."

Wenn ich daran denke, dass Gehao nach Hongkong gehen soll und ich als gute Ehefrau, ihm folgen muss, kann ich Hilfe brauchen. An diese Möglichkeit hatte ich bei unserer Heirat nicht gedacht. Ich sollte inständiger und aufrichtiger zu unseren Ahnen beten. In London werde ich an einem geeigneten Platz in der Wohndiele einen kleinen Altarschrein aufstellen lassen, wenn Gehao es erlaubt. Ich mache ihm den Vorschlag und zu meiner Überraschung ist er gleich damit einverstanden. Einen der herumsitzenden älteren Mönche frage ich, was ich tun muss, um in meiner Wohnung einen Altar zu errichten. Ihn scheint die Frage nicht zu verwundern. Aus einer Schublade entnimmt er ein Prospekt, in dem verschiedene Altäre zum Kauf angeboten werden. Nach einer Verbeugung überreicht er es mir. Ich danke ihm für seine Freundlichkeit und gebe ihm einen Zehnpfundschein. Ungläubig mustert er die Banknote. Pfundnoten scheint er nicht zu kennen.

In der Mittagszeit besuchen wir den naheliegenden Park. Gehao und mein Vater verlassen uns kurzzeitig.

Sie wollen sich die neue Filiale ansehen. Ich wäre gern mitgegangen. Es geht nicht, da ich auf Cai achtgeben muss. Meine Schwester Lu hat eine Tasche mit Früchten, Keks und Getränken bei sich und wir finden einen freien Platz in einem Pavillon. Dort werden die Schätze ausgepackt und jeder nimmt sich, wozu er Appetit hat. Es ist wie bei einem englischen Picknick, nur weniger opulent.

Jin kommt zu uns. Gern würde ich sie gleich ausfragen, was sie erfahren hat. Leider ist Lu in meiner Nähe und spricht von der erhofften Ausstellung ihres Freundes in London. Sie beabsichtigt, zu diesem Anlass mit ihrem Mann anzureisen. Als Gehao und mein Vater zurückkommen, ist es Zeit für den Abschied. Wir fahren mit zwei Taxis zu unserem Hotel und von dort gleich zum Flughafen.

Der Abschied von den Eltern und Schwestern fällt mir leicht. Die Maschine startet pünktlich nach Berlin und Cai beginnt gleich zu schlafen. Gehao meint scherzhaft, dass wir in seinem Zimmer in unserem Penthaus ein Rüttelbett aufstellen sollten. Nach dem guten Essen und einem Glas Sekt werde auch ich müde und schlafe ein. Kurz vor unserer Ankunft weckt mich Jin auf. Ich habe noch keine Gelegenheit gefunden, mit ihr unter vier Augen zu sprechen. Es ist Geduld angesagt, bis wir im Hotel sind.

Wir sind in den gleichen Zimmern untergebracht, wie bei unseren früheren Aufenthalten. Ich kann es nicht erwarten, dass mir Jin berichtet, was sie von den Arbeitskolleginnen aus Hongping erfahren hat. Wir gehen zu meiner Bank im Park, wo die Vögel und das Eichhörnchen auf mich warten.

„Erzähl, was hast du erfahren?", bestürme ich sie.

„Mit dem Projekt geht es gut voran. Die ersten Maschinensätze haben den Probelauf bestanden und ..."

Ich unterbreche sie, da ich hören will, wie es Peter geht.

Sie schweigt. Ich glaube, dass sie eingeschnappt ist, weil ich ihr abrupt das Wort abgeschnitten habe.

„Entschuldige Jin, jetzt sag mir endlich, was ich hören möchte", dränge ich sie.

Ihr Blick ist ernst.

„Vielleicht ist es besser, wenn ich dir nicht sage, was ich gehört habe?"

„Hatte er einen Unfall?"

„Nein."

„Sprich endlich!", fordere ich sie auf.

Ich halte die Spannung nicht mehr aus.

„Peter ist weg von der Baustelle. Seine Firma hat ihn nach Hause geschickt."

„Wieso?", unterbreche ich sie und ärgere mich über meine Ungeduld.

„Nachdem ich ihm den Abschiedsbrief übergeben hatte, hörte ich nichts mehr von ihm. Ich hatte meine eigenen Probleme und er wollte nichts mehr von mir wissen. Er dachte, dass ich von deiner Heirat wusste und es ihm verschwiegen habe. Vor Kummer fing er an zu trinken. Es wurde schlimmer und er verursachte einen Verkehrsunfall."

„Ist er verletzt worden und sind andere zu Schaden gekommen?"

„Ein Moped hatte er angefahren. Dem Fahrer ist jedoch nichts passiert. Die Polizei fand in seinem Auto mehrere Kisten mit Schnaps und nahm ihn mit ins Krankenhaus zum Alkoholtest. Nach diesem Vorfall durfte er die Baustelle nicht mehr betreten und musste nach Österreich abreisen. Ein anderer hat seine Arbeiten übernommen und von Peter hat man nichts mehr gehört."

Betroffen sehe ich Jin an.

„Es ist meine Schuld. Warum habe ich ihm nichts von meiner Zwangsheirat gesagt. Durch mein Schweigen ist alles schlimmer geworden. Wir haben uns geliebt und er hat mir vertraut."

Jin versucht mich zu trösten und ich jammere weiter.

„Niemand kann mich von meinem Verhalten freisprechen. Wenn ich es ihm gesagt hätte, wäre er nicht in dieses Tief gefallen. Mit dieser Schuld muss ich leben."

Meine Tränen kann ich nicht zurückhalten und Jin geht es ebenso. Wie wird es ihm jetzt ergehen? Ist er trocken? Fragen über Fragen stellen sich mir.

„Ich kann es nicht mehr gut machen, was ich angerichtet habe", gestehe ich Jin unter Schluchzen. Sie sagt nichts.

Nachdem wir uns ausgeweint und beruhigt haben, gehen wir zurück ins Hotel. Es ist Zeit für das Diner. Ich bitte Jin, mich bei Gehao zu entschuldigen. Sie soll ihm sagen, dass ich mich nach dem Flug unpässlich fühle. Cai schläft in Jins Zimmer und ich gehe zu ihm. Ihm gilt meine Liebe. Er ist ein Teil von Peter, den ich geliebt und verraten habe. Gern wüsste ich, wie es ihm geht. Ich sehe keine Möglichkeit es zu erfahren.

Gehao kommt zu mir, um sich zu erkundigen, was mir fehlt. Er fragt mich, ob er einen Arzt kommen lassen soll.

„Es war eine Übelkeit, die vergangen ist", versuche ich ihm zu erklären.

„Ich kann dir Speisen aufs Zimmer bringen lassen", schlägt er besorgt vor.

Cai ist aufgewacht und lacht uns an. Gehao läuft nicht gleich weg.

Es ist das erste Mal, dass er sich den Jungen in meinem Beisein betrachtet.

„Ich hoffe, dass es dir besser ergehen wird als mir. Du hast eine gute Mutter und bekommst von ihr die Liebe, die du in deinem vorbestimmten Leben brauchst", sagt er mehr zu sich selbst. Ich muss mit den Tränen kämpfen. Betroffen sieht er mich an.

„Habe ich was Falsches gesagt?"

„Nein! Entschuldige bitte! Deine Worte haben mich tief berührt."

Ich nehme Cai aus seinem Bettchen und rieche an der Windel. Sie scheint noch frisch zu sein.

Wir gehen zusammen in das Restaurant. An unserem Tisch sitzen noch zwei fremde Personen. Als ich näherkomme, erkenne ich Herrn Black. Die Frau an seiner Seite wird seine Gattin sein. Gehao stellt uns vor. Cai übergebe ich Jin und ich entschuldige mich, dass ich eine leichte Magenverstimmung von dem langen Flug habe.

Frau Black sagt mir, dass sie bei Langstreckenflügen auch Schwierigkeiten hat. Das Essen wird aufgetragen und ich trinke nur Kamillentee. Hunger habe ich jetzt nicht. Das Essen im Flugzeug war hervorragend.

Gehao erklärt mir, dass er mit Herrn Black gesprochen hat und er damit einverstanden ist, mir als Coach in der Firma behilflich zu sein. Bis zu unserem Weiterflug nach London bleiben uns zwei volle Tage. Die müssen reichen, um wichtige Punkte abzuklären. Den Sanierungsvorschlag hatte Gehao Herrn Black per E-Mail nach Wien gesendet. Er konnte sich somit auf die Besprechung morgen früh gut vorbereiten.

Von Frau Black erfahre ich, dass sie eine schöne Eigentumswohnung in Wien gefunden haben. Sie fragt mich, ob ich Wien kenne. Als sie hört, dass ich mich für die Jugendstilbauten der Stadt interessiere, ist ihre Begeisterung groß. Sie kennt sich gut aus und kann mir Geschichten ihrer Besitzer erzählen. Es ist angenehm sich mit ihr zu unterhalten. Sie ist eine kluge Frau, die sich für viele Dinge interessiert. Die Musik hat es ihr besonders angetan. Es ist der Hauptgrund, warum sie nach Wien wollte. Ihr Mann hat ihren Wunsch erfüllt, da er jetzt im Ruhestand ist.

Ich frage sie, ob sie Kinder hat.

„Zwei, einen Buben und ein Mädchen. Beide sind weit weg von Europa. Mein Sohn lebt mit seiner Familie in Australien und die Tochter in Kanada."

„Dann sehen Sie ihre Kinder kaum?"

„Darüber bin ich nicht glücklich. Gern wäre ich in der Nähe meiner Enkel. Die älteren gehen in die Schule und das Jüngste von meiner Tochter ist im Alter wie ihr Sohn."

Sie sieht traurig zu Cai, der auf dem Schoß von meiner Freundin sitzt und mit seinen kleinen Händen nach den langen Haaren von Jin greift.

Herr Black unterbricht unser Gespräch. Er fragt mich, ob ich mit ihm noch heute Abend über die Firma sprechen möchte.

Ich bin einverstanden. Morgen früh könnte die Zeit knapp werden.

Wir ziehen uns an einen separaten Tisch zurück. In dem Restaurant sind keine fremden Gäste.

„Ich bin ein alter Geschäftsfreund ihres Schwiegervaters und ein Freund der Familie. Sie würden mir eine Freude machen, wenn Sie mich John nennen", sagt er lächelnd.

Seine väterliche Art gefällt mir.

"Das ist freundlich von ihnen, ich bin Meiling, mein Mann hat mir viel von ihnen erzählt und ihr umfassendes Wissen bei der Sanierung maroder Betriebe gepriesen."

„Da wird er maßlos übertrieben haben. Es ist sonderbar, ich fühle mich nicht erfahren. Wenn alles gut verlaufen ist, war das nur dem Einsatz und Elan der Belegschaft zu verdanken. Ich habe nicht groß eingegriffen und nur ein klein wenig mitgeholfen. Wichtig ist, dass man den Elan nicht bremst und den Mut zu Neuem hat."

Es gefällt mir, wie bescheiden John ist. Er strömt Ruhe und Sicherheit aus.

Aus seiner Aktentasche entnimmt er einen schmalen Ordner.

„Hier habe ich alle wichtigen Unterlagen und eine Kopie des Vorschlages von ihrer Firma. Wenn Sie möchten, gehen wir die einzelnen Punkte der Reihe nach durch."

Ich bin einverstanden und nicke ihm zu.

Wir besprechen Punkt für Punkt. Er sagt mir seine Ansichten und ich die meinen. Zum Großteil sind wir uns einig. Wir werden morgen das Ganze auf uns zukommen lassen und zuhören, was die andere Seite zu sagen hat.

## 7

*Meilings Firma in Berlin*

Mit John an meiner Seite fühle ich mich sicher. In der Betriebsleitersitzung stelle ich ihn als meinen Berater vor.

Der Betriebsleiter beäugt ihn kritisch. Er kann sich noch daran erinnern, dass John vor vielen Jahren bei dem Kauf des Unternehmens durch meinen Schwiegervater mitwirkte und sich gegen den Erwerb des Unternehmens aussprach. Jetzt ist er Berater der neuen Eigentümerin und das erfüllt ihn mit großer Sorge.

Die Geschäftssprache ist Englisch. Das Reden überlässt er dem kaufmännischen Leiter. Der erläutert den Vorschlag, den sie mir vor einem Monat zugesandt hatten. Zum Schluss bitte ich ihn, mir ein paar Punkte näher zu erklären.

John bleibt ruhig und sagt kein Wort. Das überrascht den Betriebsleiter und scheint ihn zu irritieren.

Vor dem Mittag fahren wir mit einem Taxi ins Hotel zurück.

Harry ist mit Frau Black, Jin und Cai in die Innenstadt gefahren und Gehao sitzt vor seinem Laptop. Er fragt nicht, wie die Besprechung verlaufen ist. Diskret hält er sich aus allen Angelegenheiten heraus. Warum er das tut, weiß ich nicht. Ich vermute, dass er meine Entscheidungen nicht beeinflussen will. Es kann aber auch sein, dass es ihn nicht interessiert.

Nach einer kurzen Stärkung im Restaurant, ziehe ich mich mit John in den Wintergarten zurück. Ich frage ihn, wie er die Besprechung empfunden hat.

„Der kaufmännische Leiter hat überzeugend vorgetragen, wenn man davon absieht, dass die Vorschläge nicht neu sind. Es ist gut, dass du es ihnen nicht gesagt hast, was wir wissen. Diese Munition heben wir uns für später auf, wenn es notwendig ist, einen Schuss abzugeben."

„Haben dir meine Gegenvorschläge gefallen? Hätte ich sie zu diesem Zeitpunkt noch für mich behalten sollen?", frage ich John.

„Wie du argumentierst und neue Gedanken entwickelst, ist phänomenal. Mir haben deine Vorschläge gefallen."

„Es geht mir vor allem darum, die Firma in die Gewinnzone zu bringen, ohne jemand entlassen zu müssen", erkläre ich ihm.

„Ganz ohne Abstriche wird es wahrscheinlich nicht gehen. Die Organisation muss geändert werden. Der Verwaltungsbereich ist zu groß für das kleine Unternehmen."

Ich nicke ihm zustimmend zu.

„Wie würdest du vorgehen?", frage ich John.

Er unterbreitet mir seine Vorschläge, die vorrangig realisiert werden müssten. Sie decken sich mit meinen Vorstellungen. In erster Linie betreffen sie das Organigramm unter Berücksichtigung der betriebswirtschaftlichen Aspekte. Hierin habe ich keine Erfahrung.

Ich erkläre John, wie ich mir die Umstrukturierung vorstelle und worauf es mir in Zukunft ankommt. Im Wesentlichen baue ich auf Motivation und Mitverantwortung jedes Einzelnen in der Firma. Die Gewerkschaft will ich nicht als Gegner haben. Ihre Vertreter sollen in den wichtigen Sitzungen anwesend sein. Wir sitzen alle in einem Boot. John ist von meinen vielen Ideen angetan und meint, dass der Betrieb bald ein blühendes Unternehmen ist, wenn nur ein kleiner Teil davon verwirklicht wird. Ob er das ernst meint oder meine Euphorie nicht einbremsen will? Großes Kopfzerbrechen bereitet mir die Umgestaltung der Führungsriege.

„Mache es wie Aschenputtel!", meint John.

„Wer ist das?", frage ich verwundert.

John erzählt mir das Märchen von dem Mädchen, das die guten und die schlechten Erbsen aussortieren musste und am Ende Königin wird. Die Geschichte ist amüsant. Ich bitte ihn, mir zu sagen, wie er die Personalfrage lösen würde.

„Es wird nicht leicht werden, die Struktur zu verändern. Wenn der Kopf gesund ist, kann der Körper gedeihen. Ich bin überzeugt, dass der Betriebsleiter und seine Günstlinge sich gegen jede Änderung im Betrieb wehren. Sie treten auf die Bremse und haben den Betriebsrat hinter sich. Gegen den kommen wir nur schwer an."

„Wer wird außer dem Betriebsleiter noch gegen mich sein?", möchte ich wissen.

„Wahrscheinlich der technische und kaufmännische Leiter. Gegen dieses Trio ist schwer anzukommen. Sie sitzen fest in ihren Sesseln."

„Wie willst du daran rütteln?", frage ich John.

„Ich würde zwei neue Posten schaffen und zwei alte streichen. Wenn ich das getan habe, bin ich der ‚Bad Boy‘. Du bleibst die Gute und kannst das neu gepflügte Feld nach deinen Vorstellungen frei bestellen."

„Welche Posten meinst du?", möchte ich wissen.

„Ich muss davon ausgehen, dass der Betriebsleiter und seine beiden Günstlinge nicht freiwillig ihre Position räumen. Es bietet sich an, zwei neue Vertriebsfilialen, eine in Russland und eine in China, zu gründen und ihnen den Leitungsposten dort anzubieten. Nehmen sie an, ist es gut und lehnen sie ab, müssen wir uns von ihnen trennen."

„Was ist mit der dritten Person?"

„Es betrifft den technischen Leiter. Diese Stelle wird abgeschafft und er wird Prüffeldleiter."

John erschreckt mich.

„Ich möchte den jetzigen Prüffeldchef nicht verlieren. Er ist der Einzige, der gut Englisch spricht und dem ich vertraue."

„Das sollst du weiterhin tun. Er wird der neue Betriebsleiter. Keiner kennt besser die Schwachstellen in der Firma als er. Somit weiß er, wo der Schuh am meisten drückt."

Diese Lösung finde ich großartig. John hat die Erfahrung und denkt an alles. Die Herren der alten Troika würden ihr Gesicht nicht verlieren und mir keine Schwierigkeiten machen. Ich gebe John freie Hand in der Umsetzung der angedachten Personalveränderungen. Mit den Vertriebsbüros im Ausland schaffen wir uns erstmals neue Märkte. Wir gehen zu den Kunden und warten nicht ab, bis sie zu uns kommen.

Ein weiterer wichtiger Schritt ist die Berichtspflicht der Fachabteilungsleiter. Eine Zwischenebene ist weggefallen.

„Können wir morgen damit beginnen?", möchte ich wissen.

John schüttelt mit dem Kopf.

„Noch nicht! Zunächst werden wir Verbesserungen im Betrieb einführen, die allen Mitarbeitern zeigen, dass ein anderer Wind weht. Eine deiner Ideen, ist die Einführung eines Prämiensystems, das sich am aktuellen Betriebsergebnis ausrichtet. Es wird die Mitarbeiter motivieren, Verbesserungsvorschläge zu machen. Die Fleißigen spüren das im Portemonnaie und das motiviert die anderen.

Voller Spannung erwarte ich den nächsten Tag und spreche noch am Abend mit Jin darüber. Ich stelle fest, dass sie keine gute Gesprächspartnerin diesbezüglich für mich ist. Sie kann nicht strategisch denken. Meine Vorschläge nickt sie ab, ohne sie richtig zu umreißen. Ob ihr Studium der Betriebswirtschaft das Richtige für sie ist, möchte ich bezweifeln.

Cai liegt bei Jin im Zimmer, damit ich durchschlafen kann. Wenn er nachts wach wird gibt sie ihm die Flasche.

Ich schlafe schlecht. Mir gehen viele Gedanken durch den Kopf. Wie werden die morgigen Gespräche verlaufen? Ich bin froh, dass John meine Grundauffassung für eine humane Sanierung des Betriebes teilt. Wenn es nicht absolut notwendig ist, möchte ich keine Kündigung aussprechen müssen und ich hoffe, dass sich die Belegschaft durch besondere Anstrengungen erkenntlich zeigt. Geringfügige Lohneinbußen wird es in dem einen oder anderen Fall geben. Zurzeit wird nicht nach Leistung, sondern nach Anwesenheit im Betrieb bezahlt. Dieses System motiviert nicht, bessere Ergebnisse zu erzielen. Bei einigen Arbeitern und Angestellten hat sich ein Schlendrian breitgemacht. Das möchte ich in Zukunft anders haben.

John und ich fahren früher, als am Tag zuvor, in die Firma. Es bleibt uns wenig Zeit und wir haben noch viel zu erledigen. Es sind die gleichen Personen im Besprechungsraum anwesend, wie am Tag zuvor. Auffällig ist, dass der Betriebsleiter uns nicht entgegenkommt.

Gleich zu Anfang teile ich mit, dass ich John als meinen Berater ermächtige, künftig die Verhandlungen zu führen und in meiner Abwesenheit Entscheidungen zu treffen. Damit steht er ab jetzt im Fokus.

John geht nach unserem strategischen Plan vor. Die Fortschritte sind am Ende des Tages geringer als wir hofften. Er bittet mich, noch ein paar Tage in Berlin zu bleiben, bis wir zu einem Ergebnis gekommen sind.

Mein Problem ist das Baby. Jin muss nach London, um nicht zu viele Vorlesungen zu versäumen und ich kann meinen Sohn in die Besprechungen nicht mitnehmen.

Ich sage John, dass ich wegen des Babys nach London muss und er ohne mich die Verhandlungen weiterführen soll.


Das Thema kommt beim Diner zur Sprache. Gehao erkundigt sich nach dem Stand. John berichtet in wenigen Sätzen und sagt, dass es besser wäre, wenn ich noch ein paar Tage bleibe, bis wir einen Abschluss erreichen.

„Ich bin einverstanden!", meint Gehao.

„Es geht nicht wegen Cai. Ich habe niemand, der auf ihn aufpasst", erwidere ich.

„Ich kann bei ihm bleiben", sagt Jin.

„Du hast Vorlesungen. Es ist nicht voraussehbar, wie lange die Verhandlungen im Betrieb dauern werden", gebe ich zu bedenken.

Johns Frau fragt, ob sie auf das Baby aufpassen darf. Überrascht sehen wir sie an. Gehao nickt mir zu. Er ist damit einverstanden. Ich muss entscheiden, ob ich ihr den Kleinen, den ganzen Tag zumuten kann. Cai ist ein unruhiges und forderndes Kind und wenn er nicht schläft, will er ständig beschäftigt werden. Es kommt mir vor als tue ich Frau Black einen Gefallen, wenn sie Cai tagsüber betreuen kann. Auf ihre Enkel muss sie verzichten, da sie entfernungsmäßig zu weit weg sind. Wenn Cai in der Obhut von Frau Black ist, habe ich keine Sorgen um ihn. Jederzeit kann sie mich anrufen und ich bin gleich bei ihm.

Am nächsten Morgen reisen Gehao, Jin und Harry zurück nach London. Es ist für mich ein komisches Gefühl als wir uns im Hotel verabschieden. Jetzt habe ich keinen Zeitdruck mehr. John ist zufrieden, dass ich da bin und er sich mit mir abstimmen kann.

Meine Vorschläge, über die neue Prämienregelung, werden in der Firma diskutiert. Es ist eine Verbesserung für die Belegschaft und wir haben die Gewerkschaft mit ins Boot geholt. Bei den Besprechungen beobachte ich die Gewerkschaftsvertreter. John ist ihnen gegenüber zurückhaltend. Er sagt mir, dass er früher schlechte Erfahrungen mit diesen Verbänden gemacht hat und eine tiefe Abneigung gegenüber ihren Vertretern hegt. Ich bin allen und jedem gegenüber offen und das spüren viele. Diese Gespräche schaffen ein gutes Klima für die Verhandlungen. Langsam bildet sich ein gegenseitiges Vertrauensverhältnis.

Eine Woche diskutieren wir die Prämienregelung. Mit Sorge überlege ich, wie lange ich noch bleiben muss, bis wir uns über die kurzfristig verbessernden Maßnahmen einig sind und gemeinsam die Realisierung beschließen können.

Den großen Brocken mit der Änderung in der Leitungsstruktur und verschiedenen Umbesetzungen hat John noch nicht angesprochen. Er ist der Meinung, dass es besser ist, wenn ich diese Auseinandersetzung ihm überlasse, damit mein gutes Image keinen Schaden nimmt. Anfänglich bin ich seiner Ansicht und freue mich darauf, bald in London zu sein. Nach reiflichen Überlegungen entschließe ich mich, zu bleiben. Ich kann nicht vor unangenehmen Entscheidungen davonlaufen. Ich muss lernen, selbständig mit kritischen Situationen umzugehen. John versteht mich. Er wendet sich der Strukturveränderung in der Führungsspitze zu. Mit dem Beamer projiziert er ein Organigramm an die Wand, auf dem die neuen Leitungsebenen zu sehen sind. Heftige Diskussionen folgen. Nicht alle wehren sich gegen die Änderungen, da sie die verstärkte Kompetenz der Fachabteilungen klar erkennen. Proteste und strikte Ablehnung kommen von der Troika. Das haben wir erwartet. Die Bereichsleiter sind jetzt Abteilungsleiter und denen unterstehen die Gruppen oder Arbeitsteams.

John erläutert die neue hierarchische Struktur, bis es der größte Teil verstanden hat. Am meisten wehrt sich der Betriebsleiter. Er ist der Meinung, dass die Versetzung als Vertriebsdirektor nach Moskau, nicht seinem Arbeitsvertrag entspricht und er dem nicht zustimmen wird. John bleibt gelassen und erklärt ihm, dass für diese Vertriebsstelle nur der beste Mann in Frage kommen könnte. Das übertriebene Bauchpinseln finde ich peinlich. Es hat Erfolg. Nach ein paar Tagen Bedenkzeit ist er mit seiner Versetzung einverstanden. Er wird sich überlegt haben, dass dieser Job besser ist als arbeitslos zu sein. In seinem Alter hat er keine Chance eine vergleichbare Tätigkeit zu finden. Zu Hause herumsitzen und Däumchen drehen, wird er nicht wollen. Seine guten Russischkenntnisse werden ihm in Moskau helfen. Bisher hat er sich jeden Tag mit Englisch herumquälen müssen und das fällt für ihn weg. Ich habe den Eindruck, dass er jetzt freier und entspannter auftritt als wäre ihm eine große Last von seinen Schultern genommen worden.

Der kaufmännische Leiter hatte sich nach der Entscheidung seines Chefs mit der Versetzung abgefunden. Er einigte sich mit John darauf, dass das Büro nicht in Peking, sondern in Shanghai errichtet wird. John hat keine Einwände, da viele Betriebe, die unsere Produkte benötigen, sich in diesem Industrieraum befinden. Gemäß dem Organigramm nennen sich die Chefs der Außenbüros, Vertriebsdirektoren. Das klingt besser als Leiter.

Nur der technische Leiter findet es eine Schande als Abteilungsleiter für das Prüffeld eingesetzt zu werden. John fragt ihn, ob er lieber Betriebsleiter sein möchte. Das wollte er nicht, da er sich in den betriebswirtschaftlichen Dingen nicht auskennt.

Anders verhält es sich mit dem ehemaligen Prüffeldleiter, der meinen Rat folgend, in der Abendschule die Geschäftsführerprüfungen abgelegt hat. Ebenso sind seine Englischkenntnisse besser als die der anderen. Ich bin davon überzeugt, dass er ein guter Geschäftsführer wird.

Größere Probleme gibt es bei der Ausrichtung der Gehälter und Löhne an dem betriebswirtschaftlichen Ergebnis. Hier stemmt sich die Gewerkschaft dagegen. John ist der Verzweiflung nahe und ich spüre, dass er gereizt und hart reagiert. Hier komme ich ihm zu Hilfe und wirke ausgleichend. Als es uns gelingt, die Führungsriege von der Sinnhaftigkeit des neuen Gehalts- und Lohnverrechnungssystems zu überzeugen, schließt sich allmählich die übrige Belegschaft an. Nur die beiden Vertreter der Gewerkschaft wehren sich. Eine leistungsorientierte Bezahlung, die sich an dem Betriebsergebnis ausrichtet, empfinden sie wie ein rotes Tuch.

Nach langanhaltenden Diskussionen ändern sie ihre Meinung. Die eigenen Mitglieder überzeugen sie. Sie erklären sich einverstanden, das neue System probeweise einzuführen.

Damit haben John und ich unsere Ziele erreicht. Im Detail besprechen wir viele Einzelheiten mit dem neuen Betriebsleiter und beschließen, in einer Woche nach Hause zu fahren.

Ohne John wäre mir das nicht gelungen. Meine anfängliche Euphorie, die Firma in kurzer Zeit umgestalten zu können, ist verflogen. Die zähen Verhandlungen, der letzten Tage, haben mich ernüchtert. Ich frage mich, ob es das ist, was ich mir erhoffte. Mir wird bewusst, dass ich den Betrieb als Spielwiese gesehen habe, auf der ich mich mit meinen technischen Kenntnissen verwirklichen kann. Ich sah die vielen kleinen Entwicklungsprojekte, bei denen ich hilfreich mitwirken könnte. Es ging mir um Selbstverwirklichung und der Freude, bei der Lösung von technischen Aufgaben mitzutun.

Als Eigentümerin muss ich jedoch mein Hauptaugenmerk auf die globale Entwicklung des Unternehmens legen und nicht nur auf einen kleinen Teilbereich. Meine betriebswirtschaftlichen Kenntnisse sind nicht ausreichend, das habe ich erkannt. Ich werde mich in Zukunft auf erfahrene Mitarbeiter, wie John, verlassen müssen. Wie lange wird er mich unterstützen? Er ist in Pension und wird mit seiner Frau den Lebensabend angenehmer verbringen wollen als mit mir, eine marode Firma in Schwung zu bringen. Es ist ein Wettlauf mit der Zeit.

Ich habe noch nicht herausgefunden, was John bewegt, mir zu helfen. Er könnte in Wien die Zeit angenehmer verbringen als hier am Rande von Berlin eine alte Firma zu sanieren. Vielleicht hat er sich aus Loyalität zu Gehao dazu entschlossen oder ihn reizt die neue Herausforderung. Wie er mir sagte, hatte er bisher noch nie an der Sanierung eines Betriebes direkt mitgewirkt. Es war für ihn Neuland, wie für mich. Jedoch sind sein Basiswissen und langjährige Berufserfahrung anders als bei mir. Bestimmt wird er denken, was für ein dummes Küken ich bin und ohne seine Mithilfe untergehen würde. Er hätte damit nicht Unrecht. Ich sehe meine Situation genauso.

## 8

*Villa in Berlin*

Drei Wochen haben John und ich im Betrieb durchgehalten. Ich bin ihm dankbar, dass er mich unterstützt und täglich aufmuntert.

An den Wochenenden haben wir vieles gemeinsam unternommen. Es hatte öfters geschneit und Johns Frau zeigte mir, wie man sich auf Langlaufskiern fortbewegen kann.

Gehao ist dieses Wochenende zu Besuch gekommen. Ich glaube nicht, dass er in den letzten Wochen Sehnsucht nach mir und Cai hatte. Fragen will ich ihn nicht. Es können die Flugstunden sein, von denen er im Jahr eine bestimmte Anzahl für seinen Flugschein nachweisen muss. Ich freue mich, dass er da ist und mit uns zusammen Zeit verbringt.

Am Sonntagmittag fahren wir in ein Waldgebiet, das in der Nähe meiner Firma liegt. Gehao parkt das Auto und wir gehen im Schnee spazieren. Eine alte Villa fällt mir auf, die wie ein verlassenes Geisterschloss an unserem Weg liegt.

Wir bleiben stehen und Gehao sieht interessiert auf das baufällige Gebäude.

„Wie gefällt dir das Haus?", möchte er von mir wissen.

„Es ist schlecht zu erkennen", antworte ich kurz.

„Gehen wir hinein?", sagt er und hantiert an dem Torschloss herum.

Er bekommt es auf. Ich komme mir vor, wie ein Einbrecher, der am helllichten Tag ein fremdes Grundstück betritt. Was wir tun ist nicht erlaubt, denke ich und sehe mich ängstlich um. Gehao öffnet das quietschende Eisentor zu dem verwilderten Grundstück. Ich folge ihm vorsichtig. Hinter jedem Strauch erwarte ich eine böse Überraschung. Hunde können bellend angerannt kommen. Vor ihnen habe ich große Angst.

„Ist das Haus bewohnt?", will ich wissen.

„Die Villa steht leer und soll verkauft werden", antwortet Gehao.

Wir laufen um das Haus herum. Flankiert ist es von zwei, weit auseinanderliegenden, kleinen Gebäuden. Sie sind ebenerdig und verfallen. Das eine sieht aus wie eine Garage mit Werkstatt und das andere ist verglast, wie ein Gewächshaus. Wir gelangen zu einem See. Er liegt ruhig vor uns. Ein schmaler Holzsteg führt durch die flache Schilfumrandung bis zu einer freien Stelle.

Gehao betritt den Steg und tastet sich langsam mit den Fußspitzen weiter. Ich traue mich nicht auf die Bohlen zu treten, sie könnten morsch oder glitschig sein. Eine dünne Eisschicht ist auf der Oberfläche zu sehen.

„Der See ist zugefroren. Du kannst auf dem Eis entlanggehen. Harry wird dir helfen", ruft mir Gehao zu.

Das erscheint mir am ungefährlichsten. Harry reicht mir seine Hand. Sie ist verschwitzt. Ich denke, dass er mehr Angst hat, die Eisfläche zu betreten als ich. Frau Black sieht uns mit dem Kind auf dem Arm ängstlich vom Ufer aus zu. John ist verschwunden. Ihn interessiert mehr das Werkstattgebäude und er stöbert dort herum.

Harry und ich erreichen Gehao, der wie ein Kapitän auf der Brücke eines Schiffes steht und über das Wasser blickt.

„Im Sommer muss es hier fantastisch sein. Diese Ruhe ist Erholung pur", fängt er an zu schwärmen.

Ich finde es ebenso schön, trotz der Angst vor dem Einbrechen auf der Eisfläche. In der Ferne sehe ich ein Schwanenpaar. Sie stehen da und pflegen ihr Gefieder.

„Sehen wir uns das Haus an", schlägt Gehao vor.

Wir blicken zu dem Gebäude. Es ist eine alte Villa, mit einer seeseitigen großen Terrasse. An einigen Stellen ist der Putz abgefallen und dort, wo in den Fenstern Glasscheiben zerbrochen sind, wurden Bretter vor die Öffnung genagelt. Am Ufer angekommen, nehme ich Cai auf den Arm und wir folgen Gehao zu dem Haus. Stufen führen hinauf zu der großen Terrasse, die mit einer steinernen Brüstung umsäumt ist. Auf den Pfosten stehen Steinfiguren, die ich nicht deuten kann. Sie sind verwittert. Harry versucht die Glastür zu der Terrassendiele zu öffnen. Es gelingt ihm nicht. Gehao und John helfen ihm. Es ist vergebens.

Sie überlegen kurz und gehen zum straßenseitigen Haupteingang. Die schwere Eichentür kann Gehao mit einem der Schlüssel in seiner Hand öffnen.

„Hier hat lange niemand gewohnt", sage ich zu ihm.

Bestätigend nickt er. Überall liegt Staub auf den alten Möbeln und die Sitzgarnituren sind mit Leinentüchern abgedeckt. Der Eingangsraum ist gleichzeitig das Treppenhaus. Es sieht aus, wie in einem alten Schloss. Mir gefällt die Innenarchitektur. Sie hat eine besondere Ausstrahlung. Wir sehen uns die Räume im Parterre an. Dort befinden sich die Küche, der Wohn- und Speiseraum, die Terrassendiele, eine große leergeräumte Bibliothek und ein herrlicher Wintergarten. Versteckt entdecke ich eine schmale Kammer und eine Toilette mit Bad.

Wir gehen die breite Treppe hinauf zu den oberen Räumen. Dort befinden sich die Schlafzimmer für die Familie und Gäste. Sie sind hell und im Gegensatz zu den Räumen im Untergeschoss viel besser erhalten.

Auf dem Heimweg erzählt uns Gehao, dass ihm das Haus mit Grundstück von einem Immobilienmakler angeboten wurde. Die Schlüssel der Villa hatte er ihm im Hotel hinterlegt. Mein Mann fragt sich, ob er das Anwesen kaufen soll. John möchte wissen, was es kostet. Gehao nennt ihm einen Preis, der verhandelbar ist. Ich habe keine Vorstellung von dem Wert einer Immobilie, da ich mich damit nie beschäftigt habe. Blacks kennen sich diesbezüglich gut aus. Auf der Suche nach einer Eigentumswohnung oder einem Haus in Wien haben sie Erfahrungen gesammelt. Sie meinen, dass für die Renovierung der gleiche Betrag kalkuliert werden müsste. Sie finden den Kaufpreis angemessen und die Lage herrlich.

„Willst du das Haus für dich verwenden?", fragt ihn John.

„Das muss ich mir noch überlegen. Immobilien sind eine sichere Wertanlage", erwidert Gehao grinsend.

Bei Partys in London haben mir manche Herren erzählt und damit geprahlt, dass ihr Immobilienbesitz die krisensicherste Anlage sei. Zinshäuser würden sich auszahlen und höhere Rendite erzielen als manches Wertpapier. Davon verstehe ich zu wenig und denke, dass ich mich mehr mit dieser Thematik beschäftigen sollte. Seitdem mein Sohn auf der Welt ist, entwickelt sich bei mir ein verstärktes Sicherheitsdenken. Was ist, wenn mir oder Gehao ein Unglück passiert? Ist unser Sohn richtig abgesichert? Immobilien zu besitzen, scheint in diesem Fall eine gute Lösung zu sein. Gehao grübelt und fragt mich: „Was meinst du?"

„Willst du wissen, was ich vom Immobilienhandel halte, oder wie mir das Haus gefällt."

„Beides!", erwidert er kurz.

„Vom Handel mit Häusern und Wohnungen habe ich keine Ahnung. Die Villa, die wir uns angesehen haben, gefällt mir gut. Trotz ihres schlechten Zustandes besitzt sie einen besonderen Charme."

„Ich bin deiner Meinung", erwidert Gehao spontan. „Der Architekt muss sich mit Fengshui gut ausgekannt haben. Verschiedene Dinge sind nach diesen Regeln ausgeführt worden. Bei den meisten Gebäuden in Europa finden sie keine Beachtung. Hier ist es mir gleich aufgefallen."

„Vielleicht war es ein chinesischer Baumeister?", wage ich zu mutmaßen.

„Das denke ich nicht! Der Immobilienmakler informierte mich über die Geschichte des Baus. Zwischen 1897 und 1914 gab es das Deutsche Schutzgebiet Kiautschou. Einer der deutschen Baumeister aus Qindao kehrte im Jahre 1910 nach Berlin zurück und hat sich dieses Haus errichtet."

„Dann ist es nicht verwunderlich, dass er sich mit Fengshui auskannte. Warum ist es so arg verfallen?", möchte ich wissen.

„Der Baumeister war Jude und ist vor dem Zweiten Weltkrieg mit seiner Familie nach Amerika geflohen. Die Villa wurde als Kinderheim genutzt. Nach der

Wende stellten die Erben des Baumeisters einen Rückführungsantrag und boten das Haus zum freien Verkauf an. Seitdem steht es leer und verfällt allmählich. Der Preis ist stetig gefallen."

„Wenn man nicht bald mit der Sanierung beginnt, müsste das Gebäude abgerissen werden. Das wäre schade um die Villa, die eine interessante Geschichte hat", erklärt John.

„Ich bin deiner Meinung. Es ist jetzt der richtige Zeitpunkt, es zu erwerben", meint Gehao.

„Was willst du damit tun, wenn es saniert ist?", möchte ich von ihm wissen.

„Wenn es dir gefällt, würde ich es dir gerne schenken. Es liegt nicht weit von deinem Betrieb entfernt. Du könntest fast hinlaufen. Einen Nachteil hat es jedoch. Das Grundstück ist groß und liegt im Wald. Nachbarn konnte ich keine sehen. Ebenso müsste man mit dem Auto zum Einkaufen fahren."

„Es würde mich nicht stören", erwidere ich spontan.

Gehao fragt John und Ruth nach ihrer Meinung. Sie raten meinen Mann zum Kauf.

Ich denke, dass er sich nach der Besichtigung bereits entschieden hatte. Er ruft den Makler an und bittet ihn, ins Hotel zu kommen und alle Unterlagen mitzubringen. Der Makler ist ein kleiner dicker Mann, den ich mit seinem Berliner Dialekt kaum verstehe. Gehao bestätigt ihm die Kaufabsicht und verweist auf seinen Berliner Anwalt, der den Kaufvertrag mit ihm abstimmen soll. Auf einem der Papiere muss ich unterschreiben. Alle beglückwünschen mich zum zukünftigen Erwerb der Villa.

Ich fasse nach Gehaos Hand.

„Dein Geschenk nehme ich gerne an", sage ich ihm lächelnd.

Am liebsten würde ich ihn drücken. Ich weiß nicht, wie er darauf reagiert und lasse es sein. Meine Freude ist groß. Die Villa wird ein weiterer Baustein für meine Selbständigkeit sein. Schwierig erscheint mir das ständige Pendeln zwischen London und Berlin, doch daran werde ich mich gewöhnen. Wenn die Villa renoviert ist, kann ich in der Nähe des Betriebes wohnen. Für John und seine Frau ist genügend Platz in dem Haus. Ich denke, dass ich seine Hilfe in den nächsten Jahren dringend benötigen werde.

Zur Tee-Zeit gibt es kein anderes Thema als die Sanierung des Hauses. Ich schreibe mir die Ideen auf. Ob sie realisiert werden können, ist im Moment nicht wichtig. Es ist eine Art „Brainstorming", eine Methode der Ideenfindung, bei dem jeder frei seine Gedanken äußert. Gehao will sich um die nächsten Schritte, bezüglich der Renovierung der Villa, kümmern.

John und ich werden noch die nächste Woche im Betrieb bleiben und beobachten, wie die beschlossenen Maßnahmen umgesetzt werden. Gehao und Harry fliegen morgen früh nach London zurück. Ich würde mich ihnen gern anschließen. Das geht wegen Cai nicht. In der kleinen Maschine ist die Lautstärke zu hoch und im Winter ist es zu kalt. Wir wollen am nächsten Wochenende mit einer Linienmaschine nachkommen.

Die Männer verlassen uns. Gehao will noch über andere Dinge mit John bis zum Diner sprechen. Ich sitze mit Frau Black und Cai im Wintergarten. Mein Sohn ist gleich nach dem Fläschchen eingeschlafen. Die frische Luft während des Spaziergangs hatte ihn müde gemacht. Frau Black sieht zum Jungen und danach zu mir.

„Ich möchte Sie etwas fragen. Wollen wir nicht ‚du' zueinander sagen?", bietet sie mir an.

„Gern", erwidere ich, „ich bin Meiling".

„Mein Name ist Ruth. Ich wollte es schon früher anbieten. Es hat sich nicht ergeben."

„Ich finde es nicht wichtig ob man ‚Sie' oder ‚du' sagt. Entscheidend ist, dass man sich sympathisch findet. Von Anfang an habe ich eine innere Nähe gespürt."

„Mir geht es ebenso. Du bist mir wie eine Tochter", bestätigt Ruth.

„Vor längerer Zeit sagtest du mir, dass du zwei Kinder hast."

„Ja! Es ist ein Sohn und eine Tochter. Sie haben gute Ehepartner, mit denen ich mich bestens verstehe. Sie sind jedoch zu weit weg."

„Bist du eine echte Wienerin?", frage ich neugierig.

„Wenn man die Echtheit mit dem Geburtsort verbindet, bin ich eine."

„Und woher stammt dein Mann?", möchte ich wissen.

„Er kommt aus Birmingham. Wir haben uns während des Studiums in London kennengelernt."

„Leben deine Eltern noch?"

„Meine Mutter ist vor ein paar Jahren gestorben und ob meine beiden Väter noch leben, weiß ich nicht."

„Wieso hast du zwei Väter?", frage ich verwundert.

„Das ist eine komische Geschichte. Sie wird dich langweilen."

„Erzähle sie mir bitte. Sie interessiert mich."

„Geboren bin ich in dem Jahr als der Krieg aus war. Mein Vater galt als vermisst. Er war einer der vielen Soldaten, die in Stalingrad gekämpft hatten. Meine Mutter musste sehen, wie sie mit mir überleben konnte. Sie lernte einen Kriegsheimkehrer kennen, der seine Frau und die beiden Kinder bei einem Bombenangriff verloren hatte. Seine Wohnung war zerstört und er zog zu uns. Meine Mutter heiratete ihn. Ich nannte ihn Papi und er war lieb zu mir. Eines Tages kam ich von der Schule nach Hause und fand einen verwahrlosten Mann vor unserer Wohnungstür sitzen. Er fragte nach meiner Mutter und wollte in der Wohnung auf sie warten. Ich schlug ihm die Tür vor der Nase zu. Meine Mutter hatte mir verboten, fremde Leute hereinzulassen. Er sah verhungert aus. Durch den Türspion beobachtete ich den Mann. Er hatte sich auf der obersten Treppenstufe niedergesetzt. Ich brachte ihm ein Butterbrot und einen Becher Malzkaffee. Hastig aß er das Brot."

„Vielleicht war es ein Bettler", mutmaße ich.

„Meine Mutter kam heim und ließ den Mann in die Wohnung. Sie sprachen beide kein Wort. Die Mutter weinte. Ich nahm an, dass er ihr eine schlechte Nachricht überbracht hatte. Der Fremde wusch und rasierte sich in der Küche und meine Mutter gab ihm frische Kleidung. Bevor es Abend wurde, ging der Mann weg. Als ich meine Mutter fragte, ob sie ihn kennt, gab sie mir keine Antwort."

„Hat sie es dir später gesagt?", frage ich neugierig.

„Auf ihrem Totenbett verriet sie mir, dass dieser Mann mein leiblicher Vater war. Er kam gerade aus der russischen Kriegsgefangenschaft zurück. Als sie es am Abend meinem Papi gesagt hatte, hat der die Wohnung verlassen. Nach dem Tod meiner Mutter, suchte ich nach beiden. Ich konnte sie nicht finden. Sie werden tot sein oder haben einen anderen Namen angenommen. Ich weiß es nicht."

Ruth hält sich die Hände vors Gesicht. Ob sie weint? Ich versuche das Schweigen zu überbrücken.

„Den Krieg kenne ich nur aus den Erzählungen meiner Großeltern. In Shanghai haben die Japaner gewütet und meine Familie hatte großes Glück, die Bombenangriffe zu überleben. Ich hoffe, dass unsere Kinder eine solche Zeit nie durchmachen müssen. Wie ging es weiter, mit dir und deiner Mutter?"

„Das erzähle ich ein andermal. Jetzt ist Zeit für das Diner. Du weißt, dass unsere Männer großen Wert auf Pünktlichkeit legen."

Ich rufe in der Rezeption an und bitte, mir ein Stubenmädchen zu schicken, das auf meinen schlafenden Sohn aufpasst.

Nach dem Diner gehe ich in meine Suite, um nach Cai zu sehen. Das Stubenmädchen ist in dem Sessel neben dem Gitterbett eingeschlafen. Als ich sie wecke, entschuldigt sie sich tausendmal und bittet mich, nichts davon an der Rezeption zu sagen. Ich verspreche es ihr. Cai wird noch stundenlang ruhig weiterschlafen.

Ich beginne in meinem Buch zu lesen. Da höre ich, wie jemand an der Tür klopft. Ich öffne und draußen steht Gehao.

„Können wir miteinander reden?", fragt er mich.

Ich bitte ihn herein.

„Bevor ich abreise, möchte ich mit dir über eine unangenehme Sache sprechen."

Verwundert sehe ich ihn an und biete ihm einen Sitzplatz an.

„Kann ich dir zu trinken anbieten?"

„Ein Glas Mineral bitte."

Ich hole aus der Minibar eine Flasche und gieße uns beiden ein Glas ein.

Er zögert mit dem Sprechen.

„Meine Mutter hatte mich in Hongkong angesprochen. Sie will wissen, wann sie ein zweites Mal Großmutter wird."

„Sie hatte mich das gleiche gefragt", entgegne ich ihm.

„Ich weiß! Sie meinte, dass du dich nicht weiter geäußert hast."

„Das stimmt!", bestätige ich.

„Jetzt telefoniert sie jeden zweiten Tag mit mir und nervt mich damit. Sie glaubt, dass du durch deine Firma zu stark abgelenkt bist und kein zweites Kind haben willst."

Ich habe damit gerechnet, dass meine Schwiegermutter einen Grund suchen wird, um meine Selbständigkeit einzuschränken. Wir haben seit Anbeginn ein angespanntes Verhältnis und sie weiß, dass ich mich von ihr nicht unterdrücken lasse. Zum Glück leben wir zehntausend Kilometer von Hongkong entfernt und ihr Einfluss verringert sich mit der Distanz. Ich kann Gehao verstehen, dass ihn das telefonische Bombardement nervt. Wie kann ich ihm helfen? Über ein zweites Kind hatte ich nachgedacht. Es wäre für Cai gut, einen Bruder oder eine Schwester zu haben. In China ist es nicht selbstverständlich, wegen der Ein-Kind-Politik. Viele Kinder müssen dort ohne Geschwister aufwachsen. Ich finde das für eine Familie nicht gut. Gehao schweigt. Er wartet auf einen Vorschlag von mir. Ich habe keinen parat.

„Was sagst du deiner Mutter, wenn sie dich fragt?", will ich wissen.

„Immer das gleiche, dass wir daran basteln. Sie sprach davon, uns einen namhaften Gynäkologen zu senden, der dich untersuchen soll."

„Das fehlt noch. Ich werde ihr sagen, dass sie sich nicht in unsere Angelegenheiten einmischen soll."

„Glaubst du, dass sie sich daran hält?"

„Ich denke nicht!", gebe ich resigniert zu.

„Mir ist wichtig, dass wir uns ihr gegenüber nicht widersprechen", ergänzt Gehao.

„Wenn ich in London bin, besuche ich meine Ärztin. Sie soll uns beraten", schlage ich Gehao vor.

„Das ist eine gute Idee. Gute Nacht!"

Ich kann nicht einschlafen. Meine Schwiegermutter wird sich ständig in unsere Angelegenheiten einmischen. Es ist gleich, ob es den Nachwuchs betrifft oder andere Dinge, die sie nichts angehen. Wie soll das erst werden, wenn Gehao nach Hongkong übersiedelt. Ich müsste sie den ganzen Tag ertragen. Das werde ich nicht durchstehen. Wie lange wird Gehao das Bombardement seiner Mutter noch aushalten können. Irgendwann wird es ihm zu viel sein und er könnte unbesonnen reagieren. Ich überlege, wie es mir an seiner Stelle ergehen würde. Es wäre genauso fürchterlich als würde ich jeden Tag auf die Nachwuchsfrage angesprochen.

## 9

*Brandenburger Tor in Berlin*

Jeden Tag fahren John und ich in die Firma und beobachten, wie die beschlossenen Neuerungen umgesetzt werden. Wir sind zufrieden und haben den Eindruck, dass alles auf Schiene gebracht ist. Der neue Betriebsleiter handelt in unserem Sinn und wir denken, dass sich der Erfolg bald einstellen wird. Die Mitarbeiter sind motiviert und erhoffen sich eine Prämie zum Jahresende.

Mehrere der Verbesserungen sind technischer Natur. Da kommt mir mein Studienwissen in Elektrotechnik und Informatik zugute. In den Fachabteilungen begegnet man mir mit Respekt und nennt mich die „chinesische Lady". Ich denke, das tun sie nicht nur, weil ich Eigentümerin der Firma bin. Meine fachliche Kompetenz wird vom Großteil der Mitarbeiter geschätzt.

Die Skeptiker sind in der Minderheit. Sie sehen nicht gern eine Frau an der Spitze des Unternehmens. Für sie bin ich eine unbefriedigte Emanze, wie sie unter vorgehaltener Hand bemerken.

Sie wissen nicht, dass ich Deutsch verstehe. Mein Alter und das mädchenhafte Aussehen genügen ihnen, für diese Einschätzung.

In der EDV-Abteilung gibt es ein rasches Umdenken. Die Computerfachleute kommen zu mir und fragen um Rat.

John hat Probleme mit der Schaffung der Vertriebsbüros in Moskau und Shanghai. Der ehemalige Betriebsleiter und der kaufmännische Direktor erweisen sich nicht selbständig denkend und handelnd, wie John es sich vorstellt. Er muss ihnen wiederholt erklären, wie sie vorgehen sollen und was sie beachten müssen. Er hat wenig Hoffnung, dass es mit dem Experiment gut ausgeht.

Das Budget für die Auslandsbüros wird gemeinschaftlich festgelegt. Es soll jedes Jahr neu verhandelt werden. Zum Glück sind die Investitionen nicht zu hoch. Die beiden Vertriebsdirektoren müssen vorerst mit zwei Zimmern und nur einem Mitarbeiter auskommen. Räumliche Erweiterungen und Aufstocken des Personals dürfen sie nur in Abstimmung mit dem Betriebsleiter in Berlin und mir vornehmen. Alles hängt vom positiven Abschneiden der Geschäftsabschlüsse ab. Ihre Bezahlung wurde neu geregelt. Es gibt ein Grundgehalt und eine hohe Provision. Bei guten Abschlüssen würde ihr Einkommen deutlich über dem jetzigen Gehalt liegen.

In den Nächten komme ich ins Grübeln. Nicht wegen der Arbeit, sondern wegen der Unterredung mit Gehao. Ich weiß nicht, wie ich mich meiner Schwiegermutter gegenüber verhalten soll. Ob ich auf Konfrontation ausgehe? Das würde Gehao und mir schaden. Es muss einen anderen Weg geben, nur welchen?

Selbst hat sie kein zweites Kind zur Welt gebracht. Der Grund wird sein, dass sie nicht viel für Kinder übrighat. Für mich verstärkt sich der Eindruck, dass sie es nicht ertragen kann, wenn ich in Berlin eine kleine Firma leite und mich verwirkliche. Ich erinnere mich, dass sie in Hongkong abfällige Bemerkungen gemacht hat, wenn andere Frauen sich nach meinem Studium und der neuen Firma erkundigten. Der reine Neid spiegelte sich in ihren Worten. Wie ihre Strategie gegen mich aussieht, kann ich erkennen. Mit einem zweiten Kind würde mir weniger Zeit für die Arbeit in meinem Unternehmen bleiben und ich müsste die Firma eventuell aufgeben. Das würde ihr passen. Sie könnte mich ständig daran erinnern, dass ich es nicht geschafft habe.

Eine offene Frage ist der Gesundheitszustand ihres Mannes. Er hat Herzprobleme und muss sein Arbeitspensum reduzieren. Es ist für sie selbstverständlich, dass ich ihrem Sohn mit nach Hongkong folge, wenn er seinen Vater unterstützen müsste. Wir wären in ihrer Nähe und ständen unter ihrem direkten Einfluss. Mehr noch als mich, würde es Gehao schwer treffen. Er ist seit Kindheit ein selbständiges Leben gewöhnt und würde sich seiner Mutter niemals unterordnen können. Es käme zum Krieg und wie der ausgeht, kann niemand voraussagen.

Mit wem kann ich darüber sprechen? Mir fällt nur Ruth ein. Sie hat selbst Kinder und Lebenserfahrung. Eventuell kann sie mir einen Rat geben, wie ich aus dieser Misere herauskomme.

Abends nach dem Diner kommt sie wie üblich zu mir und ich mache Cai zum Schlafengehen fertig. Wir sprechen über alles Mögliche. Heute berichte ich ihr von meinen Sorgen, die mir meine Schwiegermutter bereitet. Sie hört aufmerksam zu, bevor sie antwortet.

„Mir ging es ähnlich, wie dir. Nachdem John und ich geheiratet hatten, bekam er eine Anstellung in einer Firma in Birmingham. Sein Anfangsgehalt war nicht hoch und seine Eltern haben uns zwei Räume in ihrem Haus angeboten, in dem wir kostenlos wohnen durften."

„Das war großzügig von ihnen", bemerke ich.

Ruth verzieht das Gesicht. Sie scheint nicht meiner Meinung zu sein und fährt in ihrer Darstellung fort.

„Wir nahmen ihr Angebot an. Es war ein großer Fehler, wie sich später herausstellte. In alles mischte sich die Schwiegermutter ein. Sie versuchte mir vorzuschreiben, was ich für John abends koche. Ich bekam ein Kind. Sie kaufte die Babysachen, ohne mich zu fragen. Wie eine Dienstmagd hat sie mich behandelt. Das konnte ich nicht ertragen. Ich bat John, dass wir in eine eigene Wohnung umziehen. Er fand die bestehende Lösung besser. Ich sparte mir ein wenig Geld zusammen und verschwand eines Tages heimlich mit dem Kind."

„Das war mutig von dir!"

„Es wäre nicht länger gut gegangen. Wenn ich meine Schwiegermutter von weitem gesehen habe, kochte es in mir. Ich merkte, wie sich mein Frust auf das Kind und John legte. Da zog ich die Notbremse und flog nach Wien. John suchte mich und den Jungen. Zuerst vermutete er, dass ich in London bei ehemaligen Studienfreunden untergekommen bin. Die hatten von mir nichts gehört. Er hat lange gebraucht, bis er mich fand und bat mich, nach Birmingham zurück zu kommen. Er versprach mir, eine eigene Wohnung zu nehmen, die weit weg von dem Haus seiner Eltern liegt. Ich ging nicht darauf ein. Erst als er sich in London eine neue Arbeitsstelle suchte, bin ich zu ihm gezogen. Meine Schwiegermutter habe ich seither nicht mehr gesehen.

Zu ihren Geburtstagen fuhr nur mein Mann mit den Kindern, zum Gratulieren."

„Der Ärger muss tief in dir verwurzelt sein", vermute ich anteilnehmend.

„Ja! Ich habe zu lange abgewartet", bestätigt Ruth.

„Ich weiß nicht was ich tun kann, wenn mein Mann nach Hongkong in die Bank muss. Er wird nicht ‚nein' sagen, wenn es seinem Vater schlechter geht."

Ruth denkt eine Weile nach und verzieht sorgenvoll den Mund.

„Mit jedem Kind erhöht sich deine Stellung in der Familie. Wenn du stur bleibst, wird dich keiner aus der Londoner Wohnung vertreiben können. Für deinen Mann wäre der Vorteil, dass er öfter nach London fliegen kann, um dich und die Kinder zu sehen und vor seiner Mutter aus Hongkong zu fliehen."

„Das habe ich noch nicht bedacht, dass mein Bleiben Gehao nützen würde", bestätige ich erfreut.

„Wenn du lange Zeit von deinem Mann getrennt bist, kann sich in eurem Leben ein anderes Problem ergeben. Euer Liebesleben würde darunter leiden."

Ich kann ihr nicht sagen, dass dieses Thema bei uns tabu ist. Es ist ein Geheimnis zwischen Gehao und mir und soll es bleiben.

Ruth rät mir, noch ein oder zwei Kinder zu bekommen, um meine Position in der Familie zu stärken.

Am Samstag will ich nach London abreisen. Einen Teil meines Gepäcks lagere ich im Berliner Hotel ein, da ich in absehbarer Zeit erneut Einchecken werde. Ich fühle mich hier schon wie zu Hause.

Die Anzahl der Vögel, die mir im Park die Brotkrumen aus der Hand fressen, hat zugenommen. Ebenso gibt es ein zweites Eichhörnchen, das jedoch die Angst vor mir noch nicht ganz abgelegt hat. Das erste ist aufdringlich geworden und bringt es fertig, in meinen weiten Mantelärmeln zu verschwinden.

Der Abschied von John und Ruth fällt mir schwer. Wir sind mehrere Wochen zusammen gewesen und haben uns gut verstanden. John will die Firma im Auge behalten und mich gleich informieren, wenn es Schwierigkeiten gibt.

Ich sitze am letzten Abend mit Ruth im Wintergarten. Sie hat meinen Sohn auf ihrem Schoß und fängt an zu weinen.

„Was ist mit dir Ruth? Kann ich dir helfen?"

„Nein! Ich habe soeben an mein jüngstes Enkelkind gedacht, dass ich gern sehen würde."

„Ihr könnt doch eure Tochter in Kanada besuchen", schlage ich vor.

„Das geht nicht, weil John mit deiner Firma zu tun hat."

„Es tut mir leid, dass ich die Ursache bin, dass ihr nicht zu ihnen reisen könnt. Willst du nicht ohne ihn fliegen?", schlage ich vor.

„Wer würde sich um John kümmern?"

„Er kann in dieser Zeit bei mir in London wohnen. Für ihn wäre gesorgt und er könnte mir und Jin viele Dinge aus seinem reichen beruflichen Erfahrungsschatz erklären."

Ruth zögert. Diese Möglichkeit scheint ihr nicht abwegig.

„Was würde dein Mann zu diesem Vorschlag sagen?"

„Ich vermute, dass er sich freut. Du weißt, dass sich die beiden Männer gut verstehen. Ich werde ihn gleich anrufen und fragen."

Auf meinem Handy wähle ich seine Nummer. Er meldet sich. Ich erkläre ihm, die Situation mit Johns Frau und ob ihr Mann bei uns in dieser Zeit bleiben kann.

„Das müssen wir unter acht Augen abklären", sagt Gehao und legt auf.

Verdutzt sehe ich Ruth an. Sie lacht und deutet hinter mich. Ich drehe mich um und sehe meinen Mann, wie er sein Handy in die Manteltasche steckt. Er ist gekommen, um mich mit dem Kind abzuholen. Das finde ich lieb von ihm. Ruth ruft John auf dem Zimmer an und bittet ihn in den Wintergarten zu kommen. Ich erzähle Gehao den Sachverhalt. Ruth meint, dass sie nur zehn Tage bleiben würde. John kommt und es gibt ein großes Hallo. Beide Männer sind mit meinem Vorschlag einverstanden und gehen an die Bar.

Mich berührt stark, dass Gehao gekommen ist und mich mit dem Kleinen nach London begleitet. Ich spreche mit Ruth nochmals über meine Schwiegermutter und wie ich ihr begegnen kann. Sie rät mir dringend, nicht nach Hongkong zu übersiedeln, wenn es vakant wird. Es ist als würde man das Ankertau von dem Boot kappen, in dem man sitzt.

„Schenke Gehao noch ein paar Kinder und lass dich nicht von deiner Schwiegermutter nötigen. Wenn du tust, was sie will, werdet ihr es später bereuen. Du bist eine starke Persönlichkeit und wirst alles gut schaffen."

Ihre Worte geben mir Kraft. Cai lässt auf ihrem Schoß das Köpfchen sinken. Das ist ein deutliches Zeichen, dass er müde ist und schlafen will.

Wir holen die Männer von der Bar ab und gehen zusammen auf unsere Zimmer. Ich lege Cai in sein Bettchen und bitte Gehao, ein Weilchen zu bleiben. Wir sprechen über seine Mutter und ich möchte von ihm wissen, was sie vorhat.

„Genau kann man das bei ihr nicht sagen. Sie ist unberechenbar. Ihre Pläne kenne ich nicht. Ich weiß nur, dass sie die Leitung des Stammhauses in Hongkong meinen beiden Cousins nicht überlassen will. Es hängt von dem Gesundheitszustand meines Vaters ab."

„In Hongkong hattest du mit deinem Vater darüber gesprochen. Was erwartet er von dir?", möchte ich wissen.

Gehao sieht mich traurig an. Er scheint mit sich selbst im Zwiespalt zu stehen.

„Es würde ihn freuen, wenn wir gleich nach Hongkong übersiedeln. Das habe ich jedoch abgelehnt, da ich selbständiges Arbeiten gewöhnt bin und mich nicht unterordnen kann."

„Wie hat er darauf reagiert?"

„Es blieb ihm nichts anderes übrig als meinen Standpunkt zu akzeptieren. Wir haben uns darauf geeinigt, dass ich komme, wenn er aus der Bank ausscheidet. Ich habe dann das alleinige Sagen. Meine Mutter sitzt mir jedoch im Rücken, da sie Bankanteile besitzt."

„Wieviel hat sie?"

„Um die 30 Prozent. Das ist viel. Sie kann bei Grundsatzentscheidungen ein Wort mitreden."

„Ich habe den Eindruck, dass sie sich im Bankgeschäft nicht auskennt", vermute ich.

„Das macht sie umso gefährlicher und bereitet mir Sorgen."

„Wie verhält es sich mit den beiden Cousins?", möchte ich wissen.

„Es sind die Söhne der Schwester meines Vaters. Ich bin der Einzige in meiner Generation mit dem Familiennamen Zhou. Wenn mein Vater tot ist, werde ich seinen Platz einnehmen müssen. Ich dränge mich nicht, dies zu tun, habe jedoch keine andere Wahl. Wichtig ist meine persönliche Freiheit, die ich um nichts in der Welt aufgeben werde."

„Welche Rolle spiele ich in diesem Machtgefüge?"

„Du sorgst für den Fortbestand der Stammeslinie", bestätigt er trocken.

„Ich bin für deine Mutter wohl nichts anderes als eine Gebärmaschine?", erwidere ich verärgert.

„Ja!", antwortet Gehao knapp.

„Würde deine Mutter darauf verzichten, dass ich mit dir nach Hongkong übersiedele, wenn ich erneut schwanger wäre?", will ich wissen.

„Ich könnte es mir denken. Kleinkinder in ihrer Nähe machen sie nervös. Das ist der Grund, dass sie uns kaum besucht."

Gehao bestätigt meine Vermutung. Ich muss unbedingt ein zweites Kind bekommen.

Ob ich mit ihm über eine künstliche Befruchtung spreche? Etwas hält mich zurück. In unserem Heiratsübereinkommen haben wir gemeinsame Kinder nicht vorgesehen. Gehao steht auf, streicht Cai zärtlich über den Kopf und geht in sein Zimmer, das neben der Suite liegt.

Mir ist bewusst, dass ich eine wichtige Rolle in diesem Clan einnehme und für seinen Erhalt mit verantwortlich bin. In einer medizinischen Zeitschrift hatte ich gelesen, wie eine künstliche Befruchtung vorgenommen wird. Es sind meist Ehepaare, die nur schwer Kinder bekommen können und diese Möglichkeit ihnen eine neue Chance bietet.

Ich sehe nach meinem schlafenden Sohn. Unschuldig liegt er in seinem Gitterbett und scheint zu träumen. Hin und wieder verzieht er das Gesicht zu einem Lächeln. Es muss ein schöner Traum sein. Ich ziehe mich aus und nehme ein Bad. Der Schaum in der Wanne reicht bis zum Rand und umschließt meinen Hals. Ich spüre, wie die Bläschen auf meiner Haut zerplatzen. Das heiße Wasser belebt meine Sinne. Ich stelle mir eine erneute Schwangerschaft vor.

Die erste war gut verlaufen und ich bin zuversichtlich, dass es bei der zweiten ebenso leicht geht. Meine Ehe mit Gehao ist harmonisch. Sie basiert auf Distanz und Respekt voreinander. Er hat bisher alle Punkte in unserem Ehevertrag eingehalten. Ich sehe das nicht als selbstverständlich an. Was würde mir der Vertrag nützen, wenn sich Gehao nicht an die Vereinbarungen hält? Wir leben wie Schwester und Bruder zusammen. Wie sein Sexleben aussieht, weiß ich nicht. Es ist seine Sache. Meine Beziehung zu Silvia hat er nicht hinterfragt. An sein entstelltes Gesicht habe ich mich gewöhnt. Ich sehe ihn an und empfinde keine Abscheu mehr, wie zu unserer Hochzeit. Er weicht meinem Blick noch aus und dreht den Kopf zur Seite, damit ich seine Narben nicht sehe.

Ich lasse mehr heißes Wasser in die Wanne ein. Es ist behaglich wie in einem Thermalbad. Das Blut steigt mir zu Kopf, bis ich die Hitze nicht mehr ertrage. Bewegungslos liege ich im Wasser und versuche an nichts zu denken. Lange gelingt es mir nicht. Peter kommt mir in den Sinn, wie wir im Huangshan-Gebirge Urlaub machten. Er hatte mit seiner Kamera Fotos in verschiedenen Posen von mir geschossen. Ob er die noch hat? Es war eine schöne Zeit mit ihm. Wenn ich daran denke, durchströmt mich ein tiefes Wärmegefühl von den Fußspitzen bis zu den Haarwurzeln. Ich schließe meine Augen und versuche, mir sein Gesicht vorzustellen. Wie hinter einem Schleier kann ich es undeutlich erkennen.

Es ist für mich Geschichte, die langsam in das Vergessen eintaucht. Mit meinen Händen berühre ich meine Brüste. Sie sind wohlgeformt und straff. In mir regen sich zärtliche Gefühle und ich denke an Silvia. Wochen sind es her, dass wir zusammen waren. Ich freue mich auf den Moment, wo ich sie in meine Arme schließen kann. Ihr wird es gefallen, wenn ich erneut schwanger bin. Eine Unsicherheit ist die künstliche Befruchtung in der Klinik. Der Gedanke widerstrebt mir, dass die Vereinigung der Zellen, die das neue Leben hervorbringen, in einer nicht natürlichen Art und Weise erfolgen soll.

Ich steige aus der Wanne, trockne mich ab und ziehe mein Nachthemd an. Ein Blick in das Kinderbett zaubert mir ein Lächeln auf die Wangen. Süß, wie er daliegt. Bald wird er einen Bruder oder eine Schwester bekommen. Es wird ihn freuen.

Mein Taschenkalender liegt auf dem Tisch. Ich blättere darin und sehe, dass vor 14 Tagen meine letzte Periode begann. Heute müsste meine „fruchtbare Zeit" sein. Ich muss den Augenblick nutzen. Das Schicksal hat Gehao heute zu mir nach Berlin geführt. Ich empfinde ein starkes Verlangen und bin bereit mit ihm zu schlafen. Nur mit dem Bademantel bekleidet gehe ich auf den Gang zu seinem Zimmer.

Leise klopfe ich an die Tür. Niemand antwortet. Ich weiche zurück und verschwinde in meiner Suite. Mir kommen Bedenken, ob es eine gute Idee ist, mich Gehao hinzugeben. Wie bei einer Einbahnstraße gibt es kein Zurück mehr für mich. Dieser Schritt wäre eine tiefe Zäsur in unserem Zusammenleben, deren Folgen ich nicht absehen kann.

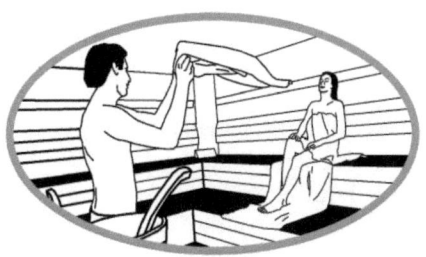

## 10

*Sauna in Berlin*

Lange konnte ich nicht einschlafen und habe meinem Sohn zu verdanken, dass ich nicht zu spät munter werde. Er verlangt pünktlich sein Fläschchen.
Gegen 8 Uhr sind wir im Frühstücksraum des Hotels. John und Ruth müssen sich beeilen. Ihre Linienmaschine nach Wien fliegt mittags ab. Harry soll sie zum Flughafen nach Tegel bringen. Wir haben noch Zeit bis zum späten Nachmittag.

Wenn die Blacks in Wien sind, will Ruth die Reise nach Toronto buchen und John fliegt mit ihr bis nach London. Es ist beschlossen und ich freue mich auf die Zeit, wo er bei uns sein wird. Beim Verabschieden flüstere ich Ruth zu, dass ich mir mit dem zweiten Kind Mühe gebe. Sie lächelt mir zu und drückt mich fest an sich.

Als sie weg sind, bitte ich Gehao, mit mir in den Park zu gehen. Cai ziehe ich warm an und er folgt mir mit dem Kind auf dem Arm bis zur Bank. Wir setzen uns und die Vogelschar kommt angeflogen.

Die Meisen setzen sich auf meine Mütze und die Schultern. Sie flattern auf die Hand, um ein paar Krumen von dem Weißbrot zu picken.

„Die hast du gut dressiert", sagt Gehao bewundernd zu mir.

„Das ist keine Dressur! Es ist Vertrauen, dass sie zu mir haben."

Gehao streckt ihnen seine Hand entgegen.

„Ob sie auch zu mir kommen?"

Ich reiche ihm das Brot und nehme Cai ab. Die Vögel fliegen zu ihm, obwohl er ihnen fremd ist. Die beiden Eichhörnchen gesellen sich zu uns. Ich beobachte Gehao und finde, dass er sich glücklich bei der Fütterung fühlt.

Er fragt, was wir bis zum Abflug am Nachmittag gemeinsam unternehmen wollen. Ich schlage ihm vor, das Wellnessangebot des Hotels zu nutzen, da es stark zu schneien beginnt. Er sieht mich skeptisch an und begleitet mich zu den Räumlichkeiten, die sich im Parterre des Hotels befinden. Zwei junge Frauen erkundigen sich nach unseren Wünschen und bleiben, wie dienstbare Geister, in unserer Nähe. Ich frage Gehao, ob er einverstanden ist, dass wir zusammen die Trockensauna besuchen und uns im Anschluss massieren lassen. Er nickt mir zu. Im Umkleideraum ziehen wir uns aus und gehen unter die Duschen. Es ist das erste Mal, dass ich meinen Mann im Adamskostüm sehe. Beide sind wir verunsichert. Ich bin bemüht, es mir nicht anmerken zu lassen. Aus dem seitlichen Blickwinkel erkenne ich, wie er mich unter der Dusche beobachtet.

Mit Kilts betreten wir die Trockensauna und setzen uns auf ein ausgebreitetes Badetuch. Eine unserer schweigsamen Begleiterinnen wedelt die heiße Luft durcheinander. Ich fange an, stark zu schwitzen. Nach dem Umschalten der Signallampe eilen wir aus der Kammer zu dem Kaltwasserbecken. Ich steige langsam hinein. Gehao wagt einen Sprung ins Wasser. Es ist eine Wohltat. Wir kühlen uns ab und wiederholen die gesamte Prozedur. Im Anschluss lassen wir uns massieren. Gehao liegt auf dem Massagetisch neben mir. Sein Gesicht hat er mir abgewandt. Ich kann ihn betrachten. Seine Figur ähnelt der von Peter. Sie ist durchtrainiert und nicht übermäßig muskulös. Sein Körper ist von zahlreichen Narben übersät, die von dem Unfall herrühren. Er muss ein schöner Mann gewesen sein. In gewisser Weise ist er es noch. Warum sehe ich ihn mir an?

Ist es Neugier?

Silvia hatte mir gesagt, dass eine Frau einen Mann genau betrachtet, wenn sie von ihm ein Kind haben will. Die Natur soll es eingerichtet haben, dass das Weibchen nach den besten Erbanlagen Ausschau hält. Ich bin mit Gehao über ein Jahr verheiratet und noch nie hatte ich das Verlangen, ihn nackt zu sehen. Seine inneren Qualitäten kenne ich und die äußeren stehen nicht nach. Wenn ich mich von ihm künstlich befruchten lasse, wird das Kind nicht aus Liebe gezeugt sein, wie es bei Cai war. Ob ich es in gleicher Weise annehme? Meine Mutter hatte drei Töchter und sie sagte mir, dass sie jede gleich innig liebt.

Die Massage und Maniküre tun mir gut. Gehao ist im Ruheraum eingeschlafen. Seine Betreuerin hat ihn zugedeckt und er schnarcht leise vor sich hin.

Harry macht uns darauf aufmerksam, dass wir zum Flughafen müssen. Mit der Linienmaschine starten wir pünktlich und erreichen London nach zwei Stunden. Wir fahren nach Hause. Ich sehne mich nach meinen vertrauten vier Wänden. Das Personal steht zum Empfang in einer Reihe und begrüßt uns herzlich. Es wirkt nicht steif, wie bei Madame Zhou. Ich bin lange fort gewesen. Isabella werde ich am meisten gefehlt haben. Cai schläft in seiner Tragetasche und alle sind bemüht, dass er nicht aufwacht.

Am Flughafen hatte ich ein kleines Geschenk für jeden gekauft, über das sie sich freuen. Charlotte sagt mir, dass sie heute zum Diner meine Lieblingsspeise kocht. Diese Ehre kommt in der Regel nur Gehao zu. Ob sich ihre Einstellung zu mir gebessert hat?

Nach dem Diner schalte ich meinen Laptop ein und aktiviere die Kamera in Silvias Wohnzimmer. Ich sehe, wie sie vor dem Fernseher sitzt und in die TV-Röhre schaut. Sogleich rufe ich sie an.

„Hallo Silvia, ich bin in London."

„Das ist schön. Ich dachte, du willst nicht mehr heimkommen", entgegnet sie lachend.

„Ohne dich würde ich es woanders nicht lange aushalten. Können wir uns morgen früh sehen?"

„Ja, gern! Am besten du kommst zu mir."

„Nur, wenn du die Kamera ausschaltest", erwidere ich.

Silvia winkt mir zu. Ich sehe ihr an, dass sie sich freut.

Ich erzähle ihr, was ich erlebt habe. Bei ihr hat sich in meiner Abwesenheit nicht viel verändert, außer dass sie einen Termin für die Reiseleiterprüfung bekommen hat. In zwei Monaten muss sie antreten und sich gut darauf vorbereiten.

Am nächsten Tag will ich Silvia besuchen. Ich kann es nicht erwarten, sie zu sehen. Es fügt sich gut, dass Gehao im Büro zu tun hat. Isabella passt auf das Baby auf und Jin büffelt für ihre erste Prüfung. Es stört niemand, dass ich zu Silvia fahre und mit ihr gemeinsam den Tag verbringe.

Harry fährt mich zu ihr. Ich renne die Treppen hinauf, dass mir oben die Luft ausgeht. Die Tür ist angelehnt und ich stürze hinein. Silvia steht im Wohnzimmer und breitet ihre Arme aus. Sie nimmt mir den Mantel und Hut ab und schließt die Korridortür.

„Setz dich und atme tief durch!", sagt sie sanft.

Zärtlich streicht sie mir über den Kopf und drückt mich.

„Möchtest du eine Tasse Tee?", fragt sie. Ich nicke.

Sie geht in die Küche und setzt Wasser auf.

Ich stehe auf und sehe nach der Kamera, ob sie ausgeschaltet ist. Wenn ich bei ihr bin, lege ich mein seidenes Halstuch darüber. Jemand hat mir gesagt, dass die Kameras im ausgeschalteten Zustand aktiviert werden können. Mir erscheint das nicht möglich, doch sicher ist sicher.

Ich höre, wie das Wasser kocht und gehe in die Küche. Silvia gießt es in die Kanne. Ich trete an sie heran und umfasse sie von hinten. Mein Kinn liegt auf ihrer Schulter und der Duft des Tees steigt mir in die Nase.

„Du weißt nicht, wie du mir gefehlt hast!", flüstere ich ihr ins Ohr.

Sie dreht sich langsam um und sieht mir in die Augen.

„Mir ist es ebenso ergangen", haucht sie mir zu.

„Lass uns später Tee trinken", schlage ich ihr vor.

Beide sind wir stark erregt. In Windeseile senken wir das Bett ab und ziehen uns gegenseitig aus.

Es ist als würde bei uns beiden ein Überdruckventil ansprechen. Wir können nicht genug voneinander bekommen als müssten wir die Zeit des Getrenntseins nachholen. Erschöpft liegen wir uns in den Armen.

„Ich habe bis zum Nachmittag Zeit, die wir gemeinsam verbringen können. Hast du eine Idee, was wir machen?", frage ich sie.

„Du könntest mir bei der Vorbereitung zu meiner Reiseleiterprüfung helfen."

Sie packt das Schulungsmaterial auf den Tisch. Es ist immens viel. Ich sehe es mir kurz an und blättere in einem Buch.

„Brauchst du das alles für die Prüfung?", frage ich.

„Ja und noch mehr. Es ist nur ein kleiner Teil. Die meisten Bücher habe ich in meinem Büro. Wenn keine Kundschaft da ist, lese ich darin", erklärt mir Silvia.

„Womit fangen wir an?", will ich wissen.

„Mit dem Buch, das du gerade in der Hand hältst."

„Darin sind keine Sehenswürdigkeiten von Berlin erklärt."

„Das ist nicht meine Aufgabe. Es gibt die örtlichen Fremdenführer. Ich kümmere mich mehr um die Organisation der Reise und Betreuung der Teilnehmer."

„In welche Länder wird dich dein Reiseunternehmen schicken?"

„Vor allem möchte ich in die deutschsprachigen Länder reisen. Wenn ich genügend Erfahrungen gesammelt habe und mein Chef mit mir zufrieden ist, setzt er mich als Standortreiseleiter in Berlin ein."

„Das wäre fein, wir könnten uns öfter sehen!"

„Willst du weg von London?", möchte sie wissen.

„Das nicht! Ich werde mich in Zukunft mehr um mein Berliner Unternehmen kümmern müssen."

„Erzähle kurz, wie es war!", fordert sie mich auf.

Ich berichte von den Umstellungen und Problemen in der Firma und wie ich sie lösen möchte. Beeindruckt hört sie mir zu. Aus ihren Fragen höre ich deutlich heraus, dass sie mich bewundert, wie ich die Sache angehe. Sie sagt mir, dass sie sich nicht zutrauen würde, ein Unternehmen wie meines zu führen. Ich erzähle ihr von der Reise nach Hongkong und verschweige ihr nicht, dass sich meine Schwiegermutter mies zu mir verhalten hat.

Von meiner Absicht ein zweites Kind zu bekommen, um in London bleiben zu können sage ich ihr noch nichts. Ich muss diese Sache selbst noch ein paar Tage in Ruhe überdenken und die Vor- und Nachteile abwägen. Bestimmt wird sie meiner Meinung sein und sich auf das Kind freuen. Es wird gewissermaßen unseres sein. Das Thema Kinder hatten wir zuvor noch nie angesprochen. Sie wäre bestimmt nicht abgeneigt, selbst eines zu bekommen, doch in ihrer jetzigen Situation mit dem neuen Job ist das für sie ausgeschlossen.

## 11

*Nationalgalerie in London*

Abends sehe nach meinen E-Mails und finde eines von dem Maler aus Suzhou. Er bedankt sich für meine Bereitschaft, eine Galerie in London für eine Einzelausstellung seiner Bilder zu suchen. Im Anhang hat er seinen künstlerischen Lebenslauf, den Projektvorschlag für die Ausstellung und verschiedene Fotos angefügt. Sie zeigen einen Querschnitt des Repertoires seiner Werke. Ich drucke das Mail mit dem Anhang aus und zeige es Gehao zum Diner. Er überfliegt die Zeilen und zeigt sich geneigt, die Ausstellung finanziell zu unterstützen. Er denkt an einen Katalog. Ich soll eine Galerie finden und die vertraglichen Dinge abklären. Es ist eine schöne Aufgabe. Gehao möchte, in den Ausstellungsräumen eine Party für geladene Gäste geben. Sie soll nach der Vernissage, spätestens zur Halbzeit der Ausstellung, stattfinden. Ich werde versuchen, ob das realisierbar ist. Zumindest kenne ich seine Vorstellungen und kann mit den Galerien darüber verhandeln. Jin hat alles mitbekommen. Sie zeigt sich nicht interessiert.

Später telefoniere ich mit Silvia. Sie reagiert anders. Begeistert sagt sie mir ihre Hilfe zu. An den Nachmittagen nach dem Deutschunterricht wollen wir gemeinsam die Galerien kontaktieren. Sie ist überzeugt, dass wir mit unserer Suche Erfolg haben. Im Internet finde ich die Adressen heraus.

Ich bilde mir ein, dass sich die Galerien um das Ausstellungsprojekt reißen werden. Ein bekannter chinesischer Maler in London klingt gut. Bei einigen der bekanntesten Galerien frage ich telefonisch an, wann für sie der früheste Ausstellungstermin sein könnte. Wartezeiten von mehr als drei Jahren werden mir genannt. Ich erkenne, dass Anfragen am Telefon erfolglos bleiben und beschließe, mit Silvia direkt vorzusprechen.

Als Kunstinteressierte treten wir auf und sehen uns in den Galerien um. Ich habe für mich eine Liste vorbereitet, in die ich die Größe und Beschaffenheit der Räume eintrage. Die meisten Galerien geben uns Prospekte mit, in denen die nächsten Ausstellungen vermerkt sind.

Nach einer groben Vorauswahl sprechen wir die Galeriebesitzer direkt an und zeigen ihnen die Projektmappe des Malers.

Eine Galerie gefällt uns besonders gut. In einem Jahr besteht dort die Möglichkeit auszustellen. Ein Maler hatte abgesagt. Das passt uns gut und wir beginnen mit der Besitzerin über die Bedingungen zu verhandeln. Die Galeristin ist von den Bildern angetan. Ihr gefallen die Gemälde von Personen im täglichen Leben. Sie bittet mich den Künstler zu fragen, ob er noch mehr von diesen Motiven zur Verfügung stellen kann.

Ich schreibe dem Maler über unseren anfänglichen Erfolg und gebe ihm den Terminvorschlag für seine Ausstellung bekannt. Er antwortet mir umgehend, dass er mit dem Termin und den Bedingungen einverstanden ist.

Mit Silvia suche ich die chinesische Botschaft auf und kläre ab, welche Formalitäten zu beachten sind. Es geht um den Versand, die Versicherung, den Rücktransport, die Reisegenehmigung für den Maler und andere organisatorische Fragen. Da die anfallenden Kosten von der Bank meines Mannes übernommen werden, gibt es keine wesentlichen Hindernisse. Den Botschafter können wir als Schirmherr der Ausstellung gewinnen und er wird für den Katalog das Vorwort schreiben.

Diese Sache scheint auf Schiene zu sein. Ich muss jetzt nur noch abwarten, bis der Maler seine Bilder vervollständigt hat und die Fotos mit hoher Auflösung termingerecht an mich sendet. Eine Agentur bereitet den Katalog vor. Die Einzelheiten stimmt sie mit der Galerie, dem Maler und mir ab.

Für die beginnenden Vorbereitungen der Ausstellung benötige ich alle meine Zeit. Um Jin und ihre bevorstehende Prüfung kann ich mich nicht kümmern. Sie erkennt, dass ich stark beschäftigt bin und spricht mich nicht an, ihr bei den Übungen zu helfen oder sie im Lehrstoff abzufragen. Eine Woche vor der Prüfung nimmt ihre Nervosität stark zu. Es fällt mir auf. Ich frage sie, ob sie meine Hilfe benötigt. Sie verneint.

Bei ihrer ersten Prüfung in der Betriebswirtschaftslehre fällt sie durch und ist niedergeschlagen. Sie will das Studium sofort abbrechen. Ich bemühe mich, sie zu beruhigen. Sie hatte sich viel Mühe gegeben und war gut vorbereitet. Die Möglichkeit für eine Nachprüfung gibt es und ich nehme mir vor, mit ihr gemeinsam zu lernen. Diese Zusage stärkt sie, es zu schaffen.

Jeden Tag, gleich nach dem Diner, setze ich mich mit ihr zusammen und wir gehen gemeinsam den Prüfungsstoff durch. Ich habe den Eindruck, dass sie es nie begreifen wird. Bisher habe ich es gut gefunden, dass sie ein Zusatzstudium in einem Fach macht, dass ihr mehr zusagt als die Informationstechnik. Sie wird in ihrem Leben kein Rechenprogramm mehr schreiben müssen. Ihre Erfahrungen in Hongping waren zu schlecht. Das verstehe ich.

Warum sie sich an der Londoner Universität für die Fachrichtung Ökonomie entschied, ist mir unklar. Ich denke, dass die englische Sprache ihr Hauptproblem ist. Sie hat sich wenig verbessert. Man merkt ihr an, dass sie sich beim Sprechen schwertut. Mit Isabella und Charlotte redet sie nur Chinesisch und das ist nicht gut. Ich sage ihr das. Sie hört jedoch nicht auf mich. In manchen Dingen ist sie stur und uneinsichtig, wie ein Ochse.

John hat sich angemeldet und wird in einer Woche kommen. Er bleibt nur zehn Tage und will mit seiner Frau gemeinsam nach Wien zurückfliegen. Ich frage Gehao, was ich für John vorbereiten kann und ob er gern ins Theater oder in ein Konzert geht.

„Lass ihn erst einmal hier sein. Du brauchst nichts für ihn organisieren. John hat seine eigenen Vorstellungen, wie er die Tage in London verbringen wird."

„Theaterkarten müsste ich rechtzeitig bestellen", wende ich ein.

„Du weißt nicht, ob ihn das interessiert."

„Vielleicht sollte ich ihn anrufen und fragen?"

„Das kannst du gern tun", antwortet Gehao genervt.


Nach dem Essen versuche ich John zu erreichen. Ruth ist am Telefon und freut sich, meine Stimme zu hören. Sie erzählt mir von den Vorbereitungen für ihre Kanadareise und dass sie ihre Tochter informiert hat. Es könnte sonst sein, dass sie nicht zu Hause ist, wenn sie überraschend vor ihrer Haustür steht. Jetzt kann sich die ganze Familie im Voraus auf das Wiedersehen freuen. Erschreckt hält sie in ihrem Redefluss inne.

„Entschuldige, dass ich dich nicht zu Wort kommen lasse. Ich habe dich noch nicht gefragt, wie es dir geht?"

„Bestens Ruth, alles ist gut!", beruhige ich sie.

„Und hat es bei dir funktioniert?"

Jetzt merke ich, dass ich den Gedanken an eine erneute Schwangerschaft verdrängt habe. Ich nehme mir vor, in den nächsten Tagen meine Gynäkologin aufzusuchen und mich beraten zu lassen.

„Es gibt nichts Neues zu berichten", gestehe ich Ruth.

„Mach dir keinen Druck, Meiling. Gehe alles ruhig an", schlägt sie mir, in ihrer besorgt mütterlichen Art, vor.

„Ruth, ich habe eine andere Frage an dich. Womit kann man John eine Freude machen, wenn er bei uns ist? Geht er gern ins Theater oder Konzert?"

„John wird sich in der Bankfiliale aufhalten. Mit Konzerten quäle ich ihn hier in Wien."

„Kann ich etwas vorbereiten. Ich weiß nicht, was ihm gefällt."

„Es ist schön, dass du daran denkst. Glaube mir, es ist besser, wenn du ihm seine Ruhe gönnst."

Ich sehe, dass ich von Ruth nichts erfahren werde. In Berlin waren wir abends nie weg. Es gab nur die Arbeit und wenn ich mich mit ihm unterhalten habe, ging es nur um die Probleme der Firma. Ruth erzählt mir von ihren Kindern und wie sie sich auf die Reise freut. Ich wünsche ihr alles Gute und sie verspricht mir, dass sie mich von Toronto aus anrufen wird.

Meinen guten Willen habe ich gezeigt und Ruth wird ihrem Mann von meinem Anruf berichten. Durch unsere gemeinsame Arbeit fühle ich mich ihm verbunden und freue mich, dass er kommt.

Silvia ruft mich an und teilt mir mit, dass sie den ersten Teil der Reiseleiterprüfung bestanden hat. Hierfür hatten wir zweimal in der Woche gemeinsam gebüffelt. Der Lehrstoff ist interessant und ich habe bei dem Abfragen viel gelernt.

Isabella kommt jammernd zu mir.

„Was ist mit dir?", will ich wissen.

„Cai hat hohes Fieber. Komm schnell!"

Ich öffne die Zwischentür zu seinem Zimmer. Er liegt in seinem Bett und hat eine heiße Stirn.

„Schnell! Wir müssen sein Fieber senken!", rufe ich ihr zu. Sie holt aus dem Bad zwei nasse Handtücher und ich wickle sie um seine Beine.

„Soll ich den Hausarzt anrufen?", will sie wissen.

„Ja, tu das und sage ihm, dass er sich beeilen möchte."

Die Wadenwickel zeigen bald ihre Wirkung und ich streichle Cai zärtlich über den Kopf. Bisher war er noch nie krank. Außer einem kurzzeitigen Schnupfen und laufender Nase, fehlte ihm nichts.

Der Hausarzt kommt eilig angelaufen und sieht nach dem Baby. Gespannt beobachte ich ihn und versuche aus seiner Mimik abzulesen, ob es schlimm um Cai steht. Vor Aufregung fühle ich mein Herz schlagen.

„Was ist es, Herr Doktor?"

„Sie brauchen sich nicht zu sorgen. Es grassiert ein Grippevirus in London und ihr Sohn hat sich möglicherweise damit infiziert. Die Wadenwickel haben das Fieber gesenkt. Hier sind Tropfen, die sie ihm morgens, mittags und abends geben. In ein paar Tagen ist er wieder wohlauf."

Der Arzt wühlt in seiner Tasche und kann die Medizin nicht finden. Ich bin ihm behilflich und halte die Seiten des Doktorkoffers auseinander. Darin sieht es aus, wie in einer unaufgeräumten Damenhandtasche. Er will aufgeben. Endlich findet er das Fläschchen. Triumphierend reicht er es mir.

„Wie gesagt, dreimal am Tag 10 Tropfen in wenig Zuckerwasser, damit sie ihm besser schmecken."

Ich nicke ihm zu. Er schließt seine Tasche und sieht mich ernst an.

„Ihr Sohn braucht jetzt viel Ruhe und Schlaf. Morgen früh komme ich zu ihnen und sehe nach dem Kleinen."

Ich begleite den Arzt zum Aufzug und will von ihm wissen, ob die Viruserkrankung gefährlich ist. Er versichert mir, dass ich keine Angst haben muss. Wenn sich Cais Zustand wider Erwarten verschlechtern sollte, soll ich ihn gleich anrufen und er kommt sofort. Diese Zusage beruhigt mich.

Ich gehe zurück ins Kinderzimmer. Im Penthaus hat sich blitzschnell herumgesprochen, dass Cai krank ist. Alle sehen nach ihm und wollen wissen, wie es ihm geht. Gehao ist extra aus seinem Büro gekommen. Es freut mich, dass er Interesse zeigt.

In der Nacht weiche ich nicht vom Bett meines Sohnes. Ab und zu wechsle ich die Wadenwickel und kontrolliere die Körpertemperatur. Es ist keine Verschlechterung eingetreten. Meine Sorgen kann ich nicht beiseiteschieben. Am liebsten würde ich mit meinem Sohn tauschen, damit er keine Beschwerden hat und nicht leiden muss. Ich fühle mich hilflos. Was kann ich tun? Ich sitze neben seinem Bettchen und beobachte ihn. Müdigkeit verspüre ich nicht.

In den Morgenstunden hat sich sein Zustand gebessert. Das hohe Fieber ist weg und er trinkt sein Fläschchen leer. Isabella und Jin erscheinen und fragen mich, ob sie mir helfen können.

Ich warte ungeduldig auf den Arzt, bevor ich mich schlafen lege. Er kommt vor dem Frühstück und ist zufrieden mit dem Gesundheitszustand von Cai.

„Nach drei Tagen wird ihr Sohn wohlauf sein", meint der Arzt. Wir sollen ihm regelmäßig die Medizin geben und die Temperatur messen.

Während des Frühstücks erzähle ich Gehao, was der Arzt gesagt hat.

„Möglicherweise habe ich ihn angesteckt. In der Filiale ist jeder zehnte Mitarbeiter von der Viruserkrankung betroffen. Es kann sich um den gleichen Erreger handeln. Wir sollten alle zu Hause Mundschutz tragen und unsere Hände sorgsam desinfizieren."

Die Umsetzung der Maßnahmen regle ich. Unser Penthaus wird zu einer sterilen Zone umgestaltet. Nur die weißen Kittel fehlen. Wie es der Arzt vorausgesagt hatte, ist der Spuk nach drei Tagen vorbei. Wir behalten die Sicherheitsvorkehrungen bei.

In dieser Zeit kommt John nach London. Ich hole ihn mit Harry ab. Als wir mit dem Auto vom Flughafen abfahren, startet gerade eine Maschine und fliegt über uns hinweg. John meint, dass es die Maschine der Kanadischen Fluggesellschaft ist, in der Ruth sitzt.

„Warum seid ihr nicht zusammen gereist?", will ich wissen.

„Ich vertrage die Langstreckenflüge nicht mehr", sagt er traurig.

Wir erreichen das Hotel und fahren hinauf in das Penthaus.

John wundert sich, dass alle mit Mundmasken herumlaufen. Er sieht mich entgeistert an.

„Hab keine Angst John. In London grassiert die Virusgrippe und Cai ist daran erkrankt. Jetzt geht es ihm besser. Ein paar Tage müssen wir noch vorsichtig sein", beruhige ich ihn.

„Ich brauche nur an einen Virus denken und er hat mich im Würgegriff. Eure Maßnahmen sind richtig, da kann mir nichts passieren. Gib mir bitte eine Mund- und Nasenschutzmaske."

Ich zeige John sein Zimmer und wir verabreden uns, in einer halben Stunde zum Lunch in die Stadt zu fahren. Jin hat heute keine Vorlesung und kommt mit.

John lässt es sich nicht nehmen, uns in das Restaurant „Rules" einzuladen. Es soll das älteste Lokal von London sein und mehr als 200 Jahre bestehen. Er berichtet, dass hier viele Künstler und Schriftsteller, wie Charles Dickens, verkehrt sind. John empfiehlt uns die traditionellen britischen Speisen auszuwählen. An den Wänden hängen zahlreiche Bilder. Wenn nicht die gedeckten Tische in dem schwer beladenen Raum ständen, würde ich annehmen, mich in einem Museum zu befinden.

Nachdem wir Platz genommen und die Bestellung aufgegeben haben, erzählt er uns, was es zwischen ihm und dem Restaurant auf sich hat.

„In diesem Raum und an dem Tisch, habe ich meine Frau Ruth kennengelernt. Es war alles kurios. Ein Studienfreund hatte seine Nachprüfung bestanden. Da ich ihm beim Lernen geholfen habe, lud er mich zum Diner ein. Ich wartete zur festgesetzten Zeit auf ihn und er kam zu spät. In Begleitung von zwei hübschen Studentinnen tauchte er endlich auf. Als die beiden Frauen zur Toilette gingen, verriet er mir, dass er mit der Blonden vor einem halben Jahr eine kurze intime Beziehung hatte und sie auf dem Weg hierher getroffen habe."

„War das deine Frau?", möchte ich wissen.

„Nein, meine war die Brünette, ihre Freundin. Die Frauen kamen zurück. Ich merkte, dass die Glut der Liebe zwischen meinem Freund und der Blonden erneut aufflammte. Er benahm sich testosterongesteuert und hatte die Umgebung und mich vergessen. Nach dem Essen tranken wir noch ein paar Gläser Wein und bevor die Flasche geleert war, sprang er vom Tisch auf und eilte mit der Blonden nach draußen."

„Das war nicht die feine englische Art", bemerke ich schmunzelnd.

John lächelt uns geheimnisvoll an.

„Er ist ein gebürtiger Schotte. Ich saß mit der Brünetten am Tisch und wir unterhielten uns. Mein Freund kam nicht zurück und ich hatte nicht genügend Geld, um die Rechnung zu bezahlen. Die Studentin bemerkte meine missliche Lage und lachte. Wir legten alles Geld zusammen, was wir in unseren Taschen finden konnten. Es reichte aus und ein Stein fiel mir vom Herzen."

„Es war gemein von deinem Freund!", bemerke ich.

„Das kann man sagen. Daheim in der Studenten-wohnung hat er sich entschuldigt und mir das Geld für den Restaurantbesuch zurückgegeben. Ich bin zu der Brünetten gefahren und beglich meine Schulden. Seit-dem sind wir zusammen und glücklich verheiratet."

„Das ist eine schöne Geschichte. Du musst deinem Freund dankbar sein, dass er sich nicht korrekt verhal-ten hat."

„Ich bin es! Wer weiß, wie mein Leben sonst verlau-fen wäre."

„Wie ist es deinem Freund ergangen. Ist er glücklich verheiratet, wie du?", möchte ich von John wissen.

„Er lässt sich das vierte Mal scheiden. Die neuen Frauen werden jünger. Er könnte bei der Letzten ihr Großvater sein."

Harry, der ungefragt kein Wort am Tisch sagt, bricht seine Regel und bemerkt, dass junge Frauen einen Mann im Alter jung erhalten. Er hat diese Weisheit von einem Inder gehört. John ist da anderer Meinung. Er glaubt, dass ihm in seinem Alter die Ruhe besser tut als die Hektik durch eine junge Frau.

## 12

*Kunstmuseum in Birmingham*

John ist ein angenehmer Gast. Er hat sich schnell unserem Lebensrhythmus angepasst. Da er wenig Schlaf braucht, steht er früh am Morgen auf und frühstückt gemeinsam mit Gehao.

Sie gehen in die Bank und besprechen geschäftliche Dinge. Worum es geht, weiß ich nicht. Zur Lunchzeit kommt er nach Hause und wir essen eine Kleinigkeit. Er legt sich eine Stunde nieder und ruht sich aus. Die Zeit, nach seinem Mittagsschlaf, verbringen wir gemeinsam. Wenn Jin von der Universität kommt, hilft er ihr bei der Vorbereitung zu ihrer Nachprüfung. Ich setze mich zu ihnen und höre zu. Er versteht es, einen komplizierten Stoff auf eine einfache Art zu erklären. Die Beispiele aus seiner Praxis helfen die Sachverhalte leicht zu verstehen. Jin macht gute Fortschritte und ist zuversichtlich, dass sie die Nachprüfung in der nächsten Woche bestehen wird.

Abends sprechen wir über die Berliner Firma. Sie ist ihm ans Herz gewachsen.

Er macht mir den Vorschlag in Wien ein Vertriebsbüro zu gründen, um von dort den stark expandierenden Markt im Balkangebiet zu betreuen. Die Leitung würde er übernehmen, bis er einen Nachfolger gefunden hat. Die Idee finde ich gut.

Für den Sonntag habe ich mir für John eine Überraschung ausgedacht. Gehao verrate ich sie und er ist damit einverstanden. Harry mietet einen Kleinbus und fährt mit uns zu einem unbekannten Ziel. Es ist wie ein großer Familienausflug. Charlotte und James hatten sich anfangs ein wenig geziert, mitzukommen. Nach gutem Zureden willigten sie ein. Silvia begleitet uns. Ihr habe ich die Route verraten, damit sie sich als Reiseführerin vorbereiten kann.

Wir fahren in Richtung Nordwesten. James hat eine Karte und überlegt laut, was unser Ziel sein könnte. Das Ratespiel macht viel Spaß. Nach drei Stunden Fahrt, kommen wir in Birmingham an. Hier ist John geboren und ich dachte mir, dass es eine gute Idee ist, mit ihm die Stadt zu besuchen. Er zeigt uns, wo er einst zur Schule ging und sein Geburtshaus. Es wurde nach dem Tod der Eltern verkauft. Seit dieser Zeit war er nicht hier. In dem Siedlungsgebiet finden wir ein Chinarestaurant, in dem wir uns stärken. Mit dem Bus geht es danach weiter durch die Innenstadt und John beschreibt die Sehenswürdigkeiten, die wir von der Straße aus erkennen können.

Wir halten uns nicht lange auf und fahren in südlicher Richtung nach Worcester. Jetzt ist Silvia an der Reihe als Fremdenführerin zu agieren. Sie kennt sich gut aus und kann alle Fragen ausführlich beantworten. Von dort geht es nach Oxford, wo wir in einem noblen Restaurant dinieren. Wir besuchen die bekannte Universität und fahren zurück nach London.

Es war eine anstrengende Busfahrt. Alle sind erschöpft und begeistert. Cai hat den Tag gut durchgehalten und viel geschlafen. Ich glaube, dass er das Motorengeräusch und Rütteln im Bus mag.

In den Tagen bis zur Abreise kommt John wiederholt auf die Busfahrt zu sprechen. Es war für ihn eine echte und schöne Überraschung.

Als er abgereist war, kommt es mir vor als hätte uns ein Familienmitglied verlassen. In ein paar Wochen werde ich ihn in Berlin wiedersehen und freue mich schon darauf.

Jin hat ihre Nachprüfung bestanden und verdankt das, wie sie sagt, den guten Erklärungen von John. Sie ist voller Elan und spricht nicht mehr vom Abbrechen des Studiums. Ich denke, dass sie das nächste Semester erfolgreich abschließen wird. Wenn nicht, muss sie John aufsuchen und ihn um Hilfe bitten.

Mir ist eingefallen, dass ich zu meiner Gynäkologin gehen wollte. Ich rufe sie an und bekomme kurzfristig einen Termin. In einer Stunde soll ich bei ihr sein.

Mit einem Taxi fahre ich in die Praxis. Die Ärztin begrüßt mich freundlich und wir besprechen mein Anliegen. Die Prozedur der künstlichen Befruchtung scheint nicht kompliziert zu sein. Ich brauche mich um nichts zu kümmern. Sie bittet mich, mit meinem Mann zu dem festgesetzten Zeitpunkt in die Klinik zu kommen, in der sie praktiziert.

„Mein Mann ist oft im Ausland. Ich weiß nicht, ob er an dem Tag kommen kann", gebe ich zu bedenken.

Sie blättert in ihrem Terminkalender.

„Er kann früher in die Klinik kommen. Wir frieren sein Sperma ein. Wann wir es zur Befruchtung ihrer Eizelle verwenden, können sie entscheiden."
Dies erscheint mir die beste Lösung zu sein.

Nach dem Diner berichte ich Gehao von dem Besuch bei meiner Gynäkologin. Er hatte mich zu dem Thema nicht mehr angesprochen, obwohl das Bombardement seiner Mutter diesbezüglich nicht weniger wurde. Mit der vorgeschlagenen Vorgangsweise der Ärztin ist er einverstanden. Morgen früh will er mit ihr sprechen. Es ist für ihn kein einfacher Schritt. Um ein Kind geht es ihm nicht. Er hat einen Stammhalter und das genügt ihm. Seine Mutter sieht das anders. Ihre ständigen Anrufe halten seit dem Frühlingsfest an und das nervt ihn.

Am nächsten Abend erzählt er mir, dass er in Begleitung meiner Ärztin in der Klinik war. Mehr sagt er nicht. Ob es ihm peinlich ist, darüber mit mir zu sprechen?

Auf meinem Zimmer rufe ich sie an. Sie hat noch Sprechstunde und gibt mir Auskunft. Das Sperma meines Mannes ist gesund und es kann bei dem besprochenen Termin für die künstliche Befruchtung bleiben.

Ich bin froh, dass ich die erste Hürde geschafft habe. Es liegt jetzt an mir, ob ich den vorgeschlagenen Termin wahrnehme oder auf den nächsten warte. Ich sehe in meinen Taschenkalender. Es ist Mai. Das Kind würde Anfang nächsten Jahres zur Welt kommen, wenn es keine Komplikationen gibt. Zum nächsten Frühlingsfest würden wir nicht nach Hongkong reisen können. Es ist ein weiterer Grund, mich zu freuen.

Die Prozedur der künstlichen Befruchtung ist unkompliziert. Ich habe weder an Gehao noch an Peter gedacht als mein Ei befruchtet wurde. Meine Gedanken waren bei Silvia. Sie wird sich ehrlich über das Baby mit mir freuen. Heute war ich zur Untersuchung bei meiner Ärztin. Sie bestätigt mir, dass ich schwanger bin und alles in Ordnung ist. Am Abend will ich es Gehao sagen.

Wir sitzen zu dritt beim Diner. Mein Mann fragt Jin, wie sie mit dem Studium vorankommt. Ich höre ihnen nicht zu. Meine Gedanken kreisen um das Kind, das in mir heranwächst. Ich möchte Gehao sprechen und bin froh, dass sich Jin in ihr Zimmer zurückzieht, um zu lernen. James ist nicht im Raum, das ist eine gute Gelegenheit, es ihm zu sagen.

„Ich war heute bei meiner Gynäkologin zur Untersuchung."

„Was sagt sie?", will er wissen.

„Ich bin schwanger!"

Gehao sitzt da und zeigt keinerlei Regung. Ich habe erwartet, dass er aufsteht und zu mir kommt, mich umarmt und drückt. Er bleibt unbeweglich auf seinem Stuhl sitzen. Wir sehen uns nur an. Was sind seine Gedanken? Wenn ich sie nur erraten könnte.

„Danke Meiling!", presst er zwischen seinen Lippen hervor.

Er kommt zu mir und streicht mit seinen Händen, wie ein Vater, über meinen Kopf. Nochmals sagt er „danke" und geht aus dem Raum. Seine einsilbige Art ist schwer für mich zu verstehen. Das macht mich traurig. Es kommt mir vor als wäre er in ein Korsett geschnallt und kann sich nicht bewegen. Gehao tut mir leid, dass er seine Freude nicht zeigen kann. Er ist glücklich wie ich, doch wirkt er unsicher und verklemmt. Die Schuld gebe ich nicht ihm, sondern seiner Mutter. Sie hat ihm ihre Liebe verwehrt. Traurigkeit überkommt mich und ich muss weinen. Ich werde es nicht zulassen, dass man mir meine Kinder zu früh nimmt und wie es Gehao erging, in ein Internat steckt. Die häusliche Wärme kann es nicht ersetzen.

James kommt in den Speiseraum und will den Tisch abdecken. Er sieht mich an.

„Madam, kann ich ihnen helfen?", fragt er mich.

„Nein, danke James, ich brauche nur ein paar Minuten Zeit", antworte ich und trockne meine Tränen. Sofort verlässt er den Raum.

Ich überlege, wie ich die Kinder vor einem frühzeitigen Zugriff meiner Schwiegermutter schützen kann. Sie hatte mir in Hongkong angedeutet, dass Cai in ein Internat gehen muss. Wo sich das befindet und ab welchem Alter es erfolgen soll, hat sie nicht gesagt. Für sie ist keine andere Lösung diskutierbar. Das wäre ein Grund, um nicht nach Hongkong zu übersiedeln. Bisher ist Gehao in dieser Sache der gleichen Meinung wie ich. Ob er sich in den nächsten Jahren ständig seiner Mutter widersetzen kann und wird, bezweifle ich. In Zukunft muss ich mich stärker als bisher um meine finanzielle Absicherung kümmern. Ich bin in der Lage, meinen Kindern zu helfen und sie zu beschützen.

Der Sommer bringt uns viele schöne Sonnentage in London. Wir fahren jedes Wochenende mit dem Bus zum Picknick an den See, in dem Isabella dem Ertrinken nahe war. Sie hat mit Harrys Hilfe schwimmen gelernt. Er kümmert sich jetzt nicht nur um sie, in besonderer Weise. Jin scheint ihm ebenfalls gut zu gefallen. Ich riet ihr, dass sie sich nicht mit Harry einlassen soll, da er ein Gigolo ist. Sie hört nicht auf mich. Es gibt jetzt wahrscheinlich zwei Kandidatinnen, aus denen er Stars auf der Leinwand machen will. Charlotte und James haben

Gefallen daran gefunden, uns beim Picknick zu versorgen.

Ein junger Mann aus Gehaos Filiale begleitet uns heute. Er unterhält sich viel mit meinem Mann, in einer vertraulichen Art und Weise. Misstrauisch beobachte ich ihn und stelle mir vor, dass die Beiden nicht nur geschäftlich miteinander verkehren. Es stört mich.

Ob andere die gleiche Vermutung haben? Mit Silvia spreche ich über meine Beobachtung.

„Würde es dich stören?", antwortet sie lächelnd.

„Ja!", erwidere ich spontan.

Sie schüttelt mit dem Kopf.

„Es ist besser, wenn er sich mit dem bartlosen Mann abgibt als mit einer anderen Frau", erwidert sie schmunzelnd.

„Wieso?", protestiere ich.

„Eine Nebenfrau kann ihm Kinder schenken, die eines Tages dein Erbe oder das deiner Kinder streitig machen. Lass ihm sein Vergnügen!"

Daran habe ich nicht gedacht. Meine Eifersuchtsgefühle werde ich zurückdrängen.

Gehao gibt während des Picknicks bekannt, dass ich schwanger bin. Die Freude ist groß. Charlotte kündigt an, für mich extra zu kochen. Was das für mich bedeutet, weiß ich. Ein weiterer Sohn soll es werden, verspricht sie mir. Am Ende der Schwangerschaft wird sie enttäuscht sein. Meine Ärztin hatte mir gesagt, dass es ein Mädchen wird.

Den Unterschied zur ersten Schwangerschaft spüre ich. Ich leide unter Übelkeit und habe absonderliche Essgewohnheiten. Wenn ich in der Stadt bin und an einem McDonalds Restaurant vorbeikomme, spüre ich ein starkes Verlangen hineinzugehen. Ich esse viel und hastig, lauf eilig zur Toilette und muss mich übergeben.

Mit Silvia kann ich mich nicht mehr regelmäßig treffen. Nachdem sie die Reiseleiterprüfung erfolgreich bestanden hat, wird sie von ihrem Reiseunternehmen als Begleiterin, in den deutschsprachigen Ländern, eingesetzt. Ich freue mich für sie. Das hatte sie sich gewünscht. Mir wäre es jedoch lieber, wenn sie in London bleiben könnte und wir uns öfter sehen würden.

John informiert mich laufend über die aktuellen Vorgänge in meiner Berliner Firma. Wenn ich seine vertraute Stimme hören möchte, rufe ich ihn an. Eines Tages erhalte ich eine Nachricht von ihm, dass ich nach Wien kommen soll. Er hat eine Räumlichkeit für ein Vertriebsbüro gefunden. Ich kann sie mir ansehen. Es sind Semesterferien. Ich bitte Jin, mich zu begleiten und auf Cai achtzugeben.

Bald reisen wir ab. John hat zwei Zimmer für uns in einem Hotel in der Nähe des zukünftigen Vertriebsbüros reserviert. Es liegt in Hietzing, nicht weit von der gleichnamigen U-Bahnstation entfernt. Die Gegend ist mir bekannt. Ein paar Straßen weiter ist das Elternhaus von Peter. Von alledem sage ich Jin nichts. Es bleibt mein Geheimnis.

John holt uns mit seinem Auto vom Flughafen ab. Ich freue mich ihn wiederzusehen. Er fragt, ob wir einen guten Flug hatten und wie es mir geht. Gehao hatte ihm am Telefon von meiner Schwangerschaft erzählt. Es stört mich nicht, dass es alle wissen, solange sie mich nicht wie eine Kranke behandeln.

Wir fahren direkt zum Hotel und nachdem wir uns frisch gemacht haben, gleich zu seiner Wohnung. Ruth wartet sehnsüchtig auf mich und Cai. Sie erzählt von ihrer Kanadareise und wie schön es war, mit ihrem kleinen Enkel zu spielen. Ich glaube, sie wäre gern noch länger geblieben.

134

„Wenn du reisen möchtest, kannst du es jederzeit tun. Du brauchst mir nur deinen Mann überlassen. Wir hatten eine schöne Zeit zusammen in London."

„Er hat es mir erzählt, dass ihr nach Birmingham gefahren seid."

„Nicht nur dort waren wir. Wir speisten in dem Londoner Restaurant, wo ihr euch kennengelernt habt."

Ruth muss lachen. Die Erinnerung daran amüsiert sie noch heute. Sie hat Kuchen gebacken und wir trinken Kaffee in ihrem großen Wohnzimmer.

Lange halten wir uns nicht auf. John fährt mit mir ins Büro, damit ich es mir ansehe. Ruth will auf Cai aufpassen. Jin kann mit uns kommen. Das Geschäftslokal, das John ausgesucht hat, liegt in der Nähe des U-Bahnhofs Schönbrunn und ist gut mit den öffentlichen Verkehrsmitteln und dem Auto zu erreichen. Zwei reservierte Parkplätze gibt es vor dem Haus. Das Büro ist ebenerdig und außen verglast. Man könnte es ebenso gut als Verkaufsladen oder anderweitig nutzen. Darüber befinden sich Mietwohnungen. John schließt die separate Tür auf und wir betreten einen großen Eingangsraum. Links davon befindet sich eine Tür zu dem zweiten Büroraum und an der rechten Wand gibt es drei Türen, für eine kleine Küche, den Toilettenraum und eine Abstellkammer. Anfangs stört mich, dass die Büroräume von der Straße aus gut einsehbar sind. John meint, dass dies ein Vorteil ist. Die großen Glasscheiben können für Werbezwecke mit genutzt werden und zum anderen sind die Räume hell. John erklärt mir, dass er sich zuvor sieben leere Büros angesehen hat, die ihm nicht gefielen oder zu teuer waren. Er zeigt mir Fotos von den anderen Angeboten. Zwei davon gefallen mir besser. Die Mieten sind jedoch bedeutend höher.

Die Räume stehen leer. Jin kann sich nicht vorstellen, wie sie aussehen werden, wenn sie eingerichtet sind. John kann ihr weiterhelfen. Von einem Raumgestalter hat er sich ein paar Vorschläge erarbeiten lassen, wie das Büro zweckmäßig eingerichtet werden kann. Er zeigt uns Farbfotos von Vorschlägen für die Möblierung der beiden Räume. Es fällt uns schwer, sich für einen davon zu entscheiden. Ich überlasse die Wahl John, da er sich hier wohlfühlen soll, wenn er das Büro leitet.

Somit ist alles entschieden. Übermorgen will ich nach Berlin fliegen und kurz in der Firma nach dem Rechten sehen. Von dort soll es zurück nach London gehen.

John schlägt vor, dass er morgen früh den Makler hierher bestellt und wir den Mietvertrag abschließen. Im Anschluss will er uns die Innenstadt zeigen und am Abend lädt er uns in ein Heurigen-Lokal ein, das nicht weit von hier entfernt ist. Ruth und Cai können mitkommen.

Wir haben das erledigt, wozu wir angereist sind. Ich möchte durch den Schlosspark spazieren und die Sonne genießen. Unser Hotel liegt direkt auf der anderen Seite. Ich bitte John, ohne mich zurück zu fahren und Jin mit Cai in unser Hotel zu bringen.

Es scheint ihm nicht zu passen. Er ist in Sorge, dass ich mich verlaufen könnte. Als ich ihm sage, dass ich mit Gehao hier war und den Weg kenne, ist er damit einverstanden. Zur Not gibt es das Handy und damit bin ich jederzeit erreichbar. Jin sehe ich an, dass sie froh ist, nicht mit mir laufen zu müssen. Was das angeht, ist sie bequem.

Sie fahren los und ich sehe mir zunächst das Umfeld an. Ich gehe um den Häuserblock. Gegenüber der Hauptstraße, von unserem Büro, gibt es viele kleine

Geschäfte, Bistros und ein Restaurant. Metalltafeln verweisen auf Rechtsanwälte und Arztpraxen, die in den höher gelegenen Stockwerken untergebracht sind.

Ein Schild fällt mir auf. Vermerkt ist darauf eine Detektei im vierten Stock. Kurz entschlossen gehe ich in den hohen Flur und fahre mit einem alten Aufzug in die fünfte Etage. An einer der Türen sehe ich das gleiche Schild montiert. Ich läute. Nach einer Weile öffnet mir ein Mann im mittleren Alter. Er bittet mich herein. Es ist ein abgeschrägter Raum unter dem Dach. An den geraden Wänden stehen Regale mit Ordnern und ein großer Stahlschrank. Der Mann stellt sich mir vor und überreicht mir seine Visitenkarte. Nach meinem Namen fragt er nicht.

„Was kann ich für sie tun, gnädige Frau?", beginnt er das Gespräch.

„Ich benötige eine Auskunft über einen Herrn, der in Wien gelebt hat."

„Das ist bald erledigt. Sagen sie mir nur seinen Namen und die Adresse wo er gewohnt hat."

„Sein Name ist Peter Pichler und er hat vor fünf Jahren bei der Firma Nile gearbeitet."

Der Detektiv nickt.

„Das genügt mir, gnädige Frau! Wie schnell brauchen Sie die Informationen und wohin kann ich sie ihnen senden."

„Ich komme in ein paar Wochen bei ihnen vorbei und hole sie mir ab."

„In Ordnung, gnädige Frau! Ich werde die Angelegenheit zu ihrer vollsten Zufriedenheit erledigen."

Ich frage nach seinem Honorar. Er schätzt den Aufwand für seine Recherche und nennt mir einen Betrag. Ich gebe ihm die Hälfte des geschätzten Preises als Anzahlung und weise nochmals darauf hin, dass er diskret vorgehen soll. Mit vielen Bücklingen begleitet er mich bis zur Tür.

Ich bin stolz auf mich, dass ich den Mut hatte, die Detektei aufzusuchen. Vor Aufregung wollte mir anfangs die Stimme versagen. Froh bin ich über die besondere Diskretion, die der Mann gewahrt hat. Nach meinem Namen und der Adresse hat er mich nicht gefragt. Was ist, wenn er Rückfragen hat und mich sprechen will. Ich sollte ihm die Telefonnummer von meinem Handy geben. Es ist jetzt zu spät. Ich bin gespannt, wie es ausgehen wird. Wenn das Büro eingerichtet ist, werde ich ihn aufsuchen.

Ob es in ein paar Wochen die Detektei noch gibt? Als ich aus der Haustür trete sehe ich mir das Schild an. Es sieht aus als wäre es vor vielen Jahrzehnten montiert worden. Das beruhigt mich und ich spaziere durch den Schlosspark von Schönbrunn bis zu meinem Hotel. Als ich ankomme, sind Jin mit Cai noch nicht da. Ich überlege ob ich die Straße, die zu Peters Elternhaus führt, entlanggehe. Was ist, wenn er mir begegnet oder seine Mutter? Dieses Risiko will ich nicht eingehen und warte geduldig im Foyer des Hotels. Es liegen genügend Zeitschriften auf dem Tisch, um sich die Zeit zu verkürzen.

John entschuldigt sich für die Verspätung. Er lädt uns in ein kleines Restaurant zum Diner ein. Es befindet sich in einer engen Gasse, nicht weit vom Hotel entfernt. Zusammen laufen wir dorthin und verbringen gemeinsam einen schönen Abend bei gutem Wein und Wiener Liedern.

Am nächsten Morgen kommt John pünktlich in unser Hotel. Wir fahren in sein zukünftiges Büro. Dort wartet der Makler auf uns und wir unterschreiben den Mietvertrag. Sightseeing ist angesagt. John zeigt uns die Innenstadt.

In einer Nebenstraße am Karlsplatz parkt er das Auto. Wir besichtigen die Karlskirche. Er erzählt uns, dass er diesen Bau schöner findet als den Stephansdom. Cai scheint es nicht zu interessieren. Er würde lieber auf dem Vorplatz mit den anderen Kindern spielen und mit den Füßen im Brunnenwasser waten. John erkennt bald die unterschiedlichen Bedürfnisse und schlägt vor, zum Donaupark zu fahren. Er meint, dass sich Cai dort wohler fühlt. Wir folgen ihm zum Auto und er chauffiert uns auf die andere Seite der Donau. Dort parkt er in der Nähe eines China-Restaurants, in das er uns zum Lunch einlädt. Zuvor verschaffen wir uns noch mit der Donauparkbahn, einer Schwester der Liliputbahn im Prater, einen Überblick über die gesamte Parkanlage. Auf einem Teich tummeln sich unzählige Enten. Cai möchte mit ihnen spielen. Sie weichen ihm aus. Er kann nicht verstehen, dass sie sich nicht streicheln lassen, wie seine Spielzeugenten.

## 13

*Tower von London*

Von Wien fliege ich mit Jin und Cai direkt nach Berlin.
Nach unserer Ankunft im Hotel fahre ich gleich in meine Firma. Der neue Betriebsleiter ist überrascht, dass ich
unerwartet in seinem Büro auftauche. Er lässt sich
nichts anmerken. Ich bin zufrieden mit ihm und habe
den Eindruck, dass er alles gut im Griff hat. Erste Fortschritte sind zu verzeichnen. Problematisch scheinen die
beiden Vertriebsbüros in Moskau und Shanghai zu sein.
Die Kosten für die Einrichtung der Büros sind höher als
kalkuliert. In einem Monat kommen die beiden Direktoren der Vertriebsbüros nach Berlin und werden berichten. Der Betriebsleiter bittet mich und John anwesend
zu sein. Er wird uns den genauen Termin bis nächste
Woche mitteilen.

Da nichts weiter anliegt, werde ich morgen nach
London zurückfliegen. Jin und ich genießen den Nachmittag im Wellnessbereich des Hotels. Ein Kindermädchen passt solange auf meinen Sohn auf. Während ich in
der Sauna vor mich hin schwitze, erzählt mir ein Gast,

dass das Hotel eventuell im nächsten Jahr schließen wird.

Die Eigentümerin ist verstorben und die Erben können sich nicht einigen. Die Frau weiß es aus angeblich sicherer Quelle.

Es wäre schade, wenn ich nicht mehr hier wohnen könnte. Die Anlage ist in gutem Zustand und es waren zu jeder Jahreszeit Gäste hier. Der Nachteil ist, dass das Hotel außerhalb des Stadtzentrums liegt und nur mit PKW oder Bus, erreichbar ist.

Nach dem Diner erkundige ich mich an der Rezeption, ob das Gerücht über eine eventuelle Schließung des Hotels stimmt. Erstaunt sieht mich die Dame hinter dem Tresen an und wundert sich, woher ich das weiß.

„Es ist noch nicht entschieden. Die verstorbene Eigentümerin hat zwei Kinder, die das Hotel verkaufen wollen."

„Gibt es einen Interessenten?", frage ich neugierig.

„Soviel ich weiß, noch nicht. Ein Maklerbüro ist damit beauftragt, sich darum zu kümmern. Es wird nicht leicht sein einen neuen Betreiber zu finden."

„Können sie mir die Adresse des Maklers geben?", bitte ich die Dame.

Die Rezeptionistin nimmt aus einer Schublade eine Visitenkarte und kopiert sie mir. Von meinem Zimmer rufe ich den Makler an. Er bestätigt mir, dass er sich um einen Käufer für das Hotel bemüht. Ich frage ihn, ob er mir ein Exposee von dem Kaufobjekt zukommen lassen kann. Als er erfährt, dass ich mich im Hotel aufhalte und morgen nach London abreise, bietet er mir an, die Unterlagen gleich vorbei zu bringen.

In London übergebe ich die Unterlagen des Maklers meinem Mann.

„Wie kommst du zu dem Exposee?", will er von mir wissen.

„Ich hörte im Hotel, dass es verkauft werden soll. Da rief ich den Makler an und er brachte es mir."

„Sind dir noch irgendwelche Hintergrundinformationen von dem Verkauf bekannt?"

„Es ist wahrscheinlich ein Notverkauf, weil die Erben es selbst nicht weiter betreiben wollen."

Gehao blättert in den Unterlagen.

„Auf den ersten Blick ist der Preis hoch. Das besagt nichts. Bist du daran interessiert?", will er von mir wissen.

Überrascht sehe ich ihn an.

„Selbst will ich nicht ins Hotelgeschäft einsteigen. Ich denke, dass es eventuell eine gute Geldanlage wäre."

„Ich bin deiner Meinung. Es liegt an einem See und ist in der Nähe deiner Firma. Wenn du möchtest, kümmere ich mich darum."

Ich hatte erwartet, dass Gehao der Kaufpreis abschreckt und er mir die Unterlagen kommentarlos zurückgibt.

Zurzeit habe ich ein Stimmungstief. Silvia ist mit dem Bus in Deutschland unterwegs und mich plagt die Schwangerschaft. Meine Ärztin sagte mir, dass sie mir Medikamente gegen meine Übelkeit geben könne. In meinem Zustand will ich keine nehmen, wenn es nicht unbedingt notwendig ist. Zunächst versuche ich herauszufinden, was die Auslöser für meine Brechattacken sind. Ich komme darauf, dass es der Geruch der Schuhe ist, der mich stört. In Wien und Berlin hatte ich keine Schwierigkeiten. Zu Hause fing es wieder an.

Wie ein Fährtenhund schnüffle ich durch die Wohnung. Ich finde heraus, dass ein bestimmtes Schuhpflegemittel, das James für seine Lederschuhe verwendet, der Auslöser ist. Als ich mit James darüber spreche, ist es ihm peinlich und er wirft die Schuhcreme in den Müll. Zusammen suchen wir ein passendes Schuhpflegemittel in einem Schuhladen aus. Die Angst bleibt, dass mich die Übelkeit wegen anderer Gerüche erneut heimsucht.

Zu den Wochenendpartys begleitet uns Jin. Gehao tritt jetzt mit zwei Damen auf. Ihm gefällt es. Er braucht sich weniger um mich kümmern und weiß mich jederzeit an der Seite meiner Freundin gut aufgehoben. Da es die gleichen Personen sind, die sich treffen, finde ich diese Veranstaltungen mittlerweile langweilig.

Eine wahre Abwechslung bieten für mich die Theater- und Musikveranstaltungen. Gehao mag sie nicht. Ihn stören viele Menschen auf engem Raum. Er kann die entsetzten Blicke der Leute nicht ertragen, wenn sie ihn anstarren. Sein enger Bekanntenkreis hat sich an sein entstelltes Gesicht gewöhnt und beachtet es nicht weiter.

Jin stört Gehaos Aussehen nicht. Er scheint lockerer mit ihr umzugehen als mit mir. Sie lachen miteinander, wenn Jin unüberlegt daherredet. Ihre Nähe scheint ihm gutzutun. Ich bin froh, dass sie da ist. Sie ist und bleibt für mich ein Stück Heimat und Kindheit. Seit sie bei uns ist, habe ich kein Heimweh gehabt. Als ich sie fragte, ob sie sich nach Shanghai und ihrer Mutter sehnt, sagte sie ,nein'. Sie meint, dass ich ihr genüge und sie keinen anderen Menschen in ihrer Nähe braucht. Ich freue mich und glaube, dass sie mir endlich verziehen hat.

In London ist herrliches Sommerwetter. Jin und ich sind viel im Pool auf dem Dach. Sie genießt die Semesterferien und ich meine beschwerdefreie Schwangerschaft.

Heute besucht uns überraschend Silvia. Ich habe sie über Wochen nicht mehr gesehen. Sie wirkt gestresst und nervös und meint, dass sie sich zerteilen könnte und nicht weiß, wie sie ihre Termine bewältigen soll.

„Du hältst das nicht lange durch. Versuche einen Tag auszuspannen", rate ich ihr.

„Es geht nicht. Jedes Wochenende war ich unterwegs und das muss ich bis zum Herbst durchstehen. Die Busreisen werden ab November weniger und ich arbeite dann im Büro.", erklärt sie mir und sieht auf ihre Armbanduhr.

„Denke an deine Gesundheit!", sage ich streng.

„Es ist nicht anders zu machen. Ich bin froh, dass ich mir heute zwei Stunden für dich freischaufeln konnte. Du darfst mir nicht böse sein. Ich muss mit dir unter vier Augen sprechen. Können wir in dein Zimmer gehen?"

Ich blicke zu Jin, die sich im Liegestuhl räkelt und verschwinde mit Silvia. Als wir in meinem Zimmer sind schließt sie die Tür hinter sich ab.

„Was tust du?", frage ich verwundert.

„Ich will nicht, dass uns jemand in Flagranti erwischt", sagt sie und zieht sich schnell aus.

Ich weiß nicht, wie ich darauf reagieren soll. Es gefällt mir nicht, dass sie zu mir kommt und von mir Zärtlichkeiten fordert. Sie könnte mich vorher anrufen, damit ich mich auf ihren Besuch einstelle. Zum anderen bin ich froh, dass ich ihr fehle und sie meine Nähe sucht. Ich konzentriere mich nur auf sie. Ihr Feuer ist schnell entfacht nach ihrer Befriedigung schnell verloschen. Sie schaut auf ihre Armbanduhr. Als sie sich mir zuwenden will, stehe ich auf und kleide mich an. Sie ist überrascht.

„Was ist mit dir, Kleines. Wir haben nicht viel Zeit."

„Das ist es, was mich stört. Wenn ich mit dir zusammen bin, will ich nicht, dass du auf die Uhr siehst. Ich komme mir wie eine Prostituierte vor."

Langsam nähert sie sich mir und nimmt mich in die Arme.

„Entschuldige Meiling! Ich habe solche Sehnsucht nach dir gehabt. Ich liebe dich!"

Sie sieht verstohlen auf ihre Uhr und zieht sich eilig an.

Ich setze mich im Schneidersitz auf das Bett und meditiere. Silvia sagt mir nette Worte, doch ich antworte nicht. Sie zieht sich an und eilt davon. Ich überlege, ob es zu hart war, sie kühl abzuweisen und zu tun als wäre sie nicht da. Für mich wäre es eine harte Strafe, nicht beachtet zu werden. Meine Reaktion finde ich in dieser Situation angemessen und nicht überzogen. Sie soll es merken, dass ich gekränkt bin. Zum Reden sind wir nicht gekommen. Ob ihr meine Freundschaft nicht mehr wichtig ist? Ihr neuer Job scheint für sie das einzige zu sein, was sie interessiert. Sie muss das mit sich ausmachen. Ich werde mich zurückhalten.

In dem Moment, wo ich für mich diesen Entschluss getroffen habe, bedaure ich ihn. Es ist mir bewusst, dass ich sie mehr brauche als ich mir eingestehen möchte. Sie ist das Tor zu meinem Garten Eden. Nur ungern würde ich darauf verzichten wollen. Es würde mir nicht gelingen. Ähnlich tiefe Gefühle habe ich bei Peter empfunden und ich weiß, wie stark der Schmerz einer Trennung ist. Ich werde das nächste Mal mit Silvia milder verfahren und wegen ihrer neuen Arbeit einsichtiger sein.

Ich gehe zurück zum Swimmingpool. Jin ist auf der Liege eingeschlafen. Ihre Haut ist von der Sonne stark gerötet. Vorsichtig schiebe ich den Sonnenschirm zu ihr und creme sie ein.

Von meiner Liege aus, betrachte ich sie. Erstmals kommt mir in den Sinn, dass sie ein Wesen voller Gefühle ist. Ich sehe sie wie eine Freundin oder eine Schwester an. Nie könnte ich mich ihr intim nähern und Gefühle aufbringen, wie bei Silvia. Ich denke, dass Jin einfacher gestrickt ist als ich. Die jungen Männer, die ihr gefallen, wollen von ihr nichts wissen. Die einzige Erfahrung, die sie mit einem Mann machte, war ihr ehemaliger Chef. Er war ein Fiesling und hat sie zu abscheulichen Dingen genötigt. Seit sie bei mir ist, hat sie noch nicht von einem Mann gesprochen. Auf der Uni gibt es genügend. Ich nehme an, dass sie solo bleiben will. Es genügt ihr meine Nähe und in meine Familie eingebunden zu sein. Glückliche Jin, du hast das bessere Los von uns beiden gezogen.

Ich kühle mich im Wasserbecken ab und schwimme ein paar Runden. Harry kommt zu uns und wischt sich den Schweiß von der Stirn. Er richtet mir aus, dass ich meinen Mann in seinem Büro aufsuchen möchte. Er kann mir nicht sagen, worum es geht. Ich biete ihm an, ein Bad zu nehmen und sich abzukühlen. Das Angebot nimmt er gerne an.

Die drückende Hitze ist im Freien unerträglich. Der Weg ist nicht weit. Ich brauche vom Hotel aus nur über die Straße gehen und bin in der Bank. Im Kassenraum ist es angenehm kühl. Niemand erkennt mich als ich durch die Halle zum Aufzug gehe. In der obersten Etage muss ich mich orientieren. Eine Frau, die einen Aktenordner auf dem Arm trägt, erinnert sich an mich und ist mir behilflich. Die Sekretärin führt mich in Gehaos Büro. Er sitzt dort mit einem Mann an dem Seitentisch. Als ich eintrete stehen beide auf. Der Mann verbeugt sich vor mir. Ich reiche ihm lächelnd die Hand. Gehao stellt ihn mir vor.

„Dies ist mein Rechtsanwalt aus Berlin. Er hat mir den Kaufvertrag für die Villa am See mitgebracht. Du musst hier unterschreiben."

Freudig blicke ich Gehao an. Ich werfe einen Blick auf den Kaufvertrag. Er ist in Deutsch verfasst und ich bin froh, dass ich die Sprache gelernt habe.

Ohne ihn durchzulesen unterschreibe ich. Der Rechtsanwalt händigt mir eine Ausfertigung des Vertrages aus und verabschiedet sich von uns.

„Die Sanierung des Hauses habe ich in die Wege geleitet. Deine Wünsche, wegen der Umgestaltung, musst du mit dem Baumeister direkt besprechen. Er will noch in diesem Jahr mit den Arbeiten beginnen."

„Es passt mir gut. Nächste Woche muss ich ohnehin nach Berlin und werde ihn aufsuchen. Hast du Lust, mitzukommen?", frage ich Gehao.

„Das geht nicht! Mein Kalender ist in den nächsten Wochen belegt. Wenn es Probleme gibt, können wir telefonieren. John hat mich informiert, dass das Vertriebsbüro in Wien eingerichtet ist und du es dir ansehen willst."

Ich bin überrascht, wie schnell das ging. Gehao sieht verstohlen auf seine Armbanduhr. Schnell verabschiede ich mich von ihm.

Zwei Dinge gehören jetzt mir, über die ich frei verfügen kann, das sind die Berliner Firma und die Villa. Es ist ein schönes Gefühl. In meinem Zimmer sehe ich mir die Fotos von dem Haus am See an, die ich bei unserem Spaziergang gemacht habe. Es muss viel getan werden, bis es bewohnbar sein wird. In mir sprudeln die vielfältigsten Ideen. Am liebsten würde ich sie gleich mit jemand besprechen. Gehao kann ich nicht damit belästigen, Silvia hat keine Zeit für mich und John ist zu weit weg. Mir bleibt nur Jin, die kein ausgeprägtes Vorstellungsvermögen besitzt. Sie ist somit nicht die richtige Gesprächspartnerin.

Ich fahre zu der Galerie, in der im nächsten Jahr die Ausstellung des Malers aus Suzhou geplant ist. Die Galeristin hatte mir bei einer unserer ersten Unterhaltungen gesagt, dass sie Architektur studiert hatte, bevor sie Galeristin wurde. Ich treffe sie in den Ausstellungsräumen. Sie ist froh, dass ich sie besuche und wir uns unterhalten können. Auf einen USB-Stick habe ich alle Fotos von der Villa kopiert und ich zeige sie ihr am Bildschirm ihres Computers. Sie ist vollauf begeistert von der außergewöhnlichen Bauweise des Hauses. Sie sieht das Gebäude mit anderen Augen als ich. Die Besonderheiten, auf die sie mich aufmerksam macht, erkenne ich erst jetzt. Der tiefere Sinn der Gestaltungsweise ist mir nicht bewusst. Wenn es nach ihr ginge, dürfte nichts verändert werden, damit der Charakter des Bauwerks erhalten bleibt. Ich nenne ihr meine Ideen und sie schlägt die Hände über dem Kopf zusammen. Das Einzige, das sie mir zugesteht, ist die Umgestaltung der Schlafzimmer in der oberen Etage. Hier billigt sie mir eine Anpassung, an die Bedürfnisse unserer Zeit, zu. Ich möchte gern jeden Raum, wie in einem Hotel, mit einem Bad ausstatten. Ein Problem könnte die Verrohrung sein. Einen großen Vorteil hat unsere Unterhaltung. Ich werde behutsam bei der Sanierung vorgehen. Anfängliche Gedanken, größere Änderungen im unteren Wohnbereich und an der Außenfassade vorzunehmen, verwerfe ich. Ich passe mich ihrer Sichtweise an.

Bevor ich gehe, sprechen wir über die Ausstellung im nächsten Jahr. Ich soll den Maler daran erinnern, uns die Fotos und den Text für den Katalog zu senden, da alles bis Ende des Jahres vorliegen muss. Da sich der chinesische Botschafter angekündigt hat, wird die Vernissage ein bedeutendes Ereignis für die Galerie sein. Die Medien müssen informiert werden und vieles andere ist zu bedenken, was bei kleineren Ausstellungen wegfällt. Es kommt mir vor als ob die Galeristin nervös ist.

Zu Hause schreibe ich dem Maler ein E-Mail und bitte ihn, mir die Fotos und den Text für den Katalog baldmöglichst zuzusenden. In meinem Kalender ist der Termin für die Ausstellungseröffnung farbig markiert. Ich trage in den Wochen davor, die Meilensteine für die vorbereitenden Aktivitäten ein. Jetzt erkenne ich, dass uns nicht mehr viel Zeit bleibt und keine größeren Störungen eintreten dürfen.

## 14

*Parkhotel Schönbrunn in Wien*

Wir reisen nach Wien. Es kommt mir vor als wäre ich nicht fort gewesen. Mit John habe ich mich telefonisch abgestimmt, dass wir morgen zusammen nach Berlin weiterfliegen. Ruth wird uns begleiten, da nicht abzusehen ist, wie lange wir in meiner Firma zu tun haben werden.

Ich betrete den Flur von Johns Wohnung. Es duftet nach Kuchen. Ruth hat ihn für uns gebacken. Es ist Apfelstrudel, den man heiß essen kann. Da ich im Flugzeug nicht gespeist hatte, lange ich gut zu. Zufrieden blickt die Hausfrau auf meinen Teller.

John fährt mit uns ins Büro. Er ist gespannt, ob mir die Einrichtung gefällt. Es sieht möbliert anders aus. Die Ausstattung ist modern und funktionell, die Schreibtischsessel bequem. Internetanschlüsse und zwei Computer gibt es. Was fehlt, sind ein paar Bilder an den leeren Wänden. John meint, dass er die zuletzt aussuchen will. Sie müssen denen gefallen, die in dem Büro täglich arbeiten.

Wir gehen in den anschließenden Raum. Dort befinden sich ein Schreib- und Besprechungstisch, sowie ein Sideboard für die Akten und Ordner.

„Dies ist mein zukünftiges Reich", sagt er stolz.

„Hast du dich nach Mitarbeitern umgesehen?"

„Nein! Erst müssen Aufträge hereinkommen."

Ich habe den Eindruck, dass er sich um niemand ernsthaft bemüht und alles selbst machen möchte. Wenn er damit Erfolg hat, bin ich einverstanden. Auf jeden Fall spart er Kosten.

Ich halte mich nicht lange auf und schlage vor, dass wir uns in drei Stunden im Hotel treffen. Das Wetter ist schön. Ich möchte im Schönbrunner Schlosspark spazieren gehen. Jin und John sollen meinen Sohn bei Ruth abholen und dann zu mir ins Hotel kommen.

Wir brechen auf. Nachdem John mit seinem Auto fort ist, gehe ich zu der Detektei auf der gegenüberliegenden Straßenseite. Das Schild neben der Eingangstür existiert noch. Mit einem bangen Gefühl fahre ich mit dem Aufzug nach oben. Was wird mich erwarten? Ich drücke auf den Klingelknopf. Niemand öffnet. Innen ist es still. Der Detektiv wird unterwegs sein. Ich schreibe auf einen Zettel den Namen meines Hotels und meine Zimmernummer. In der Tür ist ein Briefschlitz, durch den ich die Nachricht schiebe.

Auf meinem Weg durch den Schlosspark denke ich an Peter. Ob der Detektiv irgendetwas über ihn herausgefunden hat? Wenn Peter nach China oder in ein anderes Land gereist ist, wird es nicht leicht sein, Informationen von ihm zu bekommen. Als ich im Hotel ankomme, traue ich mich nicht mehr aus dem Zimmer. Jeden Moment könnte das Telefon läuten.

John kommt mit den beiden Frauen und Cai. Er lädt uns in ein kleines Restaurant ein. Ich sage ihnen, dass ich unpässlich bin und bitte sie, ohne mich zu gehen. Jin soll Cai mitnehmen, damit ich mich hinlegen kann. Alle sind damit einverstanden und ziehen davon.

Das Telefon bleibt still. Ich habe die Visitenkarte des Detektivs, auf der seine Handynummer steht. Nach dem Wählen höre ich ein monotones Rauschen und nichts weiter. Ich wähle erneut. Es kommt keine Verbindung zustande. Nachdem ich aufgelegt habe, meldet sich eine unklare Stimme. Es ist der Detektiv. Er sagt mir, dass er sich auf dem Weg in sein Büro befindet und mich zurückrufen wird.

Unendliche Minuten des Wartens vergehen oder es kommt mir nur lange vor, bis er sich meldet. Vorsichtig fragt er mich, worum es geht. Ich nenne ihm den Namen Peter Pichler. Er ist im Bilde und sagt mir zu, in einer halben Stunde in meinem Hotel zu sein.

Ich warte in der Eingangshalle auf ihn. Er erkennt mich sofort und kommt auf mich zu. In seiner Hand hält er ein geschlossenes Kuvert und überreicht es mir.

„Möchten sie sehen, was ich ermittelt habe?"

„Jetzt nicht! Was bin ich ihnen noch schuldig."

„Es war nicht schwierig zu recherchieren. Somit deckt ihre Anzahlung meine Kosten."

Ich reiche ihm ein Briefkuvert.

„Das ist der Rest des vereinbarten Betrages."

„Nein, Madame! Das kann ich nicht annehmen. Die Abrechnung habe ich ihnen im Kuvert beigelegt."

„Es ist in Ordnung. Ich danke ihnen für ihre Diskretion", bemerke ich.

„Wenn sie einen weiteren Auftrag haben, gnädige Frau, würde ich mich freuen, ihnen helfen zu können."

Wir verabschieden uns. Eilig gehe ich auf mein Zimmer und reiße das Kuvert auf. Ich schütte den Inhalt auf den Tisch. Ein Bericht liegt auf einem kleinen Kuvert mit Fotos. Es sind aktuelle Aufnahmen von Peter und anderen Personen. Der Bericht liest sich wie ein detaillierter Lebenslauf der letzten fünf Jahre. Die Personen, mit denen Peter in Verbindung stand, seine Eltern und Freunde, sind aufgeführt. Es ist sein beruflicher Werdegang bis zu seiner Entsendung nach China beschrieben. Die Zeit in China weist Lücken auf. Es ist vermerkt, dass er wegen Alkoholproblemen die Baustelle verlassen musste. Genauer wird die Zeit nach seiner Rückkehr aus China beschrieben. Wegen Alkoholismus verlor er seine Anstellung bei der Firma Nile und ist seitdem arbeitslos gemeldet. Vor einem halben Jahr hat er die Mutter seiner unehelichen Tochter geheiratet und besucht einen Kurs für Betriebswirtschaft. Er war in einer Selbsthilfegruppe für anonyme Alkoholiker und soll nach seiner Heirat trocken sein. Bisher blieben seine Bemühungen, eine Arbeit zu bekommen, erfolglos. Die Frau ist Angestellte in einem kleinen Betrieb. Er ist Hausmann.

Auf einem separaten Blatt sind die nummerierten Fotos beschrieben. Ich betrachte mir die Aufnahmen. Sie zeigen ihn, mit seiner Tochter und Ehefrau, sowie seinen Eltern. Die Mutter erkenne ich. Es ist die Frau, die ich während meines ersten Wienbesuchs in der Nähe des U-Bahnhofs Hietzing getroffen hatte und mit der ich ein paar Worte sprach.

Ein Foto gefällt mir gut. Es zeigt nur sein Gesicht. Jeden Pickel und jede Falte sind darauf zu erkennen. Ich streiche mit dem Finger darüber als wollte ich seine Wangen und Lippen berühren. Wie vertraut sind sie mir und ein Gefühl der Wehmut überkommt mich.

Beim Betrachten des Fotos mit seiner Frau und dem Kind, fällt mir auf, dass das Mädchen älter als Cai sein müsste. Seine Frau wird es mit in die Ehe gebracht haben, denke ich mir. Wie auf dem Foto zu erkennen ist, hat er das Kind als seines angenommen. Er trägt es auf dem Arm und küsst es auf die Wange. Seine Frau steht daneben und sieht die beiden lächelnd an. Es ist ein schönes Foto einer glücklichen Familie. Ich freue mich, dass er Fuß gefasst hat und hoffe, dass er bald eine Arbeit findet. Ich kann mir vorstellen, dass es für ihn unerträglich ist, untätig zu Hause zu sitzen. Er hat seinen Beruf gemocht und der rangierte an erster Stelle bei ihm. Viele glauben, dass er rückfällig werden könnte. Es ist echt schade um ihn. Ob diese Neigung in ihm steckte, bevor wir uns auf der Baustelle kennengelernt haben? Ich hatte es nicht bemerkt. Wenn er Bier oder Wein getrunken hat, war das in Maßen.

Am nächsten Tag fliegen wir gemeinsam nach Berlin. Ich freue mich, dass Ruth mitkommt. Da wir nicht wissen wieviel Tage die Besprechungen dauern, hat sie sich uns angeschlossen. Cai wird für sie ein wichtiger Grund sein. Sie betreut ihn gern.

In meiner Firma ist der Direktor des Shanghaier Vertriebsbüros eingetroffen und berichtet von seinen Aktivitäten. Er zeigt uns Fotos von dem Büro und von seiner Wohnung, in die er mit seiner Frau eingezogen ist. Von einem jungen chinesischen Techniker wird er unterstützt, der ihm auch als Dolmetscher und Organisator behilflich ist. Verkaufserfolge kann er nur wenige aufweisen. Die meisten Geschäftsleute, die ihn kontaktieren, wollen selbst ihre Produkte verkaufen oder fragen nach Möglichkeiten für ein Joint Venture an. Ich habe den Eindruck, dass er in Shanghai Fuß gefasst und sich eingelebt hat. Ein großes Problem ist die Sprache. Er spricht schlecht Englisch und mit Deutsch kommt er ohne Dolmetscher nicht aus. Sein Vorteil ist die Art seines Auftretens. Chinesen mögen Männer, die groß und beleibt sind. Er sieht aus, wie Buddha. Mit Zahlen kann er gut umgehen. Fachkompetenz muss er sich noch aneignen. John ist zuversichtlich, dass er es schafft.

Der Vertriebsdirektor aus Moskau ist noch nicht in Berlin eingetroffen. Er lässt uns ausrichten, dass es mit seinem Flug Probleme gibt. Voraussichtlich wird er erst Mitte nächster Woche anreisen.

Ich rufe vom Hotel die russische Fluggesellschaft an und erkundige mich, nach den Flügen. Sie sagen mir, dass keine Störungen gemeldet und alle Maschinen zurzeit nicht ausgebucht sind. Dies ist für mich aufschlussreich. Entweder will uns der ehemalige Betriebsleiter absichtlich warten lassen oder er hat andere wichtige Dinge zu erledigen, von denen wir nichts wissen sollen.

Ich nutze die Wartezeit und treffe mich mit dem Bauleiter. Es ist ein Mann in den besten Jahren, um die vierzig. Wir verabreden uns in der Villa und er bringt die alten Bauzeichnungen mit, die er in Archiven gefunden hat. Es gibt Fotos, auf denen der originale Bauzustand dokumentiert ist.

Der Bauleiter ist überrascht, dass ich die alte Bausubstanz erhalten will. Er macht mich darauf aufmerksam, dass mir die Sanierung teurer kommt. In der Umgestaltung des Obergeschoßes, sieht er keine Schwierigkeiten. Wir vereinbaren, dass er die entsprechenden Pläne erarbeiten lässt und wir uns danach wiedersehen.

John erzähle ich am Abend von dem Treffen mit dem Bauleiter. Ich zeige ihm die alten Fotos.

„Sieh dir die Aufnahme von der Bibliothek an! Die originale Holztäfelung ist erhalten. Die Bücherregale scheinen die gleichen zu sein", erklärt er begeistert.

„Ich habe sie mir heute angesehen und glaube, dass das ganze Holz herausgerissen werden muss. An einigen Stellen habe ich Spuren vom Holzwurm entdeckt", erkläre ich ihm.

„Es wäre schade darum. Gegen Holzwürmer gibt es Mittel."

„Wir können morgen hinfahren. Ich erzähle dir, was der Bauleiter geplant hat und du siehst dir in Ruhe die Holzeinbauten in der Bibliothek an", schlage ich John vor.

Er zögert.

„Ich wollte in die Firma fahren", bemerkt er bedauernd.

„Der Moskauer Vertriebsdirektor kommt erst in ein paar Tagen. Das Wetter ist schön und da genehmigen wir uns einen Ausflug zur Villa im Grünen."

Ich frage Ruth und sie ist damit einverstanden.

Am nächsten Morgen fahren wir mit dem Van vom Hotel zu der Villa am See. Im Gepäckraum ist ein großer Picknickkorb, den uns der Chefkoch zusammengestellt hat. Einen Zweitschlüssel für das Tor hatte mir der Bauleiter gegeben. John bahnt einen Weg durch das Gestrüpp bis zum Seeufer. Wir stelzen ihm durch das hohe Gras hinterher. Ruth kann es nicht fassen, wie schön es hier im Sommer ist. Die Schwäne, die wir vor einem halben Jahr auf dem Eis gesehen hatten, haben Junge bekommen. Sie lassen sich durch unsere Anwesenheit nicht stören. John breitet am Ufer zwei Decken aus, auf denen sich Cai frei bewegen kann.

„Wer will mit ins Haus kommen?", frage ich.

Ruth will bei Cai bleiben und Jin möchte lieber die Schwäne beobachten.

Ich gehe mit John in die Villa und erkläre ihm die geplanten Baumaßnahmen. Wir betreten die ehemalige Bibliothek. Ich habe die Fotos bei mir und vergleiche die vorhandene Holztäfelung und die Regale. Auf den Fotos standen sie voller Bücher. Welche es waren, kann man nicht erkennen. Eine Änderung gibt es. Zwei offene Fächer in der Regalwand, sind durch Bücherbretter ergänzt worden. In beiden Nischen befanden sich altchinesische Rollenbilder, wie auf den Fotos zu erkennen ist. Der Bauherr muss mehr Platz für seine Bücher benötigt haben. John überprüft die Beschaffenheit des Holzes. Er sagt mir, dass es sich um Buchenholz handelt. Das gesamte Regal soll in einer besonderen Verzahnungstechnik ausgeführt sein. Er scheint sich damit auszukennen. Es sind keine Dübel oder Schrauben zu sehen.

„Die Stellen, wo die Holzwürmer gewütet haben, sind nicht groß. Das lässt sich leicht ausbessern", sagt er voller Zuversicht.

„Wenn du dich der Sache annimmst, kannst du retten, was zu retten ist. Mein Einverständnis hast du", schlage ich ihm vor.

Er nickt mir zufrieden zu. Den Ball hat er aufgenommen. Wenn es ihm Freude bereitet, die Bibliothek im alten Zustand aufzubauen, soll er es tun. Ihn und Ruth habe ich gern in meiner Nähe und wenn ihm die Restaurierung Spaß macht, kommen sie öfter zu Besuch hierher.

Ich gehe zu den anderen an das Seeufer und lasse John zurück. Jin hat den Inhalt unseres Picknickkorbes auf der Decke ausgebreitet und Ruth läuft mit Cai durch das flache Wasser am Seestrand hin und her.

„Wo ist John?", ruft sie mir zu.

„Der richtet gerade die Bibliothek ein. Er kennt sich im Möbelbau gut aus", erwidere ich.

„In seiner Kindheit hat er in den Ferien bei einem Tischler ausgeholfen und wenn wir ein altes Möbelstück sehen, muss er es, bis ins Detail, inspizieren."

„Vielleicht solltest du ihm eine kleine Werkstatt einrichten, wenn ihm das Tischlern Freude macht", rate ich Ruth.

„Wann soll er dieses Hobby ausüben. Es gibt zu viel Anderes für ihn zu tun."

Jetzt schweige ich. Dass er keine Zeit hat, daran bin ich am meisten schuld. Vom Haus her höre ich John nach mir rufen. Im ersten Moment denke ich, dass er gestürzt ist. Er klingt aufgeregt. Ruth sieht besorgt auf und übergibt Cai schnell Jin. Wir eilen beide zum Haus und weiter in die alte Bibliothek. John sitzt auf einem Schemel und deutet auf den Tisch. Dort liegen ein paar Bilderrollen und in verstaubte Tücher gewickelte Gegenstände.

„Was ist mit dir John?", ruft ihm Ruth ängstlich zu.

„Seht auf den Tisch. Ich habe hinter der Vertäfelung die Bilder und ein paar andere Sachen gefunden, die auf dem Foto zu sehen sind. Der Hausherr wird sie versteckt haben, bevor er nach Amerika ausgewandert ist."

Ich rolle die Bilder ein Stück auf. Es sind die Gleichen, wie sie auf dem Foto zu sehen sind. Die Steinreliefplatten, die unterhalb der Bilder liegen sind gut erhalten. Auf dem Tisch betrachte ich sie. Weitere Gegenstände sind ein paar Stempelsteine, steinerne Kleinplastiken und zwei schön geschnitzte Tuschesteine. Es ist ein richtiger Schatz, für den, der solche Dinge mag.

Ruth und ich sind froh, dass John nichts passiert ist. Er freut sich, wie ein Kind und kann es nicht fassen, dass er das Versteck gefunden hat. Auf der Suche nach Löchern der Holzwürmer, ist ihm beim Abklopfen der Täfelung der unterschiedliche Klang aufgefallen. Hinter den nachträglich eingebauten Regalbrettern konnte er die Holzwand herausnehmen und dort befanden sich in einer Nische diese Sachen.

„Komm mit uns und stärke dich, bevor du weitersuchst!", rät ihm Ruth.

Er lässt sich nicht bewegen, uns zu folgen. Ich bringe ihm ein Stück Kuchen und eine Tasse Tee. Ohne aufzusehen klopft er voller Begeisterung die Wände ab. Nach dem Erfolg in der Bibliothek vermutet er weitere Verstecke. Wie ein Besessener durchkämmt er, bis zum späten Nachmittag, das ganze Haus.

Ich verspreche ihm, dass wir morgen wieder herkommen werden und er weitersuchen darf. Frohgestimmt kehren wir ins Hotel zurück und nehmen unsere Schätze mit. Vorsichtig reinigt John die Sachen und will sie nach der Renovierung der Bibliothek an die gleiche Stelle bringen, wo sie auf dem Foto zu sehen sind. Seine Begeisterung für die Bibliothek steckt mich an und ich verspreche ihm, dass er sie nach seinen Vorstellungen restaurieren und mit Büchern ausstatten kann.

Am nächsten Tag fahre ich mit John, nach dem Besuch in meiner Firma, zum Seegrundstück. Ich hatte den Baumeister angerufen und ihm vorgeschlagen, dass wir uns in der Villa treffen. Er sagte mir, dass ihm das gut passt, da er noch ein paar Fragen hat, die er mit mir klären muss.

John macht sich weiter daran, die Räume zu durchstöbern und die Wände abzuklopfen. Er versucht sich in die Lage des früheren Eigentümers hinein zu versetzen. Wo würde er Dinge verstecken, die keiner, außer ihm, finden kann? Er kommt zu dem Schluss, dass das ganze Haus zerlegt und der Garten umgegraben werden müsste. Es ist ein aussichtsloses Unterfangen. Er sucht nach irgendwelchen Hinweisen, die zu den Verstecken führen. Das Foto von der Bibliothek war zum Beispiel ein solcher Fingerzeig. Ob sich noch andere Bilder vom Haus auftreiben lassen? John sucht meinen Rat. Ich kann ihm nicht weiterhelfen. Eventuell haben die Erben der Villa, ein Album, mit alten Bildern vom Haus. Ich kenne die Vorbesitzer nicht und es wird schwierig sein, sie zu finden.

Vor der Haustür höre ich jemand rufen. Ich laufe die Treppe hinab und schließe auf. Draußen steht der Baumeister mit zusammengerollten Zeichnungen in der Hand.

„Bitte kommen sie herein!", fordere ich ihn auf. Wir gehen in den großen Vorraum, der zur Terrasse führt.

Der Baumeister breitet seine Zeichnungen aus und erklärt mir den Sachverhalt der Umbauarbeiten. Es haben sich ein paar Unklarheiten ergeben, die er mit mir abstimmen möchte. Ich rufe John und bitte ihn zu uns zu kommen. Er wirkt unwirsch, wie ein Kind, dass man beim Spielen stört. Ich stelle die beiden Herren einander vor. Der Baumeister reicht John die Hand. Dieser bevorzugt die reservierte englische Begrüßungsform und nickt nur mit dem Kopf. Er wollte ihm seine beschmutzten Hände nicht entgegenstrecken.

Wir diskutieren über die offenen Punkte und finden bald eine Lösung. Beim Verabschieden sage ich dem Baumeister, dass er alle Fragen zum Haus ebenso mit Mr. Black abstimmen kann. John sieht mich verwundert an. Er erwidert nichts darauf. Ich nehme es als sein Einverständnis an. Er scheint sich mit dem Gedanken anzufreunden, in der Villa nach dem Rechten zu sehen, wenn ich nicht da bin.

„Wenn sie noch einen Schlüssel für das Tor und die Haustür haben, bitte ich sie, diese Herrn Black zu geben."

Der Baumeister überlegt kurz.

„Ich kann ihm gleich meine überlassen. Im Büro habe ich noch zwei Sätze."

Er reicht seine Schlüssel John, der sie, ohne ein Wort zu verlieren, entgegennimmt.

Als der Baumeister gegangen ist, lächelt mich John an.

„Du hast mich soeben zum Supervisor für deine Villa ernannt. Ich habe noch nicht gesagt, dass ich diesen Job annehme."

Lachend drücke ich ihn und gebe ihm einen freundschaftlichen Kuss auf die Wange.

„Mit dieser Bezahlung bin ich einverstanden", entgegnet er strahlend.

John will an seine Wände gehen. Ich bitte ihn, noch einen Moment zu bleiben.

„Ich möchte mit dir eine wichtige Sache besprechen. Du weißt, dass ich vor meiner Ehe mit Gehao auf einer Baustelle in der Nähe von Hangzhou gearbeitet habe. Es gab dort einen Wiener Techniker, der sich für mich eingesetzt hatte und dem ich vieles zu verdanken habe. Seit kurzem ist mir bekannt, dass er die Baustelle verlassen musste. Er soll getrunken haben und wurde von seiner Firma heimgeschickt. Seit einem halben Jahr ist er verheiratet und sucht vergebens eine Arbeit in Wien. Ich möchte ihm helfen. Niemand soll es erfahren, dass ich dahinterstehe. Er darf nichts von meiner Existenz wissen. Könntest du ihn zu einem Vorstellungsgespräch einladen."

John sieht mich skeptisch an.

„Deine soziale Ader wird dich noch zu Fall bringen. Wie heißt der gute Mann und wo wohnt er?", will John wissen und sieht mich skeptisch an.

„Ich kenne nur seinen Namen und die Firma, wo er früher gearbeitet hat."

„Das ist besser als nichts!"

„Er heißt Peter Pichler und war Inbetriebsetzer in der Firma Nile."

„Das Unternehmen ist mir bekannt. Ich habe dort Kontakte zu einigen Leuten."

„Wenn er noch keine Anstellung gefunden hat, müsste er beim Arbeitsamt gemeldet sein", mutmaße ich.

„Das ist eine Möglichkeit, seine Adresse zu finden!"

„Ich danke dir John. Es muss unser Geheimnis bleiben und niemand darf davon erfahren."

„Du weißt, dass ich verschwiegen bin, wie ein Priester im Beichtstuhl."

„Dann schwöre es auf die Bibel", entgegne ich lachend.

John ist kein religiöser Mensch. Er kann über diese Dinge freimütig scherzen.

Ich will ihn nicht mehr länger von seinen Wänden abhalten. Mit dem Hammer tastet er sich weiter vor und ich vermute, dass er mehrmals die gleichen Stellen abklopft.


Der Nachmittag ist schön. Die Sonne scheint kräftig und die Vögel singen im urwaldartigen Park. Ich gehe zum See und blicke auf das ruhige Wasser. Ein paar Kieselsteine liegen auf dem Sand am Ufer. Sie sind flach genug, um sie springen zu lassen. Peter hat es mir gezeigt, worauf man achten muss. Der erste Versuch geht kläglich daneben. Ich verbessere mich und schaffe es, dass der abgeflachte Kiesel bis zu fünfmal die Wasseroberfläche berührt, bevor er untergeht. Es ist ein schönes Spiel, das Cai gefallen wird. Mein Sohn ist die Brücke zu Peter. Ob er seinen Vater einmal kennenlernen wird?

Wenn es John gelingt, ihn zu finden und einzustellen, würde ich einen Teil meiner Schuld begleichen können. Eine feste Anstellung ist für einen Familienvater wichtig. Ich fühle mich mitverantwortlich, dass er sich in dieser schwierigen Situation befindet.

Das Wasser ist klar und warm. Am liebsten würde ich im See schwimmen, doch ich habe keinen Badeanzug bei mir. Ich blicke um mich und kann niemand sehen. Das gegenüberliegende Seeufer ist weit entfernt. Die Wärme nimmt zu und ich ziehe mich aus. Nackt steige ich ins Wasser. Es ist wunderbar. Der Untergrund ist sandig und ich taste mich vorsichtig, Schritt für Schritt, weiter. Als mir das Wasser bis zur Taille reicht, beginne ich langsam zu schwimmen. Meine Bewegungen sind auf der Wasseroberfläche nicht zu erkennen. Nur der Kopf ragt aus dem Wasser.

Nach ein paar Runden in Ufernähe schwimme ich zurück. Da ich keine Decke bei mir habe, suche ich eine Stelle im hohen Gras, wo ich mich hinlegen kann. Ich liege im Gras und empfinde meine Nacktheit als ein hohes Maß an Freiheit und Übereinstimmung mit der Natur. Schnell schlafe ich ein und werde durch das Rufen von John wach. Er steht auf der Terrasse und blickt zum See. Ich antworte ihm und ziehe mich schnell an. Wie lange ich geschlafen habe, weiß ich nicht. Es war schön. Eilig gehe ich zurück zur Villa. John erwartet mich an der Haustür und wir fahren gemeinsam in unser

Hotel. Weitere Verstecke hat er keine gefunden. Er glaubt jedoch, dass noch welche existieren.

Mitte der Woche erscheint endlich der Vertriebsdirektor aus Moskau. Wir hören uns seine Ausreden an, warum er sich verspätet hat und warten auf seinen Bericht. Als er damit beginnt, bemerke ich, dass er sich bedeckt hält. John muss ihm jede Information regelrecht abringen. Erfolge kann er nicht aufweisen. Es ist einzusehen, dass hierzu die Zeit zu kurz ist. Er ist ohne Familie in Moskau. Seine Frau weigert sich, dorthin zu übersiedeln.

In den Gesprächen glaubt John herauszuhören, dass der frühere Betriebsleiter sich nach einer neuen Anstellung umsieht. Seine früheren Beziehungen zu ehemaligen DDR-Unternehmen, die in der freien Marktwirtschaft bestehen konnten, nutzt er aus. Diese Information erhielt John von einem seiner früheren Untergebenen.

Es geht dem ehemaligen Firmenchef jetzt darum, mit einem großzügigen Handshake aus meinem Unternehmen auszusteigen. Nach zähem Ringen können wir uns einigen. Der ehemalige Betriebsleiter verlässt uns zum Monatsende und bekommt eine angemessene Abfertigung. John und ich sind erleichtert, dass wir schnell eine akzeptable Lösung gefunden haben.

Ich habe bemerkt, dass die Verhandlungen ein Kräftemessen zwischen alter und neuer Betriebsführung sind und aufmerksam von der ganzen Belegschaft beobachtet wurden. Bei der Vereinbarung hat keiner sein Gesicht verloren und ich habe den scheidenden Vertriebsdirektor in allen Ehren verabschiedet.

Alles ist erledigt, was wir uns vorgenommen hatten. John bleibt noch ein paar Tage länger im Betrieb, da er in der kaufmännischen Abteilung Hilfestellungen geben will. Ruth bedauert, dass sie Cai nicht mehr um sich haben wird.

„Wenn die Villa saniert ist, bekommt ihr dort eine Ferienwohnung und wir können uns viel öfter sehen", verspreche ich ihr.

„Hast du die Absicht, nach Berlin zu ziehen?", will sie wissen und sieht mich verwundert an.

„Es kommt darauf an, ob Gehao eventuell nach Hongkong muss."

„Mit der Fertigstellung der Villa wird es ein paar Jahre dauern. John hat mir erzählt, was du alles ändern willst."

„Es ist hauptsächlich das obere Stockwerk, wo die Schlafzimmer liegen. Das Übrige bleibt, wie es ist und wird nur verschönt", erkläre ich Ruth.

„Trotzdem ist es viel Arbeit. Weißt du, wann wir uns wiedersehen werden?"

„Vielleicht besucht ihr beide uns in London. Wir könnten zusammen ins Theater gehen und du hättest den ganzen Tag Cai um dich", schlage ich Ruth vor.

„Der Junge hat es mir wahrhaftig angetan. Er ist zufrieden und freundlich, wie ein kleiner Buddha. Am liebsten würde ich ihn ständig bei mir haben."

„Sei nicht traurig, Ruth. Bald sehen wir uns wieder", tröste ich sie.

## << 15 >>

*Hyde Park in London*

Die Schwangerschaft belastet mich. Sie ist nicht vergleichbar, mit meiner ersten. Ich traue mich nicht aus dem Penthaus, da mich mehr und mehr Gerüche stören, die einen Brechreiz auslösen. Ein chinesischer Arzt, der in London lebt, hat mich mit Akupunktur behandelt. Es brachte ein paar Linderungen. Ich bin zufrieden, wenn ich einen Tag ohne Beschwerden überstehe und hoffe, dass alles bald ein Ende findet.

Anfang Dezember schickt mich meine Ärztin zur Beobachtung in die gleiche Klinik, wo Cai zur Welt kam. Die Schwestern und Ärzte können sich an mich erinnern. Jin ist ständig bei mir. Sie schläft in dem zweiten Bett des Doppelzimmers.

Jeden Tag kommen Isabella und Cai zur Mittagszeit. Sie bringt mir Suppe, die ihre Mutter extra für mich gekocht hat. Da ich glaube, dass es mir ohne diese Stärkungsspeise schlechter gehen würde, löffle ich sie brav aus dem Warmhaltebehälter aus. Weihnachten steht vor der Tür.

Isabella erzählt von den Vorbereitungen für die Feiertage. Alle hoffen, dass ich einen Kurzurlaub bekomme und ein paar Tage nach Hause darf. Ich will nur schnell das Kind in meinem Bauch loswerden, um normal leben zu können. Warum ich jetzt in der Klinik bin, weiß ich nicht. Die Ärzte sagen, dass es wegen der besseren Kontrolle ist. Hier haben sie die Möglichkeit, gleich einzugreifen, wenn sich mein Zustand oder der des Kindes verschlechtert. Ich habe mich damit abgefunden und hoffe, dass die Zeit bis zum errechneten Geburtstermin im Januar, schnell vergeht. Froh bin ich, dass Jin bei mir ist. Wir unterhalten uns über vergangene Zeiten. Sie verkürzt mir die Wartezeit in der tristen Klinik.

Am Morgen des Heiligabends teilt mir der Arzt mit, dass ich über die Weihnachtsfeiertage nach Hause darf. Ich freue mich darauf. Jin hatte für mich an den Tagen zuvor Geschenke gekauft und sie mit weihnachtlichem Papier verpacken lassen. Ich bin gut gerüstet für das Fest.

Vorsichtig richte ich mich im Bett auf, um mich anzuziehen. Da erfasst mich ein ziehender Schmerz in der Bauchgegend. Ich denke, dass er durch die Bewegung beim Aufrichten des Oberkörpers gekommen ist und bald vergeht. Der Schmerz wird stärker und Jin läutet nach der Krankenschwester. Sie hilft mir, in die Horizontale und informiert den Arzt. Er ist nur wenige Sekunden später bei mir und untersucht mich.

„Es geht los", bemerkt er nüchtern. Mit meinem Bett werde ich in den Kreißsaal gefahren und alles für die Geburt vorbereitet. Die Wehen kommen regelmäßig in kurzen Abständen. Jin darf bei mir bleiben. Ob sie die Geburt übersteht oder ohnmächtig wird? Ich kann mich jetzt nicht um sie kümmern und konzentriere mich nur auf mich und das Kind. Bei Cai hatte ich es genauso gemacht.

Nach ein paar Stunden ist es überstanden. Ich halte meine Tochter in den Armen. Sie ist kleiner und leichter als Cai. Ich bin froh, dass wir beide es geschafft haben. Wenn sie gut isst, wird sie bald ihr Normalgewicht erreichen.

Schweißgebadet steht Jin neben mir. Sie hatte nur meinen Kopf und die Hand gehalten. Das muss ihr viel Kraft abverlangt haben.

Ich werde auf mein Zimmer gebracht und betrachte mein Töchterchen in Ruhe. Sie hat viel Durst. Die Arme und Beine sind dünn, wie bei einem unterernährten Kind. Als sie satt ist, legt Jin das Baby in sein Bettchen zurück. Eine Schwester kommt regelmäßig ins Zimmer und sieht nach dem Rechten. Ich bin müde und schlafe.

Als ich aufwache ist es draußen dunkel. Jin sagt leise zu mir, dass viele Besucher im Gang auf mich warten.

„Wer ist da?", möchte ich wissen.

„Cai, Isabella, Charlotte und James sind gekommen."

„Wo ist Gehao?"

„Er ist mit Harry dienstlich in Warschau", sagt sie traurig.

„Gib mir eine Bürste und einen Spiegel, damit ich mich herrichten kann", dränge ich Jin.

Nachdem ich mich gekämmt habe, gibt Jin Bescheid, dass jetzt alle das Baby sehen können. Auf leisen Sohlen betreten sie das Zimmer. Isabella hat Cai auf dem Arm, der mit seiner kleinen Schwester nichts anfangen kann. Er sieht sich lieber im Zimmer um und zieht an den Schnüren der Fensterjalousien.

Nachdem sich die erste Aufregung gelegt hat, bitte ich Jin, den Sack des Weihnachtsmanns herbei zu schaffen. Er steht in der Ecke neben dem Fenster und nur

Cai hatte ihn aufmerksam betrachtet. Als Kleinster darf er die Geschenke verteilen und Isabella hilft ihm dabei.

James hatte einen großen Kerzenständer von zu Hause mitgebracht und die Lichter erhellen schwach den Raum. Alle beginnen, ein Weihnachtslied anzustimmen. Vor Rührung kann ich meine Tränen nicht mehr zurückhalten. Ich bin nicht die einzige, die weinen muss. Die meisten wischen sich mit einem Taschentuch oder dem Handrücken die Tränen aus den Augen. Nur meine Tochter scheint von alledem nichts mitzubekommen. Sie schläft ruhig in ihrem Bett.

Die Geschenke bleiben verpackt. James meint, dass sie erst geöffnet werden sollen, wenn ich zu Hause bin. Wir wollen gemeinsam Weihnachten nachfeiern. Er liest uns die Weihnachtsgeschichte vor, in der die Geburt Jesus in einem Stall beschrieben wird. Es folgt ein zweites Weihnachtslied und sie verabschieden sich von mir, dem Baby und Jin.


Ich finde es schön, dass sie gekommen sind und es tröstet mich ein wenig darüber hinweg, dass Gehao nicht hier ist. Niemand konnte sagen, wann er aus Warschau zurückkommt. Ich rufe Silvia an und sage ihr, dass ich entbunden habe. Ich höre sie aufschreien und die Verbindung ist unterbrochen. Wenig später ist sie bei mir. Sie freut sich als wäre es ihr Kind.

Jin geht aus dem Zimmer. Ich habe bemerkt, dass sie auf Silvia eifersüchtig ist. Meine Tochter wacht auf und schreit. Sie hat Hunger. Eine Schwester kommt gerade ins Zimmer. Sie wickelt das Baby und legt es mir an die Brust. Im Nu beginnt es heftig zu saugen. Für mich ist das ein schöner Moment. Mir geht es gut. Die Schmerzen sind weg und die Beschwerden der letzten Monate vergessen.

Vorsichtig streiche ich mit der Hand über den Kopf des Babys. Vor wenigen Stunden befand es sich noch in meinem Bauch und jetzt beginnt es sich eigenständig zu entwickeln. Es ist ein gewaltiger Sprung, für dieses kleine Wesen.

Der Arzt sagte mir, dass ich ein paar Tage in der Klinik bleiben soll. Meine Tochter ist zu früh gekommen und sie wollen sie beobachten. Im ersten Moment bekam ich einen Schreck und vermutete das Schlimmste. Die Ärzte und Schwestern versichern mir jedoch, dass mit dem Kind alles in Ordnung ist und ich mir keine Sorgen machen muss. Es ist eine reine Vorsichtsmaßnahme. Ich finde mich damit ab. Jin ist bei mir und Silvia kommt abends zu Besuch. Meine Ärztin sagt mir, dass ich vor Silvester nach Hause kann. Ich freue mich darauf.

Leises Klopfen an der Zimmertür verrät, dass ein Besucher kommt. Die Tür wird einen Spalt geöffnet und ich sehe einen Strauß Rosen. Gehao ist endlich da. Meine Freude ist groß. Jin geht gleich aus dem Zimmer und lässt uns allein.

„Entschuldige, dass ich erst jetzt erscheine", flüstert er mir zu.

„Wie war es in Warschau?", will ich wissen.

„Das erzähle ich dir später. Wo ist unsere Tochter?"
Ich zeige zu dem Kinderbett.

Vorsichtig berührt Gehao den Kopf des Babys mit dem Zeigefinger als will er feststellen, dass es real existiert und nicht eine Fiktion ist.

Die Schwester kommt ins Zimmer und sieht nach dem Kind. „Geben sie es mir bitte", sage ich zu ihr.

Sie legt das Baby in meine Arme und geht aus dem Raum.

„Komm, setz dich auf die Bettkante. Jetzt kannst du sie besser sehen", sage ich zu Gehao.

Ich schiebe das Tuch ein wenig zur Seite. Wie gebannt betrachtet er seine kleine Tochter. Was wird er denken? Gefällt sie ihm? Macht er sich Sorgen, um ihre Zukunft?

Ich weiß es nicht.

Gehao sieht mich an und scheint zufrieden zu sein. Sein entstelltes Gesicht zeigt ein Lächeln.

„Ich habe dir ein Geschenk mitgebracht", sagt er leise.

„Die Rosen gefallen mir", entgegne ich mit einem Blick auf den Strauß.

Verneinend schüttelt er den Kopf. Ich kann nichts Anderes sehen. Es muss klein sein. Ob es ein Schmuckstück ist?

Er greift in die Brusttasche seines Jacketts und zieht ein Kuvert heraus.

„Wenn du es nicht magst, kann ich es zurückgeben", bemerkt er beiläufig.

„Ich habe nur eine Hand frei. Kannst du mir den Brief öffnen und ihn vorlesen."

Gehao entnimmt ein mehrseitiges Dokument und erklärt mir, dass ich nach meiner Unterschrift die Eigentümerin des Berliner Hotels bin, in dem ich bisher gewohnt habe.

Mir bleibt der Mund offen. Er hält mir den Kaufvertrag vor das Gesicht, damit ich ihn mit eigenen Augen betrachten kann. Ein starkes Glücksgefühl durchströmt mich. Das Hotel wird mir gehören, wie die Firma und die Villa. Dankbar sehe ich ihn an.

„Du überraschst mich", sage ich gerührt.

Ich fasse nach seiner Hand und küsse die Innenfläche. Er zieht sie nicht zurück.

„Danke Gehao, für das wunderbare Geschenk. Nach meinem Tod werde ich das Hotel unserer Tochter vererben."

Er winkt energisch ab. Vom Tod mag er nichts hören.

„Denken wir nicht daran, was weit in der Ferne liegt und genießen wir das, was uns die Gegenwart bietet."

Er sieht sich nach einer festen Unterlage um und findet ein Tablett. Darauf legt er den Kaufvertrag und bittet mich, ihn an den entsprechenden Stellen zu unterschreiben. Mit dem Kind im Arm unterzeichne ich die beiden Originale des Vertrags.

Ich bitte Gehao das Baby in sein Bettchen zurückzulegen. Unbeholfen stellt er sich an. Er glaubt, dass er die Kleine falsch anfasst.

Jin, die geduldig draußen wartet, klopft vorsichtig an die Tür. Gehao öffnet ihr und lässt sie herein. Sie hält eine Vase für die Rosen in den Händen und stellt sie auf dem Tisch neben meinem Bett ab.

„Ich werde jetzt gehen und komme morgen wieder", sagt Gehao und eilt davon.

Das Baby ist fest eingeschlafen. Ich sage Jin, dass Gehao mir ein Geschenk gemacht hat. Sie will wissen, was es ist.

„Die Rosen!", sage ich lächelnd.

Ungläubig sieht sie mich an.

„Einen Ring hast du für deine Mühen schon verdient", bemerkt sie enttäuscht.

„Ich trage keinen Schmuck", entgegne ich lächelnd.

„Sag schon, was es ist!", drängt sie mich.

„Du kennst das Geschenk", deute ich an.

„Schnell sag es! Ich platze sonst vor Neugier!"

Um die Spannung weiter zu steigern, lege ich eine kurze Pause ein.

Jin sieht mir wie gebannt auf die Lippen.

„Das Hotel, in dem wir beide in Berlin gewohnt haben, gehört jetzt mir."

Verblüfft hält sich Jin die Hand vor den Mund.

„Das ganze Hotel?"

„Ja, alles!", bestätige ich.

„Ich kann es nicht fassen. Willst du es behalten?"

„Natürlich! Ich muss mich nur bald nach einem guten Hotelmanager umsehen."

„Den wir gesprochen hatten, der war in Ordnung."

„Ja! Ich kenne ihn und war als Gast mit ihm zufrieden. Es kann sein, dass er sich inzwischen nach einer anderen Stelle umgesehen hat."

„Das wäre schade!", bemerkt Jin mit großem Bedauern.

„Jemand muss mit ihm sprechen. Ich kann jetzt nicht reisen. Würdest du für mich nach Berlin fliegen?"

„Was soll ich dort?", entgegnet Jin verblüfft.

„Du musst mit dem Hotelmanager reden und ihm sagen, dass mir jetzt das Hotel gehört und ich beabsichtige, es im früheren Sinn weiterzuführen. Das wird die Belegschaft besänftigen und die meisten werden bleiben."

„Ob ich das schaffe?", entgegnet Jin zweifelnd.

„Sei kein Hasenfuß! Du musst nicht mit ihm verhandeln oder etwas entscheiden. Es geht nur darum, ihn zu informieren."

„Kannst du ihn nicht anrufen?", bittet sie mich.

„Das ist nicht die feine englische Art. Eine derartige Nachricht überbringt man persönlich", erkläre ich ihr.

Jin ist unsicher und überlegt.

„Wenn du das willst, mache ich es", sagt sie zögernd.

Als mich Gehao am nächsten Tag besucht, spreche ich mit ihm über meine Absicht, das Hotel unverändert weiterzuführen. Er findet, dass es die beste Lösung ist, da in der Vergangenheit alles gut funktionierte und das Hotel positiv wirtschaftet.

Meine Idee, dass Jin den Hotelmanager darüber informiert, findet er gut.

„Ich muss Harry als Kurier morgen nach Berlin schicken. Wenn Jin will, kann sie ihn begleiten", bietet er an.

Ich finde es eine wunderbare Idee. Gehao ruft Jin, die im Gang wartet, herein. Ich frage sie, ob sie morgen mit Harry fliegen würde. Sie ist froh, dass sie nicht allein reisen muss und sagt gleich zu. Damit haben wir alles geklärt. Übermorgen werde ich aus der Klinik entlassen. Zu Hause kann mich Isabella unterstützen.

## 16

*Weihnachtsbeleuchtung in London*

Ich bin daheim. Meine Mutter hatte ihren Besuch ab Mitte Januar angekündigt. Sie will mich, wie bei der Geburt von Cai, unterstützen. Da meine Tochter früher als erwartet zur Welt gekommen ist, muss sie ihren Flug vorverlegen.

Meine Schwiegermutter gratuliert mir telefonisch. Sie entschuldigt sich, dass sie erst Ende Januar kommen kann und nur eine Woche bleiben wird. Ich bin ihr nicht böse. Meine Mutter wird sich ihr widmen. Mir genügt es, wenn ich sie abends zum Diner ertragen muss.

Heute werden Jin und Harry aus Berlin zurückkommen. Ungeduldig warte ich auf sie. Ich habe Jin die Schlüssel für die Villa mitgegeben. Tagsüber sollen sie beide zu meiner Villa fahren und nachschauen, was sich tut. Mich interessiert, ob die Handwerker mit den Bauarbeiten schon begonnen haben.

Ich bin froh, dass ich in meinen vier Wänden bin. Die Entbindungsklinik, in der ich war, hatte jeglichen

Komfort. Dennoch ist es nur eine Klinik. In unserem Penthaus fühle ich mich wohler.

James und Isabella haben den Weihnachtsbaum geschmückt und darunter liegen viele kleine Päckchen. Heute Abend soll die Bescherung sein. Isabella ist aufgeregt, wie ein Kind. Am liebsten würde sie zur Mittagszeit, ihre Päckchen öffnen. Sie tröstet sich damit, dem kleinen Cai bebilderte Weihnachtsgeschichten aus einem Buch vorzulesen. James achtet streng darauf, dass niemand dem Baum zu nahe kommt.

Charlotte hat meinen Essenplan umgestellt. Ich bekomme von ihr keine Speisen mehr vorgesetzt, die einen kräftigen Jungen zur Folge haben. Meine Hauptnahrung wird in den nächsten Wochen ein undefiniert aussehendes Kraftfutter sein, um viel Milch zu produzieren. Die Enttäuschung, dass ich trotz ihrer besonderen Kost, eine Tochter geboren habe, scheint sie überwunden zu haben. Zumindest spricht sie in meiner Gegenwart nicht darüber.

Ich sitze in dem großen Speisezimmer und James serviert mir die Suppe. Im Vorraum höre ich Stimmen. Jin ist angekommen und eilt zu mir. Sie will von der Reise nach Berlin berichten.

„Setz dich nieder und iss mit mir zu Mittag", fordere ich sie auf.

„Ich habe keinen Hunger!", wehrt sie ab.

„Gut, dann erzähle, wie es war!"

Jin überlegt, wo sie anfangen soll. Sie beginnt mit dem Flug von London Heathrow nach Berlin. Obwohl mich das nicht interessiert, lasse ich sie ausreden.

„In Berlin hat Harry ein Auto gemietet und fuhr zur Anwaltskanzlei. Dort brauchte er nur seinen Aktenkoffer abgeben und hat einen neuen übernommen. Wenn ich nicht bei ihm gewesen wäre, hätte er gleich die nächste Maschine nach London buchen können. Du hattest jedoch gesagt, dass ich eine Nacht im Hotel bleiben soll."

„Das ist richtig", bestätige ich.

„Wir sind von der Kanzlei zu der Villa gefahren. Der Vorgarten ist nicht mehr wiederzuerkennen. Überall liegt Schutt und Material herum, wie auf einer großen Baustelle."

„Habt ihr jemand gesehen?", will ich wissen.

„Ein paar Männer werkten in dem Haus. Sie riefen uns zu, dass wir das Grundstück nicht betreten dürfen und verschwinden sollen. Erst als ich ihnen den Schlüssel von dir gezeigt habe, ließen sie uns in Ruhe. Was sie gesagt haben, konnte ich nicht verstehen", erklärt Jin.

„Wie weit sind sie mit den Bauarbeiten?", dränge ich sie weiter zu erzählen.

„Das ist schwer zu beschreiben. Ich habe deshalb alles fotografiert."

„Schön, dass du daran gedacht hast", erwidere ich erfreut.

„Als wir uns umgesehen hatten, sind wir zum Hotel gefahren. Ich habe mit dem Hotelmanager gesprochen. Er hat sich gefreut, dass du die neue Besitzerin bist und das Hotel in unveränderter Weise weiterführen willst."

„Wird er und die übrige Belegschaft bleiben?", frage ich ungeduldig.

„Er hat es mir freudig zugesichert."

„Dann ist alles gut und ich brauche mir keine Sorgen machen."

Jin erzählt aufgeregt weiter.

„Auch das Hotel habe ich innen und außen fotografiert. Niemand war verwundert. Sie sind es von den Asiaten gewöhnt, dass sie alles mit ihren Kameras aufnehmen. Nur in dem Saunagelände haben sich welche beschwert und mir das Fotografieren untersagt."

Ich muss lachen und stelle mir Jin, mit der Kamera in der Hand, unter den Nackten vor.

„War Harry bei dir?"

„Es war seine Idee, dorthin zu gehen. Ich wäre nicht auf den Gedanken gekommen. Stell dir vor, alle liefen ohne Kleidung herum. Ich wusste am Anfang nicht, wo ich hinsehen soll."

Verhalten kicherte sie vor sich hin und erzählt belustigt weiter.

„Ich war vorher noch nie in einer Sauna und bin verwundert, dass dort Männer und Frauen zusammen sind. Harry amüsierte sich, wie verklemmt ich bin und erklärte mir, wie ich mich in den Saunaräumen richtig verhalten muss."

„Ist er dir nahegekommen?", bemerke ich amüsiert.

„Wir hatten in der Sauna alle mit uns selbst zu tun. Die Hitze war unerträglich. Ich habe in einem fort geschwitzt."

„Danach hast du großen Durst bekommen", ergänze ich.

„Und wie! Harry hat mich an die Bar eingeladen", bestätigt sie meine Vermutung. Mir schwant nichts Gutes. Bei Isabella ist ihm die Verführung gelungen und in Jin hat er ein neues Opfer gefunden.

„Schade, dass er nicht Chinesisch spricht. Wir mussten uns auf Englisch unterhalten. Ich konnte ihn gut verstehen, da er langsam gesprochen hat. Er ist ein toller Mann. Weißt du, dass er ein Personenschützer war."

„Ja, er hat es mir erzählt. Im gewissen Sinn ist er es noch heute", bestätige ich.

„Dann hat er mich zum Tanz aufgefordert. Ich habe abgelehnt, weil ich nicht tanzen kann. Er wollte es mir beibringen und nach dem ersten Cocktail bin ich ihm auf die Tanzfläche gefolgt."

„Kannst du es nun?", frage ich ironisch.

„Dazu brauche ich mehr Übung. Es hat mir gut gefallen, doch es war nicht genügend Platz vorhanden. Wir mussten deshalb ganz eng zusammen tanzen", erklärt mir Jin.

James bringt das Hauptgericht. Sie unterbricht ihren Bericht und wartet, bis der Butler draußen ist.

„Dann sind wir an die Bar und haben weiter getrunken", gesteht sie lächelnd.

„Du verträgst doch keinen Schnaps", behaupte ich.

Jin wehrt ab.

„Es waren süße Mixgetränke."

„Ganz ohne Alkohol?", frage ich nach.

„Ein wenig muss drin gewesen sein. Ich kann mich nach dem dritten Glas an nichts mehr erinnern", gesteht sie mir.

„Wie bist du auf dein Zimmer gekommen?", will ich wissen und unterdrücke meine Aufregung.

„Ich weiß es nicht und Harry spricht nicht darüber. Vielleicht hat er mich auf das Zimmer gebracht."

„Hast du ihn gefragt?", will ich wissen.

„Ja, beim Frühstück. Er sagte mir, dass er sich selbst, an nichts mehr erinnern kann."

„Wie bist du aufgewacht?"

„Ich habe mich telefonisch von der Rezeptionistin wecken lassen."

„War Harry in deinem Zimmer?"

„Was denkst du von mir! Gewundert habe ich mich nur, dass meine Sachen zusammengelegt auf dem Stuhl lagen. Das tue ich nie."

„Vielleicht solltest du öfter trinken, um ordentlicher zu werden", entgegne ich lachend.

Jin fühlt sich nicht ernst genommen und fängt an, zu schmollen.

Ich stehe auf und drücke sie.

„Komm mit in mein Zimmer, dort können wir uns deine Fotos ungestört ansehen."

Jin folgt mir.

Ich nehme den Speicherchip aus ihrer Kamera und stecke ihn in meinen Laptop. Gemeinsam sehen wir uns die Fotos an.

Die Räume im oberen Stockwerk der Villa sind nicht wiederzuerkennen. Wände wurden herausgerissen und neue gesetzt. Kabel und Rohre liegen kreuz und quer auf dem Boden verlegt. Ich bin froh, nicht dort gewesen zu sein und das alles mit ansehen zu müssen. Es ist unvorstellbar, dass diese Räume komfortable Zimmer werden sollen.

Im unteren Stockwerk ist noch nichts getan worden. Die Bibliothek sieht genauso aus, wie ich sie zuletzt gesehen hatte. Im Park hat sich nichts verändert. Schnee ist keiner gefallen. Eine dicke Schicht des abgefallenen Laubs bedeckt die freien Flächen. Auf einem Foto ist die Schwanenfamilie zu sehen.

Nach den Bildern von der Villa betrachten wir die Fotos vom Hotel. Ich kenne alle Räume, die Jin fotografiert hat. Nichts hat sich in dem letzten halben Jahr verändert. Als die Bilder von dem Saunabereich kommen, muss ich lachen und stecke sie damit an. Amüsant finden wir, wie Männer mit ihren dicken Bäuchen vor der Kamera posieren. Nicht allen scheint es peinlich gewesen zu sein, von Jin fotografiert zu werden.

Harry ist auf einigen Bildern zu sehen. Er hat die beste Figur von den Vertretern des starken Geschlechts. Jin und ich lachen, dass uns die Tränen aus den Augen fließen. Ich kann nicht sagen, was uns lächerlich vor-

kommt. Jede Kleinigkeit, regt uns zu neuen Lachausbrü-
chen an. Die automatische Bilderfolge beginnt von
vorn. Ich schalte sie weg und suche nochmals die Fotos
von Harry.

„Vielleicht hat Harry deine Kleidung auf dem Stuhl
abgelegt? Wenn du betrunken warst, wirst du nicht in
der Lage gewesen sein, es zu tun."

Jin ist verunsichert. Jeder könnte ihr für die Zeit des
Gedächtnisverlustes alles unterstellen. Diese Unsicherheit betrübt sie sichtlich.

„Ob ich nochmals mit Harry spreche? Er muss es
mir sagen, wenn er es weiß", sagt sie gedankenverloren.

„Wenn du willst, rede ich mit ihm", biete ich ihr an.

„Nein, das will ich nicht. Er denkt sonst, dass ich alles weitererzähle."

Ich verspreche, es für mich zu behalten. Jetzt ist sie
beruhigt.

Das Telefon läutet. Am anderen Ende ist Silvia. Sie
will wissen, wie es mir geht. Ich bitte sie, heute Abend
zur Bescherung zu kommen und sie sagt zu.

Unser Verhältnis hat sich seit ihrem letzten Besuch
im Penthaus, verbessert. Ab dem Herbst sind ihre Reisen weniger geworden, bei denen sie als Reisebegleiterin
tätig ist. Wir können uns jetzt öfter sehen. Als es mir in
der Schwangerschaft schlecht ging, habe ich sie nicht bei
mir haben wollen. Ich wollte ungestört sein. Jetzt ist die
Normalität wieder eingekehrt und ich freue mich auf die
Zeit, die wir zusammen verbringen werden.

Jin betrachtet noch die Fotos von Harry. Sie glaubt,
dass ich es nicht bemerke, da ich mit Silvia telefoniere.
Die Tage mit ihm in Berlin scheinen bei ihr stark nach-
zuhallen. Alles wird sie mir nicht verraten haben. Ich
muss sie davon abbringen, sich mit Harry näher einzu-
lassen. Ihr geht es sonst wie Isabella.

Nüchtern betrachtet scheint es dem Zimmermädchen nicht schlecht zu ergehen. Sie ist fröhlich und glaubt, dass sie eines Tages ein großer Star sein wird.

Woran glaubt Jin? Daran, dass Harry ihr das Tanzen beibringt? Schlecht ist es nicht, doch welche Wünsche können sich daraus entwickeln? Sie hat die dunkle Seite der Männer am eigenen Leibe erfahren und müsste gewarnt sein. Ich werde auf sie achtgeben, dass ihr so etwas, wie mit ihrem ehemaligen Chef, nicht wieder passiert.


Gehao kommt früher aus dem Büro. Als erstes sieht er nach seiner Tochter. Sie schläft tief. Ab und zu zieht sie die Lippen, wie zu einem Kuss zusammen. Das amüsiert ihn.

„Das ist ihre Art, dich zu begrüßen", sage ich zu ihm.

„Sie ist wie eine Puppe. Ich kann mir nicht vorstellen, dass sie groß wird, wie du."

Vorsichtig berührt er mit dem Zeigefinger ihre kleine Handfläche. Sie umfasst ihn fest.

„Willst du mich nicht loslassen?", bemerkt er verwundert.

„Dann musst du sie ständig mit dir herumtragen", entgegne ich lächelnd.

„Zu Hause geht das. Im Büro würde es schwierig werden."

Durch Drehen des Fingers, kann er sich aus der Umklammerung befreien und streicht abschließend nochmals über ihre Wangen.

„Meine Mutter hat mich heute angerufen und bedauert, dass sie zwei Tage später als geplant kommt. Ich weiß nicht, wie es dir damit geht. Von mir aus braucht sie nicht hier erscheinen."

„Es ist nur wegen dem Enkelkind. Deine Mutter hat das Bedürfnis, es zu sehen. Das musst du verstehen", beschwichtige ich.

„Ich glaube nicht, dass das der Grund ist. Es geht ihr um ihren guten Ruf in der Verwandtschaft. Wenn sie nach dem Kind gefragt wird, will sie eine Antwort geben können. Zum chinesischen Neujahrsfest werde ich ohne euch fliegen. Ich habe dann einen Grund, bald nach London zurück zu kommen."

„Willst du Cai mitnehmen?"

„Lieber nicht! Es kompliziert die Reise nur."

Ich verstehe das und bin froh über seine Entscheidung, allein die Familie in Hongkong zu besuchen.

Der Besuch seiner Mutter, scheint ihn zu betrüben. Ich kann ihm da nicht helfen.

„Meine Mutter wird Anfang Januar hier sein. Sie kann sich um sie kümmern", bemerke ich.

„Das ist gut. Ich habe mir überlegt, ob ich in dieser Zeit nach New York fliege. Kann ich dich ungeschützt unseren Müttern überlassen?", will er wissen.

„Ich werde es verkraften. Fliege nur und komm heim, wenn sie weg sind."

Es gefällt ihm, dass ich nichts gegen seine Flucht einzuwenden habe. Einen Grund würde er jederzeit finden, London zu verlassen. An mir soll es nicht liegen. Ich komme mit den beiden Müttern aus.

Wir bereiten uns auf die weihnachtliche Nachbescherung vor. James und Isabella haben sich Mühe gegeben und die Nachfeier gut vorbereitet.

Ich blicke in die Runde und sehe nur zufriedene und glückliche Gesichter. Die Augen von Cai strahlen als er die Wunderkerzen brennen sieht. Im Hintergrund ist leise Musik zu hören. Es sind weihnachtliche Lieder, die von einem Knabenchor gesungen werden. Nach der Verteilung der Geschenke zieht sich Gehao in die Bibliothek zurück.

Die Tage verrinnen im Eiltempo. Ich habe mich schnell von der Geburt erholt und freue mich auf den ersten Einkaufsbummel in der Innenstadt von London. Dort treffe ich mich mit Silvia im Kaffee des Einkaufszentrums. Hier sitzen wir gern und beobachten die Leute. Verwundert sehe ich Jin und Harry, wie sie Hand in Hand in der Einkaufspassage entlang bummeln. Am liebsten würde ich mich bemerkbar machen und den beiden den Spaß verderben. Silvia rät mir ab.

Ich erzähle ihr, was Jin mir im Vertrauen über sich und Harry in Berlin gesagt hatte.

„Sie ist alt genug, um ihre eigenen Erfahrungen zu machen. Du bist nicht ihr Kindermädchen", weist mich Silvia zurecht.

„Ich fühle mich aber verantwortlich für sie", versuche ich ihr zu erklären.

„Das bist du nicht", entgegnet sie energisch.

Die beiden Turteltäubchen sehen sich die Auslagen in den Geschäften an und bleiben vor dem einen und anderen Fenster stehen. Ein Schmuckladen hat es ihnen angetan. Ob Harry ihr ein Heiratsversprechen macht. Bei mir läuten die Alarmglocken.

„Mir hat sie heute Morgen gesagt, dass sie zur Uni geht. Sie hat mich belogen und das tut man nicht", erwidere ich beleidigt.

„Hast du noch nie eine Notlüge gebraucht?", entgegnet Silvia.

Ich erkenne, dass es keinen Sinn hat, mit ihr darüber zu sprechen und schwenke auf die bevorstehenden Besuche meiner Mutter und Schwiegermutter um.

Mit dem Taxi fahre ich nach Hause. Als ich den Aufzug verlasse, wundere ich mich, dass die automatische Tür zu unserem Wohnbereich offensteht. Isabella sitzt auf dem Platz von Harry im Vorraum. Wie ein Torhüter passt sie auf, dass kein Unberechtigter hineingelangt.

„Was ist los, Isabella?", frage ich sie.

„Madam, die eine Tür funktioniert nicht und der Servicedienst repariert gerade den Schaden."

Hinter der Eingangsschiebetür befindet sich ein fensterloser Raum, der verschlossen ist. Nur der Servicedienst des Sicherheitsunternehmens hat einen Schlüssel zu der Tür. Mich hatte interessiert, was sich dahinter befindet. Jetzt habe ich die Gelegenheit, einen Blick in den Raum zu werfen. Ein Techniker sitzt vor einem Monitor und überprüft die Leitungen.

Ich frage den Mann nach der Ursache und er erklärt mir, was der Schaden sein könnte. Er nimmt an, dass ich von der Sache keine Ahnung habe. Wie zu einem Kind redet er mit mir. Er erklärt, dass durch die vielen Kabel Strom fließt. Bald erkennt er, dass ich mich gut auskenne und seine Antworten werden präziser. Seine Pupillen weiten sich als ich ihn auf die mögliche Schadensursache aufmerksam mache und wie er den Fehler beheben kann. Der Mechanismus der Tür funktioniert nun wieder einwandfrei.

Bei unserem Gespräch habe ich wichtige Details über die Sicherheitsanlage herausgefunden. In diesem Raum befinden sich die Recorder für die automatische Videoüberwachung der Gänge, der Vorräume, des Aufzugs und des Außenbereichs. Alle Aufnahmen werden nach einem Tag überschrieben. Es können nur die Vorgänge der letzten 24 Stunden abgerufen werden.

Mehrere Schaltschränke stehen nebeneinander und beinhalten die gesamte Hardware. Auf einem Tisch stehen zwei Tischcomputer mit großen Monitoren. Alles ist mehrfach redundant aufgebaut. Wenn das eine System eine Störung hat, startet das Zweite und es geht eine Meldung an die Serviceabteilung der Sicherheitsfirma.

Problematisch wird es, wenn beide Systeme gleichzeitig ausfallen, wie in unserem Fall. Für den Störungsdienst ist dann Eile geboten. Über eine sichere Internetverbindung wurde im Vorab der Fehler diagnostiziert. Der Techniker wusste, welche Baugruppen er einpacken muss.

Die Verbindung von der Anlage zur Außenwelt interessiert mich. Ich äußere meine Bedenken hinsichtlich ausreichender Sicherheit. Damit treffe ich den Nerv des Technikers. Er erklärt mir, dass es keinem Hacker gelingen würde, in das System einzudringen, da hierzu verschiedene Zutritt-Codes notwendig sind, die nicht von Fremden geknackt werden können. Meine Bedenken kann er mit dieser Zusicherung nicht beseitigen.

Ich erfahre, nach welchem Prinzip die Passwörter erstellt und regelmäßig geändert werden und spüre große Lust, die Codes zu knacken. Momentan habe ich keine Zeit. Es sind die letzten Vorbereitungen für die Ankunft der beiden Mütter zu treffen.

## 17

*Vernissage in London*

Der Termin der Ausstellung des Malers Zang, aus Suzhou, rückt näher. Die Vorbereitungen sind in vollem Gange. Jin unterstützt mich, da ich wegen der Geburt meiner Tochter keine Zeit hatte. Der Ausstellungskatalog ist gedruckt. Er ist schön geworden. Alle Bilder, die gezeigt werden, sind darin enthalten und beschrieben. Die Galeristin hatte den Katalog gestaltet und mein Mann hat als Finanzier, sein OK gegeben. Bevor es zum Druck kam, wurde der Entwurf zur Freigabe an die Kulturabteilung der chinesischen Botschaft in London und an den Künstler gesandt. Es gab nur wenige Änderungsvorschläge. Der Botschafter hat das Vorwort geschrieben und wird zur Vernissage kommen. Er beabsichtigt, eine kurze Rede zu halten.

Die Spannung nimmt zu. Ich sitze mit Harry in der Ankunftshalle des Flughafens und warte auf den Maler Zang. Er wird ohne Begleitung meiner Schwester Lu anreisen. Ob sie zur Vernissage kommt, ist ungewiss.

Laut Ankunftstafeln soll das Flugzeug eine halbe Stunde Verspätung haben.

Zang schrieb mir per E-Mail, dass er drei Wochen bleiben kann. Ich freue mich auf seinen Besuch und lade ihn in unser Penthaus ein. Kennengelernt hatte ich ihn in Suzhou. Mit Peter besuchte ich damals meine Schwester Lu, die mir versprach, sich bei meinem Vater für unsere Heirat einzusetzen. Der Maler lud uns zum Essen, in sein Haus, ein. Ich erfuhr, dass zwischen ihm und Lu mehr als eine freundschaftliche Beziehung besteht. Auf einer Staffelei in seinem Atelier befand sich ein Bild, das mit einem Tuch abgedeckt war. Heimlich warf ich damals einen Blick darauf. Es war ein Aktbild von Lu. Sie lag auf einem Bett. Es erinnerte mich an ein Werk von Amadeo Modigliani. Ob meine Schwester seine Muse oder Geliebte ist? Sie hat es mir nicht verraten.

Zang kann vom Verkauf seiner Bilder leben. Er ist spezialisiert auf chinesische Motive. Seine Kunden sind Touristen und die mögen Darstellungen von Pflanzen und Tieren.

In Ausstellungen versucht er sich vielseitig zu präsentieren. Die Galerie in London legt besonderes Augenmerk auf Landschaften und Menschen. In seinem Atelier hatte ich nur wenige Portraits gesehen. Aus Mangel an Bildern, wird er das Ölbild von Lu mit vorgeschlagen haben. Bei der Vorauswahl hätte ich die Galeristin bitten können, auf das Aktbild von Lu zu verzichten. Ich schwieg absichtlich.

Ein süßes Gefühl der Rache, für Lus Falschheit, empfinde ich bei dem Gedanken, dass meine Schwester im ungewollten Blickfeld des Interesses bei der Vernissage stehen wird. Ich glaube nicht, dass Zang ihr die Bilder gezeigt hat, bevor er sie an die Galerie gesandt hat. Wie ich meine Schwester kenne, wird es ihr unangenehm sein, wenn alle Besucher sie nackt und eingerahmt auf der Leinwand sehen. Ich hoffe, dass sie rechtzeitig zur Vernissage erscheint.

Den Kurzbesuch meiner Schwiegermutter habe ich gut überstanden. Sie war mit meiner Mutter in London unterwegs. Abends zum Diner erzählte Madame Zhou, was sie tagsüber mit ihr erlebt hatte. Es gab kein anderes Thema. Warum sie gekommen war, hat sie scheinbar vergessen. Meine Kinder betrachtete sie nur bei ihrer Ankunft und am Abreisetag. Sie scheint kein Interesse an ihnen zu haben. Es kränkt mich. Gehao war auf Dienstreise, wie er mir angekündigt hatte. Seine Mutter fragte nicht nach ihm.
Wir schienen ihr zu genügen. Als geduldiges Publikum ertrugen wir sie eine Woche.
Meine Mutter wird bis Ende April bleiben. Sie ist eine liebe Seele, die nicht auffällt. Gern möchte sie sich im Haushalt nützlich machen. Es gibt jedoch nichts, was sie tun könnte, deshalb kümmert sie sich den ganzen Tag um Cai. Er ist zwei Jahre und ein aufgeweckter Bub. Ständig will er beschäftigt werden. Das gefällt meiner Mutter. Sie erzählt ihm Geschichten und bastelt mit ihm. Es ist lustig, wenn er vom Chinesischen in die englische Sprache wechselt und meine Mutter nichts versteht.

Eine Ansage ertönt aus dem Lautsprecher. Ich kann die Worte nicht verstehen. Auf der Anzeigetafel ist zu erkennen, dass das Flugzeug aus Peking gelandet ist. Harry und ich gehen an die Absperrung. Ich hoffe, dass ich Zang gleich erkenne und er nicht umherirrt. Ein Pulk aufgeregter Fluggäste kommt auf den Ausgang zu. Ein

Mann hebt die Hand und winkt mir. Es ist Zang. Wir begrüßen uns flüchtig und gehen zum Auto.

Der Maler ist froh, dass der Flug vorüber ist und er festen Boden unter den Füßen hat. Fliegen scheint nicht sein Ding zu sein. Er konnte nicht schlafen und sieht gestresst aus.

Der Verkehrsstau hält uns auf. Ich erkundige mich bei Zang nach meiner Schwester Lu. Er weiß nichts Genaues. Sie lebt bei ihrem Mann in Peking. Ob sie ohne ihren Gatten nach London kommen wird, ist ungewiss. Ihr Mann soll in eine höhere Position aufgestiegen sein.

Im Penthaus angekommen, zeige ich dem Maler sein Zimmer im Gästeteil des Hauses und die Gemeinschaftsräume. Er ist überwältigt von dem Komfort. Am besten gefällt ihm die Orangerie. Er sagt mir, dass es ein idealer Platz zum Malen ist. Wir setzen uns auf die weißlackierten, gusseisernen Stühle und unterhalten uns. Er möchte wissen, ob die Vorbereitungen für die Ausstellung problemlos verlaufen. Ich kann ihn beruhigen. Die Vernissage ist am Donnerstag der nächsten Woche. Am Montag wird die alte Ausstellung abgebaut und die Bilder von ihm aufgehängt. Er kann mithelfen, sagte mir die Galeristin.

Für das kommende Wochenende habe ich einen Besuch in der National Gallery eingeplant. Sie ist eine der berühmtesten Gemäldegalerien der Welt. Über 2300 Werke sollen sich dort befinden. Zang ist gut vorbereitet. Er berichtet von dem Kunstmuseum als würde er dort täglich ein und ausgehen. Bewundernd höre ich ihm zu.

„Du wirst mein Guide sein. Zu meiner Schande muss ich zugeben, dass ich nur wenig über das Haus und seine Schätze weiß", gestehe ich ihm.

„Es wird mir eine Freude sein, dir die Kostbarkeiten zu zeigen. In der Bibliothek in Suzhou habe ich mehrere Bücher über die Sammlungen in der National Gallery studiert."

Ich freue mich auf den Museumsbesuch mit ihm. In der Schule hatte ich den Zeichenunterricht gemocht und gute Noten bekommen. Es gab einen Zirkel, in dem sich interessierte Kinder speziell weiterbilden konnten. Ich gehörte zu dieser Gruppe. Während des Studiums fehlte mir die Zeit und Anregung, dieses Hobby fortzusetzen. Von den anderen Teilnehmern habe ich nicht gehört, dass sie sich künstlerisch weitergebildet haben und ein Kunststudium absolvierten.

James kommt mit einem Tablett zu uns. Er serviert Tee auf englische Weise. Zang genießt es, das sehe ich ihm an.

Bis zum Diner unterhalten wir uns über Malerei. Mein altes Wissen wird aufgefrischt und erweitert. Er kennt alle Stilarten des bildnerischen Schaffens und erzählt mir, dass er sich in Italien viel Wissen angeeignet hat. Seine Frau lebt auf der Halbinsel. Sie sind seit Jahren getrennt, aber nicht geschieden. Er hat sie zum letzten Mal vor einem Jahr gesehen als sie zu Besuch nach Shanghai reiste. Meine Schwester Lu hatte mir von der verworrenen Beziehung des Malers zu seiner Frau berichtet. Sie wollten in Italien zusammenleben. Das Heimweh hatte ihn jedoch gepackt und er ist nach China zurückgekehrt. Ob er seine Frau noch liebt, frage ich nicht. Es wäre indiskret von mir.

Beim Diner stelle ich den Maler meinem Mann vor. Gehao versteht sich gut mit ihm. Sie sitzen nach dem Abendessen zusammen und unterhalten sich am Kaminfeuer bei Scotch Whisky.

Wir Frauen widmen uns den Kindern. Meine Mutter beabsichtigt, bis Mai bei uns zu bleiben. Von mir aus, könnte sie länger hier sein. Ich glaube, dass sie Heimweh hat und sich nach meinem Vater und ihren eigenen vier Wänden sehnt. Früher waren meine Eltern nie getrennt. Wenn meine Mutter mehrere Wochen bei mir ist, wird es ihr wie eine Ewigkeit vorkommen.

Die Tage, die ich mit Zang verbringe, sind interessant für mich. Als erstes besuchen wir die Galerie, in der er ab nächster Woche ausstellen wird. Es hängen in den Räumen noch die Bilder der alten Ausstellung. Am kommenden Montag sollen sie abgehängt und verpackt werden. Für die Bilder von Zang gibt es einen Plan, wo jedes Gemälde hängen soll. Sie sind thematisch auf die Räume verteilt. Der Galeristin kommt es darauf an, dass sich ein „roter Faden" durch die Ausstellung zieht. Viele Bilder zeigen Menschen im Alltagsleben, auf dem Markt, während des Ausübens ihres Handwerks, beim Sport und anderen Aktivitäten. Sie wechseln ab mit Landschaftsdarstellung aus der Flussregion um Suzhou bis hin zu den Bergen des Huangshan. Dieses Gebirge hatte Zang vor zwei Jahren besucht und zahlreiche Ansichten geschaffen.

Mir gefallen alle Bilder, im Besonderen, die vom Huangshan. Mit der Bergregion verbinden sich für mich schöne Erinnerungen. Zweimal habe ich das Gebirge besucht. Das eine Mal als Studentin und später zusammen mit Peter. Es war unsere Verlobungsreise, meine glücklichste Zeit.

Die Galeristin zeigt uns die Kataloge und Einladungen zur Vernissage. Sie sind an ihr Kaufpublikum ausgesendet worden. Wir blättern in dem Katalog und loben die Qualität des Drucks. Auf einer Seite ist das Aktbild von meiner Schwester Lu. Ihr Name ist nicht genannt. Es trägt den Titel „Dame aus Suzhou". Zang betrachtet das Bild und blättert kommentarlos weiter. Ob er ein ungutes Gefühl hat, dass das Bild eine ganze Seite des Katalogs schmückt? Ich frage nicht.

Die Pressemeldungen hat die Galeristin in der letzten Woche versendet. Redakteure haben bei ihr angerufen und um mehr Informationen gebeten. Da der chinesische Botschafter kommt, hat die Vernissage einen hohen Stellenwert im aktuellen Geschehen der Stadt. Bei der Galeristin und mir macht sich Nervosität bemerkbar. Es gelingt uns, Zang anzustecken. Er versucht, sich nichts anmerken zu lassen.

Nach dem Besuch der Galerie fahre ich mit dem Maler in die National Gallery. Die Bildersammlung lenkt uns ab.

Am Wochenende begleitet uns Jin bei unseren Museumsbesuchen. Meine Mutter und Isabella kümmern sich um die Kinder. Es sind schöne Stunden, die wir verbringen. Unsere Gedanken sind unbewusst bei der Ausstellung am kommenden Donnerstag. Keiner spricht darüber. Es ist, wie vor einer Geburt, wo man nach all den Anstrengungen hofft, dass das Kind gesund zur Welt kommt.

Die Konsequenzen sind nicht die gleichen. Ein Kind hat man ein Leben lang und die Ausstellung lebt nur bis zur nächsten.

Es ist endlich soweit, der Tag der Vernissage von Zangs Bildern. Mit dem Maler stehe ich in der Galerie und empfange die Gäste. Durch sein Foto in der Tagespresse ist er vielen bekannt. Fremde Personen gehen auf ihn zu und begrüßen ihn als würden sie einen alten Freund wiedersehen. Es ist irritierend. Die Galeristin stellt uns verschiedenen Gästen vor. Sie haben Bilderlisten in der Hand. Ich finde die Preise überhöht, obwohl ich die Werke schön finde. Ich denke, dass es nicht viele Käufer geben wird, die diese Summen bezahlen. Es ist Sache der Galeristin, den Wert der Werke einzuschätzen. Ein geringer Teil des Kaufpreises ist für den Künstler gedacht. Auf manchen Bildschildern sind rote Punkte aufgeklebt. Ich frage die Galeristin, was das bedeutet. Sie erklärt mir, dass diese Gemälde bereits verkauft sind und bis zum Ende der Ausstellung hängen bleiben. Wer sich früh entscheidet hat die größte Chance, Bilder zu erwerben.

Eine halbe Stunde ist noch Zeit bis zum offiziellen Beginn. Gehao kommt mit meiner Mutter, Jin und meiner Schwester Lu, die gestern Abend angereist war.

Es wird unruhig. Der chinesische Botschafter erscheint mit seinem Sicherheitsgefolge und dem Kultur Attaché. Es gibt ein Blitzlichtgewitter als wäre er die wichtigste Person des Abends und nicht der Maler. Repräsentanten der Stadt machen ihm ihre Aufwartung. Die Galeristin stellt die Herren miteinander vor. Ich staune, wie sie sich auskennt. Silvia taucht auf und stellt sich zu uns. Pünktlich um 19 Uhr beginnt ein Quartett auf chinesischen Instrumenten zu spielen. Das Stimmengewirr verebbt allmählich. Die Galeristin begrüßt die Gäste. Sie erwähnt im Besonderen den chinesischen Botschafter und den Bürgermeister der Stadt. Beide bedanken sich und halten eine kurze Rede. Eine Professorin der Kunstakademie spricht zu den Bildern und über den Maler. Im Anschluss wird das Büfett eröffnet. Es befindet sich in einem der vier hinteren Ausstellungsräume. Der Künstler wird gebeten, dem Botschafter und Bürgermeister seine Bilder vorzustellen. Es gibt großes Gedränge in seiner Nähe.

Serviererinnen wandeln mit Tablets umher und versuchen ihre Getränkelast bei den Gästen loszuwerden.

Wir beginnen die Bilder in den Räumen anzusehen, wo nur wenig los ist. Die prominenten Gäste bleiben nicht lange. Als sie gegangen sind, wird es ruhiger.

Es gelingt uns, bis zu den hinteren Räumen vorzudringen. Als wir den letzten Saal erreichen, bleibt Lu, wie erstarrt stehen. Die Gäste, die sich in dem Raum befinden, sehen zu ihr. Lu hält die Hände vor den Mund und starrt auf ein Bild, gegenüber der Tür. Die Blicke der Gäste wandern von ihr zu dem Gemälde. Lu wird von den Redakteuren der städtischen Zeitungen bedrängt.

Die Galeristin bemerkt den Tumult. Sie kommt mit dem Maler hinzu. Die Reporter haben die Ähnlichkeit der Person auf dem Bild mit Lu festgestellt und wollen wissen, ob sie Modell gestanden hatte. Sie gibt es notgedrungen zu. Das Bild ist nicht abstrakt gemalt, sondern in der Manier von Modigliani. Dessen Aktbild einer „Liegenden" gleicht der Darstellung von Lu. Ihr ist es peinlich, entblößt in der Öffentlichkeit zu stehen. Wütend sieht sie Zang an. Das Bild dürfte er niemals zeigen. Gehao bemerkt ihr Unbehagen und fragt sie, ob Harry sie nach Hause fahren soll. Sie nickt ihm dankbar zu und drängt sich durch den Pulk nach draußen. Der Maler scheint den Vorfall gelassen hinzunehmen. Nur bei meiner Mutter kann ich ein gewisses Unbehagen feststellen. Sie äußert sich nicht. Wir gelangen zum Büfett und probieren ein paar Häppchen der Köstlichkeiten. Gehao amüsiert sich über den kleinen Vorfall mit Lu und er spricht mit dem Künstler darüber. Der ist sich keiner Schuld bewusst. Beide Männer sind der Meinung, dass sich Lu glücklich schätzen sollte, eine derart gute Resonanz zu erfahren.

Wir gehen zusammen zurück in den letzten Ausstellungsraum, in dem das Bild von Lu hängt. Es ist ein erotisches Meisterwerk. Lu ist gut getroffen und wirkt auf dem Gemälde nicht anstößig. Ich erkenne neben dem Bilderschild einen roten Punkt. Das Bild ist verkauft. Gehao und sein Gefolge fahren nach Hause. Silvia, der Maler und ich bleiben, bis die letzten Gäste die Räume verlassen. Mit der Galeristin und ihren Helfern setzen wir uns noch ein paar Minuten zusammen und sprechen über den erfolgreichen Abend. Die meisten Bilder in der Ausstellung haben einen neuen Eigentümer.

Silvia fragt den Maler, ob er sie malen würde. Er fragt mich, wie lange er bei mir zu Gast sein darf. Ich antworte ihm, dass er so lange bleiben kann, wie es ihm beliebt. Er sagt Silvia zu.

Harry kommt. Er wird uns nach Hause fahren. Wir lassen den Abend feuchtfröhlich ausklingen und verabschieden uns von der Galeristin und ihren Freunden.

Im Penthaus ist es still. Alle schlafen. Ich sehe nach den Kindern. Isabella ist bei ihnen und döst auf dem Sessel neben dem Kinderbett vor sich hin. Als ich ins Zimmer komme, ist sie hellwach.

„Es ist alles in Ordnung, Madame!", flüstert sie, um nicht die Kinder zu wecken. Ich deute ihr an, mir zu folgen. In meinem Zimmer frage ich sie, ob Cai und Lien gut gegessen haben. Sie nickt.

„Das ist alles, Isabella. Du kannst jetzt schlafen gehen", sage ich ihr.

Sie rührt sich nicht vom Fleck.

„Was ist Isabella?", frage ich sie.

„Entschuldigen sie Madame als ihre Schwester nach Hause kam, hatte sie einen Tobsuchtsanfall und fortwährend im Zimmer ihre Mutter angeschrien. Gab es Ärger?"

„Es ist nicht weiter schlimm. Meiner Schwester gefällt nicht, dass ein Bild von ihr in der Ausstellung hängt. Es ist ein Aktbild", erkläre ich.

Isabella hält die Hand vor den Mund.

„Ist ihre Schwester darauf zu erkennen?", fragt sie leise.

„Deutlicher geht es nicht", entgegne ich schmunzelnd und deute Isabella an, dass sie gehen kann.

Zufrieden lege ich mich auf mein Bett und denke an den gelungenen Abend. Mein Bauchgefühl ist gut.


Am nächsten Morgen komme ich spät zum Frühstücken. Meine Mutter spielt mit den Kindern. Zang sitzt in der Bibliothek und liest in einem Buch.

Wo ist Lu?

Ich gehe zu ihrem Zimmer und klopfe an die Tür.

Niemand antwortet. Ich klopfe ein zweites Mal.

„Herein!", ruft Lu verärgert.

Ich öffne die Tür und erschrecke. Die Kleider meiner Schwester liegen verstreut im Zimmer.

„Was ist mit dir Lu? Kann ich dir helfen?"

„Mir kann keiner helfen!", schreit sie mich an.

Ich erwidere nichts und setze mich an den Tisch. Lu läuft wie eine verwundete Tigerin im Zimmer hin und her und verflucht Zang. Er ist für sie die Ursache ihrer Schmach. Sie ist der Meinung, dass er dieses Bild niemals ohne ihre Einwilligung ausstellen durfte. Sie kannte das Bild als unvollendetes Werk. Aus einer Laune heraus hatte sie zugelassen, dass Zang sie als liegenden Akt malt. Ich versuche Lu zu beruhigen.

„Das Bild ist gut gemalt. Alle Besucher haben es schön gefunden. Es ist nicht obszön. Du brauchst dich nicht zu schämen", erkläre ich ihr.

„Kannst du dir vorstellen, was mein Mann sagt, wenn er es sieht?", erwidert sie zornig.

„Er wird es nicht zu sehen bekommen. Es ist bereits verkauft."

„Woher weißt du das?", herrscht mich Lu an.

„Ich habe gestern einen roten Punkt auf der Bildertafel gesehen."

„Wer hat es gekauft?", will sie wissen.

„Ohne die Einwilligung des Käufers darf es die Galerie nicht sagen", erkläre ich in sachlichem Ton.

„Ich muss es wissen. Rufe die Galeristin an!", kommandiert sie mich.

Ich wähle die Telefonnummer der Galerie. Eine Angestellte ist am Telefon. Ich frage sie, ob das Bild „Liegender Akt" verkauft ist. Die Angestellte bestätigt es. Auskunft über den Käufer kann sie mir jedoch nicht geben.

Lu hat mitgehört und obwohl ihr Englisch nicht gut ist, hat sie die Worte am Telefon verstanden.

Sie rauft sich die Haare.

„Ein Museum der Stadt hat das Bild nicht gekauft. Sie hätten kein Geheimnis daraus gemacht. Es muss ein privater Sammler sein, der das Bild erworben hat", kombiniert sie.

„Das kann sein", bestätige ich ihr.

Sie schleudert ihre Schuhe gegen die Wand.

„Wenn ich mir vorstelle, dass ein alter, geiler Bock das Bild gekauft hat und es jeden Tag ansieht, könnte ich vor Wut alles zerschlagen."

„Es wird ein Sammler erworben haben, der das Schöne liebt", versuche ich sie zu beschwichtigen.

„An allem ist nur Zang schuld. Ich will ihn nie mehr sehen. Jetzt packe ich meine Sachen und fliege zurück nach Peking", entschließt sie sich.

„Wenn du meinst, dass du das wirklich willst, werde ich deinen Entschluss akzeptieren", erkläre ich ihr mit einer bedauernden Geste.

„Versuche meinen Flug umzubuchen. Ich verschwinde, ohne mich von den anderen zu verabschieden. Es tut mir leid für dich, Meiling. Du musst mich verstehen."

Ich habe sie verstanden und verspreche ihr, sie zum Flughafen zu begleiten.

Es gelingt mir, den Rückflug umzubuchen. Nachmittags startet die Maschine.

Ich lasse die wütende Lu in ihrem Zimmer allein zurück und gehe zu den anderen.

Über die Vernissage sprechen wir nicht. Ich telefoniere mit Silvia und frage sie, ob das Angebot an Zang, ernstgemeint ist. Sie bestätigt es und bittet mich, ihn zu fragen, wann er mit dem Malen anfangen will. Ab nächster Woche ist er bereit sie zu porträtieren. Wir besprechen die Einzelheiten. Er schlägt vor, die Staffelei in der Orangerie aufzustellen. Ich bin damit einverstanden und hoffe, ihm bei der Arbeit zusehen zu dürfen.

Mittags bringe ich Lu mit dem Taxi zum Flughafen. Sie bittet mich, nicht bis zum Abflug der Maschine zu bleiben und gleich nach Hause zu fahren. Ich soll allen sagen, dass sie sich unpässlich fühlte und schnell heim wollte.

Bevor ich ins Taxi steige, kaufe ich mehrere Zeitungen. Auf der Fahrt blättere ich darin. Ich entdecke ausführliche Artikel über die Ausstellung in der Galerie. Lu ist zu sehen mit dem Aktbild im Hintergrund. In einer

Zeitung schmückt ihr Foto die Titelseite. Sie bekam eine gute Kritik als Muse des Malers, wie sie darin beschrieben ist. Die Zeitungen schenke ich ihr als Reiselektüre. Sie steckt sie kommentarlos in ihre Handtasche. Wir sprechen nur wenig und sie beeilt sich zu dem Abfertigungsschalter zu gelangen. Wahrscheinlich ist sie in Sorge, dass ihr Mann etwas von der gestrigen Vernissage mitbekommen könnte. Es würde ihn kompromittieren.

In Zukunft wird Lu keine Lust mehr verspüren, nach London zu reisen.

<< 18 >>

*Gherkin in London*

Der Maler Zang hatte sich entschlossen, länger bei uns zu bleiben als geplant. Ich kaufte mit ihm zusammen Malerutensilien. Drei Staffeleien stellten wir in der Orangerie auf. Er begann die herrlichen Blüten auf die Leinwände zu bringen. James war begeistert, dass er seine Zierpflanzen ausgewählt hatte. Er unterstützte den Maler in jeder Hinsicht. Zang bot mir an, dass ich mich an seinen Malstudien beteilige. Anfangs scheute ich mich. Er zeigte mir, wie ich beginnen muss. Bald wurde ich locker im Umgang mit Pinsel und Farbe. Es machte mir viel Spaß. Mein Selbstbewusstsein wurde gestärkt, wenn mir ein Bild gelang. Zang sparte nicht mit Lob. Ich weiß nicht, ob er es ehrlich meinte. Zumindest hob es meine Stimmung und machte mir Mut.

Silvia hat sich heute für die erste Sitzung angesagt. Zang meint, dass ich versuchen soll, Silvia mit ihm zusammen zu porträtieren. Noch nie hatte ich mich an ein Portrait gewagt.

Ich setze mich schräg hinter den Maler an eine Staffelei. Silvia und Zang habe ich im Blick. Ich sehe, was er auf der Leinwand vollbringt und versuche es ihm nachzumachen. Es ist schwer, ein Gesicht auf dem Malgrund abzubilden. Silvia ist mir vertraut. Wenn ich meine Augen schließe, kann ich ihr Gesicht vor mir sehen. Dieses Bild auf die Leinwand zu bringen ist eine Kunst, die mir nicht gelingen will. Ich fange an zu verzagen und will abbrechen. Zang bemerkt es. Er erklärt mir, wo ich die richtigen Striche setzen muss. Das Ergebnis kann sich sehen lassen. Jetzt bin ich zufrieden. Nach der Vorzeichnung mit verdünnter Acrylfarbe, beginne ich die Flächen auszumalen. Ihr Gesicht ist deutlich erkennbar. Den Hintergrund schmücke ich mit James Blüten und Sträuchern. Es ist mein erstes Gemälde, das ich mit wenig Hilfe erstellt habe.

Darauf bin ich stolz. Ich habe jedoch erkannt, dass ich ohne die Hilfe des Meisters nicht zu diesem guten Ergebnis gekommen wäre.

Die Ausstellung von Zang in der Galerie war ein großer Erfolg. Alle Bilder wurden verkauft. Die Galeristin fragte den Maler, ob er Bilder nachliefern kann. Er zeigte ihr die neuen Acrylbilder mit den Blüten. Sie gefielen ihr.

Ich bitte den Künstler meine Familie, Jin und das Personal zu malen. Er sitzt die ganzen Tage, bis spät in die Nacht, an der Staffelei.

Nur mit Charlotte gibt es Probleme. Sie will nicht gemalt werden. Sie befürchtet, dass sich ihre Seele in dem Bild verfängt. Die möchte sie nicht verlieren. Isabella ist das krasse Gegenteil. Nachdem sie ihr Portrait bewundern kann, bittet sie den Maler, ob er sie, wie meine Schwester Lu auf dem Bild in der Ausstellung, auf der Leinwand verewigt. Sie hatte sich die Zeitungen mit den Fotos von Lu gekauft. Zang fragt mich, ob er das darf. Ich erlaube es. Er kann malen, was er will.

Ich muss meine Malstudien unterbrechen denn John hat mich aus Wien angerufen und gebeten nach Berlin zu kommen. In einer Woche kommt der Vertriebsdirektor aus Shanghai und benötigt eine Entscheidung. Genaues kann mir John nicht sagen. Es soll um eine mögliche Zusammenarbeit, einem Joint Venture, mit einer chinesischen Firma gehen.

Jin will mich begleiten. Sie meint, dass sie an der Uni nicht viel versäumt und John ihr verschiedene Fragen zur Betriebswirtschaft, in seiner anschaulichen Art erklären kann. Ruth will ihren Mann nach Berlin begleiten. Die beiden Frauen werden sich um die Kinder kümmern können, wenn John und ich in der Firma sind.

Zang stört es nicht, dass ich weg bin. Er ist mit viel Arbeit eingedeckt. Neben den Portraits malt er für die Galeristin Ansichten von unserer Dachterrasse auf die Stadt. Eines der Bilder hat er fertiggestellt. Es zeigt detailgetreu die Dächer und herausragenden Hochhäuser von London. Sie liegen in einem Nebelschleier, wie er in altchinesischen Malereien im Gebirge dargestellt wird.

Mit Jin und den Kindern fliege ich nach Berlin. Ein Taxi bringt uns in mein Hotel. An den Gedanken, dass es jetzt mir gehört, habe ich mich noch nicht gewöhnt. Der Geschäftsführer empfängt uns und wünscht einen guten Aufenthalt. Er bittet mich um ein Gespräch. Ich schlage ihm vor, dass wir uns in einer Stunde im Wintergarten treffen. Mir kommt der Gedanke, dass er kündigen will. Ich hoffe es nicht und bin beunruhigt.

John und Ruth sind noch nicht angekommen. Ich bin in der Suite untergebracht, die ich bei jedem Aufenthalt zugewiesen bekam. Sie ist mir vertraut und ich fühle mich darin wohl. Nachdem die Kinder versorgt sind, gehe ich in den Wintergarten. Ich werde bereits erwartet.

Auf dem Tisch liegt eine lederne Mappe. Der Geschäftsführer bedankt sich nochmals, dass ich das Hotel erworben habe und es in unveränderter Weise weiterführen will. Er hat die aktuellen Bilanzzahlen zusammengestellt und verweist mit Stolz darauf, dass das Hotel in allen Jahren positiv gewirtschaftet hat. Es ist kein Zuschussgeschäft für mich.

Er bittet um einen Termin, damit er mich der gesamten Belegschaft vorstellen kann. Wir vereinbaren für die kommende Woche einen Tag und die Uhrzeit.

Nachmittags kommen Ruth und John aus Wien an. Wir haben uns lange nicht gesehen. Cai geht auf Ruth zu und weicht nicht mehr von ihrer Seite.

Mit John ziehe ich mich nach dem Diner in den Wintergarten zurück, um geschäftliche Dinge zu besprechen. Er berichtet mir von den Veränderungen, die sich in der Firma ergeben haben. Zwei CNC-Maschinen wurden angeschafft und werden erfolgreich im Dreischichtbetrieb eingesetzt. Der Nutzen wird sich im folgenden Quartal zu Buche schlagen. Das Büro in Moskau wurde aufgelöst. Es hatte sich kein Nachfolger für den verabschiedeten Vertriebsdirektor gefunden. Die Aussicht, auf positive Abschlüsse, war gering. Gut sieht es mit dem Vertriebsbüro in Wien aus. John hat Peter eingestellt und ist mit ihm zufrieden. Zwei Sachbearbeiterinnen, die Schreibarbeiten erledigen, sind im Team. Das Büro hat, in der kurzen Zeit seines Bestehens, beachtliche Aufträge an Land gezogen. Die Aktivitäten sollen in die südlichen Nachbarländer Österreichs ausgedehnt werden.

Das Vertriebsbüro in Shanghai ist ebenfalls erfolgreich. Erste größere Abschlüsse wurden getätigt. Der Vertriebsdirektor in Shanghai drängt auf eine Entscheidung der Geschäftsleitung bezüglich der Zusammenarbeit mit einem chinesischen Unternehmen. Es handelt sich um einen Betrieb, in der gleichen Branche. Der Vorteil für unsere Firma liegt auf der Hand. Es ist der große chinesische Markt. Über die Einzelheiten wollen wir in der kommenden Woche mit dem Shanghaier Vertriebsdirektor sprechen.

Insgesamt sind es gute Neuigkeiten, die mir John berichtet. Über Peter frage ich ihn nicht aus. Er soll nicht wissen, dass es mir wichtig ist. Es wird sich in den nächsten Tagen eine Möglichkeit ergeben, dass er von sich aus berichtet.

Am nächsten Morgen nehmen wir an der Besprechung der Firmenleitung teil. Alle Abteilungsleiter und der Geschäftsführer sind anwesend. Jeden Montag um 9 Uhr wird sie abgehalten und es werden wichtige Punkte besprochen und Entscheidungen getroffen. Über den Ablauf wird ein Protokoll verfasst und verteilt. John und ich sind somit über die Ereignisse in der Firma ständig informiert.

Das Thema des Shanghaier Vertriebsbüros wird bis zur Ankunft des Vertriebsdirektors zurückgestellt. Die in der Besprechung behandelten Punkte interessieren mich nicht sonderlich. Sie betreffen organisatorische Dinge, die nicht in diesem Gremium besprochen werden müssten. Ich halte mich mit Kritik zurück. Es ist ein Unterschied, ob man täglich mit den Problemen in einer Firma konfrontiert ist oder nur sporadisch davon hört.

Im Anschluss an die Besprechung setzen sich John, der Betriebsleiter und ich zu einem Gespräch zusammen.

Ich erfahre, dass mehrere Mitarbeiter gekündigt haben. Die Gründe sind verschieden. Das neue Entlohnungssystem hat einigen nicht zugesagt. Sie wechselten in andere Firmen. Im Gegenzug fanden Neuaufnahmen von Mitarbeitern statt. Sie sollen die neuen CNC-Maschinen bedienen. Entlassungen gab es nicht. Dieser Punkt ist mir wichtig.

John und ich wollen die Zeit bis zur Ankunft des Shanghaier Vertriebsdirektors verwenden, um uns in den Fachabteilungen umzusehen. Wir trennen uns. Ich besuche die Entwicklungs- und Konstruktionsabteilung und John geht in die Buchhaltung.

Am frühen Nachmittag verlassen John und ich die Firma und wir fahren zu der Villa am See. Uns interessiert der Baufortschritt. John war monatelang nicht dort gewesen.

Wir gehen durch das Tor und laufen um das Haus. Es ist ruhig. Scherzhaft meint John, dass heute „Blauer Montag" sei, an dem die Bauarbeiter nichts tun. Ich kenne diesen Begriff nicht und John kann ihn mir nicht erklären. Er meint, dass er im Mittelalter aufgekommen sei.

Die Haustür ist verschlossen.

Wir rufen und klopfen, doch niemand hört. John schließt die Tür auf und ich folge ihm erwartungsvoll. Die Innenräume sind eine Baustelle. Im Parterre wird das Material gelagert. Wir gehen vorsichtig die Stufen hinauf ins Obergeschoss. Der Einbau der Zentralheizung und der Nasszellen, mit WC und Bad, sind Großteils abgeschlossen. Ich erkenne, dass sich seit dem Besuch von Jin nicht viel verändert hat. Ihre Fotos habe ich auf meinem Laptop. Ich schalte ihn ein und betrachte die Bilder.

„John, sieh dir das an! Nichts ist in den letzten Wochen geschehen."

John kommt zu mir und wir vergleichen die Fotos mit der Realität. Wir sind enttäuscht. „Was machen wir? Sollen wir den Bauleiter anrufen?", frage ich.

„Wir werden uns zunächst erkundigen, was mit der Baufirma los ist. In Konkurs wird sie nicht gegangen sein. Wir wären benachrichtigt worden."

Ich stimme der Vorgangsweise zu und fotografiere alle Räumlichkeiten. Im Außenbereich hat sich ebenfalls nichts getan. Alter Bauschutt ist in Containern. Die Gerüststangen liegen auf einem Platz. Die beiden Außengebäude blieben unverändert. Die Dächer sind teilweise eingebrochen und die Fenster eingeschlagen.

Wir gehen zum See. Er liegt friedlich vor uns. Das Schwanenpaar schwimmt entlang der Schilfzone. Sie bessern ihr Nest aus, das auf einer kleinen Insel liegt.

Es ist ein wahres Paradies. Ich bereue, trotz des Ärgers wegen der Verzögerung der Bauarbeiten nicht, das Grundstück zu besitzen. Mit John an meiner Seite, wird sich eine Lösung finden.

Wir fahren zurück ins Hotel. Es ist Tea Time. John fragt an der Rezeption nach Adressen von Baufirmen in der Nähe des Hotels. Bei der Dame an der Rezeption klingeln die Alarmglocken. Sie denkt, dass ich an den Umbau des Hotels denke und verweist mich an ihren Chef. Ich erkläre ihm den Sachverhalt und er kann uns weiterhelfen. Einige Telefonate folgen. Als erstes findet er heraus, dass der mit der Renovierung der Villa beauftragte Baubetrieb, sich nicht in Schwierigkeiten befindet. Er hat beste Referenzen und es ist für ihn unverständlich, dass wir einen Baustopp haben. In einem ähnlichen Fall hatte er das gleiche Problem mit einer anderen Baufirma. Er löste es, indem er die Bauaufsicht einem Architekturbüro übertrug. Es war verantwortlich für die Einhaltung der Termine und die Qualität der Ausführung der Arbeiten. Die Mehrkosten, die er hatte, wogen den Nutzen auf. Die gleiche Vorgangsweise schlägt er mir vor.

John und ich sind einverstanden.

Der Geschäftsführer des Hotels empfiehlt uns einen Architekten, der in der Nähe der Villa sein Büro hat. Wir können bei ihm gleich vorbeikommen und unser Anliegen besprechen.

Gemeinsam fahren wir zu dem Architekten. Er wohnt in einer stilvollen Villa, die 20 Gehminuten von meinem Haus entfernt ist. John erklärt ihm den Sachverhalt. Der Architekt kennt das Gebäude. Er sagt uns, dass in dieser Gegend noch mehr baufällige Villen stehen. Bei den meisten sind die Eigentumsverhältnisse ungeklärt und die Gebäude verfallen langsam. Er kennt den Baubetrieb, der mit der Renovierung beauftragt wurde und wundert sich, dass nichts weitergeht.

John erklärt ihm unser Problem, dass wir nicht stetig das Baugeschehen überwachen können. Er bietet uns seine Hilfe an und ist bereit, die Arbeiten zu kontrollieren. Vorteilhaft ist die Nähe des Objektes zu seinem Büro. Er hat einen eigenen Angestellten, der zwei Projekte betreut. Es ist ein frühpensionierter Bauleiter, der sich mit dieser Tätigkeit seine geringe Rente aufbessert. Der Architekt ruft ihn zu sich. Wir besprechen die Einzelheiten und beschließen, uns morgen Nachmittag in meiner Villa zu treffen. Der Architekt will inzwischen herausfinden, warum es zu der Bauverzögerung gekommen ist.

Zufrieden kehren wir ins Hotel zurück und genießen das Diner. Für John ist keine Freizeit angesagt. Jin bittet ihn, Fragen aus den Studienfächern zu erklären. Er sagt ihr in seiner freundlichen Art zu. Mir tut er leid, da es heute ein anstrengender Tag für uns beide war. John scheint es nicht zu stören. Ich setze mich zu ihnen und höre aufmerksam zu, bis meine Kinder nach mir verlangen.

Zum Treffen in der Villa finden sich alle pünktlich ein. Der Architekt ist mit seinem Angestellten gekommen. Sie hatten herausgefunden, dass der beauftragte Baubetrieb Personalprobleme hat. Durch Krankheit und Abgänge kann er seine Baustellen nicht mehr ausreichend bedienen. Eine kurzfristige Lösung scheint nicht in Sicht.

John und ich erklären die geplanten Arbeiten innerhalb und außerhalb des Hauses. Der Architekt macht Vorschläge, die ich für sinnvoll halte. Im Treppenhaus schlägt er den Einbau eines Aufzugs vom Keller bis ins Obergeschoß vor. Er denkt daran, dass man im Alter nicht mehr gut Treppen steigen kann. Die beiden flachen Außengebäude würde er aufbauen lassen und die Garage in den Keller verlegen. Ich berate kurz mit John und wir stimmen den Vorschlägen zu.

Der Architekt ist bereit, die Bauzeichnungen zu ändern und die Bauaufsicht zu übernehmen. Über das Honorar einigen wir uns schnell. Er telefoniert mit dem Bauunternehmer und vereinbart einen Termin für die Besichtigung. Morgen Nachmittag werden wir uns hier treffen und sehen, wie es weitergeht. Im schlechtesten Fall müsste ein anderer Baubetrieb die begonnenen Arbeiten fortsetzen.

John und ich fahren zufrieden ins Hotel. Wir haben das Gefühl, dass die Renovierungsarbeiten weitergehen werden.

Am Abend ruft mich der Bauunternehmer im Hotel an und entschuldigt sich vielmals, dass es Verzögerungen bei der Renovierung gegeben hat. Ich antworte ihm auf Englisch. Er zögert, entschuldigt sich für die falsche Verbindung und legt auf.

Am nächsten Tag ist er vor dem vereinbarten Termin auf der Baustelle. John spricht deutsch mit ihm. Es ist dem Baumeister lieber. Er erklärt ihm, den Grund für den Abzug der Bauarbeiter. John hört sich seine Entschuldigung geduldig an. Der Architekt kommt hinzu. Der Bauleiter verspricht, seine besten Leute hierher zu senden, damit die Arbeiten, wie vereinbart, termingerecht erledigt werden.

Ein Vertrag wird vorbereitet, den der Baumeister unterschreiben soll. In ihm verpflichtet er sich, die Arbeiten in der geforderten Qualität, zu den festgesetzten Terminen, abzuschließen. Ein Exemplar bekomme ich. Darin sind die, vom Architekten vorgeschlagenen Erweiterungen, berücksichtigt. Es würde dem Baumeister teuer kommen, wenn er seinen Verpflichtungen nicht nachkommt. Die ständige Kontrolle durch das Architekturbüro wird den Baufortschritt garantieren.

John und ich sind froh über das Ergebnis. Wir können uns jetzt auf den Besuch des Shanghaier Vertriebsdirektors konzentrieren.

Voller Spannung erwarten wir seine Ankunft. Vom Flughafen kommt er gleich in die Firma. Er präsentiert seine Vorschläge und wir lauschen interessiert. Was er sagt klingt vielversprechend. Er hatte Kontakte zu verschiedenen Firmen, die mit uns gern kooperieren möchten. Die Qualität deutscher Produkte hat einen hohen Stellenwert in China. Eine Kooperation mit uns würde für den chinesischen Betrieb das Image erhöhen und höhere Verkaufszahlen versprechen. Eine Reihe von

Unternehmen hat der Vertriebsdirektor geprüft und zwei sind in die engere Wahl gekommen. Sie fertigen Produkte für die Elektroindustrie, wie wir. Die Palette der Erzeugnisse reicht über Messgeräte, Schalter, Sensoren, elektronische und feinmechanische Zubehörteile für Roboter und anderes mehr.

Die Frage stellt sich, ob wir uns durch die Kooperation einen gefährlichen Konkurrenten schaffen, denn die Lohnkosten sind in China geringer als bei uns. Unser Plus ist das hohe Know-how und die Qualität. Es ist denkbar, dass dies von den Chinesen schnell übernommen wird und wir uns den Ast absägen, auf dem wir sitzen. Verlockend sind die Absatzzahlen für unsere Produkte. Wir stehen vor einer wichtigen und schwierigen Entscheidung.

Mehrere Tage diskutieren wir über das Für und Wider und beschließen, nichts zu übereilen. Die beiden ausgewählten Firmen sollen weiter beobachtet werden. Der Shanghaier Vertriebsdirektor wird autorisiert Vorverhandlungen zu führen und er wird uns regelmäßig berichten, wie der Stand der Gespräche mit den Unternehmen ist. Alle scheinen mit dieser Lösung zufrieden zu sein.

*Seeblick in Berlin*

In London spreche ich mit Gehao über die mögliche Kooperation mit einem Shanghaier Unternehmen. Er horcht auf. Die Idee scheint ihn zu interessieren. Er bietet mir an, sich bei seinem nächsten Besuch in Shanghai über die beiden Firmen zu erkundigen. Mehr sagt er nicht. Er fragt nicht nach der Berliner Villa und dem Hotel. Ich habe den Eindruck, dass ihn etwas bedrückt. Als ich ihn frage, erzählt er mir, dass es seinem Vater schlecht geht. Er hatte einen Herzinfarkt und wurde in eine Klinik eingewiesen. Die Ärzte sagen, dass er sich schnell erholen wird. Gehao macht sich Sorgen, wie es weitergehen soll. Er wird in den nächsten Tagen nach Hongkong fliegen und mit seinem Vater sprechen.

Der Maler Zang will uns im Mai verlassen. Er war sehr fleißig. Mehrere Porträts hat er fertiggestellt. Ich assistiere ihm und versuche, seine Malweise zu kopieren. Vorsichtig bemüht er sich, mich davon abzubringen. Er rät mir zur Selbständigkeit.

Ich soll meinen eigenen Stil finden. In meiner freien Zeit beschäftige ich mich intensiv mit der Malerei und merke, dass sie mich von meinen Sorgen ablenkt. Wenn sich der Gesundheitszustand meines Schwiegervaters nicht verbessert, bedeutet es gewaltige Veränderungen in unserem Leben. Gehao wird das Bankhaus in Hongkong leiten müssen. Von mir wird er verlangen, dass ich ihm mit den Kindern dorthin folge. Ich will das nicht. Es widerstrebt mir. Zang fragt mich, ob es mir nicht gut geht. Er denkt, dass ich gesundheitliche Probleme habe. Ich vertraue mich ihm an und erzähle von den möglichen Umstellungen in meinem Leben. Die Probleme, die ich mit meiner Schwiegermutter habe, verschweige ich nicht. Er versteht meine Sorgen und rät mir, nur meiner inneren Stimme zu folgen. Es ist leicht gesagt. Meine Entscheidung hängt nicht nur von mir ab. Ich muss an die Kinder denken, was für sie die beste Lösung ist. Wir sprechen lange darüber. Die Gespräche bauen mich auf und bestärken mich in meiner Meinung, Gehao nicht nach Hongkong zu folgen. Eine Rückzugsmöglichkeit bleibt mir, das ist Berlin. Es ist mein Notanker. Ich muss an Ruth denken, die ihren Mann verlassen hatte. Es war eine schwere Entscheidung von ihr, die aus heutiger Sicht richtig war. Ob ich diese Kraft habe, wenn es soweit ist?

Gehao kommt aus Hongkong zurück. Der Gesundheitszustand meines Schwiegervaters hat sich verbessert. Er will sich langsam aus dem Geschäftsleben zurückzuziehen. Ein erster Schritt ist getan. Die Oberaufsicht des Bankhauses in Hongkong und der Filialen in Shanghai und London, übertrug er seinem Sohn. Gehao wird mehr reisen müssen. Seinen Hauptwohnsitz kann er vorerst in London belassen. Ich freue mich, dass wir nicht umsiedeln müssen.

Die Zeit vergeht wie im Fluge. Ich denke an die Ausstellung von Zang. Sie liegt über ein Jahr zurück. Zur Halbzeit der Ausstellung hatte die Galeristin eine Midissage und am Ende eine Finissage für ein ausgewähltes Publikum organisiert. Die Presse war anwesend und Zang musste den Reportern Rede und Antwort stehen. Es war für ihn nicht nur ein künstlerischer, sondern ebenso finanzieller Erfolg. Meine Familie und die Angestellten hatte er portraitiert. Nach gutem Zureden von mir, willigten Gehao und Charlotte zu drei Sitzungen ein. Die Bilder ließ ich in den Fluren des Obergeschosses aufhängen. Meine bescheidenen Anfangswerke hänge ich in meine Privaträume, an die freien Wände. Ich bin noch nicht zufrieden damit. Um mich zu verbessern besuche ich an einem Tag in der Woche einen Malkurs, im Atelier eines bekannten Meisters. Sein Stil ist ein anderer als der von Zang. Mit dem Deutschunterricht und Malen ist meine wöchentliche Freizeit ausgeschöpft.

Der Sommer ist heiß und an den Sonntagen fahren wir mit dem Kleinbus regelmäßig an den See zum Picknick. Gehao fehlt, da er dienstlich unterwegs ist. Wir vermissen ihn sehr. Das Wasser ist klar und warm. Harry lernt Cai das Schwimmen. Jin bereitet sich auf das Herbstsemester vor, Isabella spielt mit meiner Tochter Lien und Charlotte kümmert sich mit James um Speisen und Getränke.
Ich sitze unter einem Baum und zeichne. Es gibt unzählige Motive, die ich aufs Papier bringe. Mein neues Hobby hat mir die Augen geöffnet. Ich sehe mehr als früher. Pflanzen und Insekten, die ich wenig beachtet hatte, sind für mich wichtig geworden. Die Zeichnungen sind Studien, die ich für meine Acrylbilder zu Hause mitverwenden will.

Harry hat einen Schwimmring für Cai mitgebracht. Er bläst ihn auf. Ein Frosch wird sichtbar. Es ist das richtige Spielzeug für meinen Sohn. Er ist nicht mehr aus dem Wasser zu bekommen. Es ist schwül und die Temperatur steigt stark an. Ich halte es unter dem Baum nicht mehr aus und verschaffe mir im Wasser Abkühlung. Harry sieht zum Himmel.

„Madam! Wir sollten aufbrechen. Es wird bald ein Gewitter geben."

Ich kann nichts erkennen und ignoriere die Warnung. Mit Cai plantsche ich wie wild im Wasser. Er versucht, meinen Kopf unterzutauchen und ich wehre mich. Das macht ihm viel Spaß. Harry ruft weitere Male. Ich kann ihn im Wasser nicht verstehen. Ein gewaltiger Knall lässt mich zusammenfahren. Gewitterwolken haben sich über dem See aufgetürmt. Blitze schlagen auf die Wasseroberfläche. Harry springt zu mir und nimmt Cai auf den Arm. Er zieht mich an der Hand aus dem Wasser und rennt mit uns zu dem Kleinbus.

„Bleiben sie hier und verlassen sie nicht das Auto!", befiehlt er mir.

Er holt Lien, die wegen des Donners zu schreien anfängt. In meinen Armen beruhigt sie sich schnell. Ein Sturm kommt auf und es fängt an zu regnen. Alle retten sich ins Auto. Als letzter steigt Harry ein. Er konnte nicht alle Sachen ins Trockene bringen.

„Im Auto sind wir vor dem Gewitter in Sicherheit. Es bietet den besten Schutz gegen Blitze", erklärt er uns.

Wie aus dem Nichts tun sich die Schleusen des Himmels auf. Hagelkörner prasseln auf das Dach des Busses. Die Kinder fangen an zu weinen und wir versuchen sie zu beruhigen. Ein solches Gewitter habe ich noch nie erlebt. Es muss eine Wasserhose sein, die dem Hagel folgt. Rinnsale bilden sich, die im See münden.

Die Wassermassen fließen über den Platz, wo wir Picknick machten. Was nicht im Auto verstaut wurde, wird weggeschwemmt. Ich bekomme Angst und an den Gesichtern der anderen erkenne ich, dass sie ebenso fühlen. Wegen der Kinder sind wir still. Harry beruhigt uns, dass wir im Bus nichts zu befürchten haben. Der Spuk dauert nicht lange. Er endet schnell, wie er gekommen war. Harry verlässt den Bus, um die Lage zu inspizieren. Das Schlechtwetter hat sich auf den See hinaus verzogen. Von Ferne ist das Grollen der Donner zu hören.

Ich folge Harry. Der Grasboden ist aufgeweicht und glitschig. Überall stehen Pfützen. Unsere Liegedecken sind weggeschwemmt worden. Was sonst noch fehlt, kann ich nicht feststellen. Ich streife umher und suche nach unseren Sachen. Nichts ist zu sehen. Mein Klappstuhl, den ich zum Malen benutze, ist umgekippt. Den Skizzenblock mit den Stiften hatte ich auf die Sitzfläche gelegt. Alles ist weg. Ich könnte weinen. Zwei Stifte sehe ich in Ufernähe. Sie haben sich in einem Grasbüschel verhakt. Weit und breit ist nichts von dem Ringblock zu sehen. Traurig kehre ich zum Bus zurück. Ich ziehe mir trockene Sachen an. Harry startet den Bus und wir verlassen den verwüsteten Ort.

Jin hatte geistesgegenwärtig aus dem Bus heraus gefilmt als es zu hageln begann. Zu Hause sehen wir uns die Videoaufnahmen im Heimkinogerät an. Das wilde Geschehen ist gut dokumentiert. Es ist zu erkennen, wie die Wassermassen unsere Picknicksachen in den See spülen. Jin gibt mir einen Plastikbeutel.

„Das habe ich für dich gerettet", sagt sie lächelnd.

Ich sehe nach und erkenne meinen Skizzenblock. Die Freude ist groß.

Als ich am kommenden Sonntag vorschlage, zu dem Picknickplatz am See zu fahren, weigert sich Charlotte mitzukommen. Sie beschwört mich, den Wink des Himmels nicht zu missachten. Ein größeres Unglück könnte an diesem Ort folgen. Ständig wiederholt sie ihre Warnungen und obwohl ich nicht abergläubisch bin, füge ich mich ihrem Ratschlag.

Gehao kommt nach langer Zeit nach Hause. Er hat mir gefehlt. Ich freue mich, ihn gesund wiederzusehen. Er berichtet, dass er in Shanghai war und lässt mir viele Grüße von meinen Eltern ausrichten. Ich hatte ihn über die Kooperationsabsichten meiner Firma mit einem Shanghaier Unternehmen informiert. Während seines Aufenthalts in Shanghai hat er Erkundigungen eingeholt.

„Ich habe Kontakte mit deinem Vertriebsdirektor aufgenommen. Er konnte sich an mich noch erinnern. Die beiden Firmen, die er mir nannte, habe ich überprüfen lassen. Es sind keine Filetstücke in ihrer Branche. Größenmäßig würden sie zu deiner Berliner Firma passen, aber sie sind wirtschaftlich schlecht aufgestellt."

„Hast du das dem Vertriebsdirektor gesagt?", möchte ich wissen.

„Nein! Wir haben uns nur ein einziges Mal gesehen und es ist deine Angelegenheit darüber zu befinden", erklärt mir Gehao.

Ich habe noch keinen Bericht von ihm bekommen. Im Herbst will die Betriebsleitung entscheiden, was geschehen soll.

„Was rätst du mir?", frage ich.

„Sei vorsichtig! Wenn du meine Hilfe benötigst, musst du es sagen. Wir besitzen mehrere mittelgroße Unternehmen in Shanghai, die vor dem Bankrott standen. Sie werden in der Filiale von deinem Vater betreut."

Ich bedanke mich bei Gehao für seine Mühen. Er will wissen, wie es uns in den letzten Wochen erging. Ich erzähle ihm von dem Vorfall an dem See. Er ist beruhigt, dass es gut ausgegangen ist und dass er Harry bei uns gelassen hat. In Hongkong besorgte ihm seine Mutter einen chinesischen Personenschützer. Sie meint, dass Harry in Asien ungeeignet ist, da er die chinesische Sprache nicht beherrscht. Gehao interessiert seine Sicherheit wenig. Er bewegt sich lieber frei. Da seine Mutter darauf besteht und den Sicherheitsdienst bezahlt, kümmert es ihn nicht weiter.

John informiert mich, dass wir uns in Berlin treffen müssen. Der Shanghaier Vertriebsdirektor hatte seinen Bericht gesandt und erhofft sich die Freigabe für die Verhandlungen zu einem Kooperationsvertrag. Da Jin wegen ihres Studiums nicht mitkommen kann, begleitet mich Harry. Er soll auf die Kinder aufpassen.
Wir reisen am Sonntag.
In Berlin warten John und seine Frau im Hotel auf uns. Ruth ist froh, dass ich beide Kinder mitgenommen habe. Mit John ziehe ich mich zurück. Wir haben viel zu besprechen. Den Bericht aus Shanghai findet John positiv und er ist überzeugt, dass wir die Zusammenarbeit mit der chinesischen Firma unterstützen sollen. Von Gehaos Besuch in Shanghai sage ich vorerst nichts. Ich frage ihn nach seinen Erfolgen in Wien.

John berichtet. Er lobt seinen neuen Mitarbeiter in den höchsten Tönen und bedankt sich bei mir, für den guten Tipp. Peter soll in ein paar Jahren seinen Platz einnehmen. Er arbeitet selbständig und ist verlässlich. Über sein Privatleben weiß er nur wenig zu berichten. Ich erfahre, dass er mit seiner Frau und den beiden Kindern im elterlichen Haus lebt. Seine Alkoholprobleme soll er überwunden haben. Vor der Einstellung hatte er John von sich aus darauf aufmerksam gemacht. Er sagte ihm, dass er in der Vergangenheit getrunken hatte und versprach, keinen Tropfen Alkohol mehr anzurühren. Ich bin zufrieden mit dieser Nachricht. Peter scheint mit dem neuen Beruf und seinem Leben zufrieden zu sein.

Nach der Montagsbesprechung wollen John und ich zur Villa fahren und nachsehen, wie die Renovierungsarbeiten vorangekommen sind. Ich kann es nicht erwarten. Von dem Architekten habe ich regelmäßig ein E-Mail zugesandt bekommen, in dem er über den Baufortschritt berichtete. Es ist jedoch ein Unterschied, ob ich einen Bericht lese, oder den Bau mit eigenen Augen sehe.

Wir sind nicht angemeldet und halten am Straßenrand vor dem Tor des Grundstücks. Die Tür ist nicht verschlossen. Von der Straßenseite sind große Veränderungen zu erkennen. Das Dach ist neu gedeckt, die Fassade geputzt und neue Fenster eingesetzt. Neben dem überdachten Eingang ist die Zufahrt zur Garage zu sehen. Die alten Wege sind hergerichtet und die Seitengebäude, Werkstatt und Gärtnerhaus, neu aufgebaut. Es sind wahre Schmuckstücke geworden und sie passen gut in das Bild der Parkanlage. Wir gehen um das Haus herum und sehen die Terrasse. Sie ist wie neu. Die Steinfiguren auf den Sockeln wurden gereinigt und schadhafte Stellen ausgebessert. Ich höre Geräusche im Haus. Wir gehen zur Eingangstür und drücken auf den Klingelknopf. Ein Bauarbeiter öffnet die Tür und fragt, was wir wollen.

„Wir möchten die Villa besichtigen", sagt John.

„Die ist nicht zu verkaufen. Sie dürfen das Grundstück nicht betreten!"

„Wir sind die Eigentümer!", erwidert John.

Das Gesicht des Handwerkers zeigt ein freundliches Grinsen.

„Das hätten sie gleich sagen können", raunt er uns zu. Mit einer Handbewegung deutet er an, herein zu kommen. Ich traue meinen Augen nicht. Die Wohnetage ist nicht wiederzuerkennen. Alle baulichen Arbeiten scheinen abgeschlossen zu sein. Zwei Maler streichen die Wände. Wir grüßen höflich und gehen die Stufen nach oben. In der ersten Etage befinden sich die Zimmer mit WC und Bad. Der Bauleiter von dem Architektenbüro, der die Bauaufsicht durchführt, steht mit dem Polier der Baufirma am Fenster. Sie hantieren an dem Fensterverschluss. Als sie John erblicken, kommen sie auf uns zu und begrüßen uns.

„Wir haben sie heute nicht erwartet", entschuldigt sich der Bauleiter.

Ohne eine Antwort abzuwarten, beginnen beide mit der Besichtigung durch die obere Etage des Hauses. Wir fahren mit dem Aufzug in den Keller und sehen uns die Räume an. Die Kelleretage liegt nicht tief in der Erde, da der Grundwasserspiegel in der Nähe des Sees hoch ist. In dem Raum hinter der Garage befindet sich die Heizung. Es kann mit Öl oder Holz geheizt werden. Rohrleitungen für Warmwasser verschwinden an der Decke. In einem Raum steht ein Notstromaggregat und in dem Raum daneben eine Wasseraufbereitungsanlage für den Notfall. Der Polier erklärt John, dass die Kläranlage in der Nähe des Gärtnerhauses untergebracht ist. Geruchsbelästigungen dürfte es keine geben. Die Garage ist geräumig. Zwei Autos passen längsseits hinein. Der Polier betätigt das Garagentor. Es öffnet und schließt sich elektrisch. Wir fahren in die erste Etage, dem Wohnbereich. Der Geruch der frischen Farbe stört mich. John interessiert die Bibliothek. Die Holztäfelung ist sorgsam aufgearbeitet und die alten Regale sehen aus, wie neu. Spuren vom Holzwurm kann ich nicht erkennen. Wir gehen durch die große Glastür hinaus auf die Terrasse. Frische Luft empfängt mich. Ich atme tief durch. Der See liegt vor mir und ich erkenne von weitem das Schwanenpaar, dessen Nachkommen groß geworden sind. John möchte sich noch die Werkstatt ansehen.

Es ist ein schöner Flachbau mit mehreren Räumen, die von der Villa beheizt werden können. John ist damit zufrieden. Er sagt mir, welche Maschinen er in dem großen Raum aufstellen will. Wie ein Kind freut er sich, hier werken zu können.

Wir sind zufrieden mit dem Baugeschehen. Wenige Dinge müssen noch fertiggestellt werden. Der Bauleiter rät uns, bis zum Frühjahr zu warten. Über die Winterzeit kann die Villa auslüften und die technischen Einrichtungen getestet werden. Es deckt sich mit meinen Vorstellungen. Im nächsten Jahr möchte ich den Park gestalten. Es muss das Bootshaus und der hölzerne Laufsteg am Ufer erneuert werden. Im Haus kommt viel Arbeit auf mich zu. Ich überlege, ob ich einen Innenarchitekten mit der Einrichtung des Hauses beauftrage. Den Gedanken verwerfe ich bald, da es mir Spaß macht, die Räume selbst zu gestalten.

Am nächsten Tag kommt der Shanghaier Vertriebsdirektor in die Firma. Er ist in Begleitung seines chinesischen Mitarbeiters. Ich beobachte ihn. In der Besprechung soll er für mich, vom Deutschen ins Chinesische übersetzen. In den Pausen frage ich ihn aus. Er erzählt mir, dass er ledig ist und bei seinen Eltern in einer kleinen Wohnung in Shanghai lebt. Er hat ein Ingenieurstudium absolviert und arbeitete in einem deutschen Unternehmen, das am Rand von Shanghai angesiedelt ist. Zwei Stunden brauchte er jeden Tag von der Wohnung zu seiner Arbeitsstelle. Die Zeit nutzte er, um Deutsch zu lernen. Die Arbeit in unserem Vertriebsbüro gefällt ihm und er hofft, dass es vergrößert wird. Drei Mitarbeiterinnen sind im letzten Halbjahr eingestellt worden. Sie erledigen die allgemeinen Büroarbeiten. Er verrät mir, dass er sie ausgesucht hat und sie hübsch sind. Seine naive Offenheit gefällt mir.

Mehrere Tage diskutieren wir über das Kooperationsvorhaben. Ich halte mich zurück. In Vertriebsangelegenheiten kann ich nicht mitreden. Ich habe keine Erfahrungen. Fritz, wie der Dolmetscher, genannt wird, scheint es ähnlich zu gehen. Er ist kein Vertriebsmann, sondern Techniker. Sein chinesischer Name ist Liu Yi. Ich nenne ihn beim Vornamen Yi, weil er jünger ist und er mich darum bittet.

Die Diskussion über das Für und Wider findet kein Ende. Es langweilt mich, zuzuhören. Von Yi erhalte ich präzise Informationen über die Firma, mit der eine Kooperation angedacht ist.

Sie hat keine positive Bilanz. Die Einschätzung deckt sich mit der von Gehao. Der Betrieb soll kurz vor dem Konkurs stehen.

Von dem Vertriebsdirektor höre ich eine andere Einschätzung. Er weiß nicht, dass ich ihn verstehe. Warum verschweigt er der Geschäftsleitung den wahren Sachverhalt? Geht es ihm darum, seine Position durch unser Engagement in China zu erhöhen oder sind ihm die Details der Kooperationsfirma nicht bekannt? John unterstützt ihn in allen Punkten. Es wundert mich, dass er sich für ihn einsetzt.

Am Ende des Tages stimmt die Mehrheit der verantwortlichen Leiter für konstruktive Verhandlungen mit dem Shanghaier Betrieb. Ich halte mich aus der Diskussion und der Entscheidung heraus. Die anderen haben Verständnis, da es nicht mein Metier ist.

Es wird beschlossen, dass der Berliner Geschäftsführer im nächsten Jahr nach Shanghai fliegt und die Verhandlungen führen soll. John wird ihn in seiner Abwesenheit in Berlin vertreten. Mir gefällt die Lösung. Wenn sich die Verhandlungen hinziehen, kann John mir beim Einrichten der Villa, zur Hand gehen.

<< 20 >>

*Huangpu-Fluss in Shanghai*

Ich sitze in dem Meeting-Raum eines Hotels in Shanghai und warte auf die Verhandlungsteilnehmer. In den letzten Wochen gab es viel Trubel. Der Berliner Geschäftsführer und sein Vertriebsdirektor verhandelten im Januar mit der Leitung der Kooperationsfirma. Ihre Unerfahrenheit im Umgang mit chinesischen Geschäftsleuten brachte sie an den Rand der Verzweiflung. Nichts ging vorwärts. Die Gespräche wurden abgebrochen. John bat mich um Unterstützung.

Was sollte ich tun?

Gehao war meine Rettung.

Er schlug mir vor, dass seine Shanghaier Bankfiliale, bei der mein Vater Geschäftsführer ist, sich der Sache annimmt. Die Einzelheiten wollte er mit meinem Vater besprechen. Ich war damit einverstanden und kann nur abwarten.

Die chinesische Firma wurde überprüft. Keine Bank wollte weitere Kredite geben. Es bedeutete das endgültige Aus für das Unternehmen.

Im April startete mein Vater mit der Übernahme des Unternehmens. Er lud mich ein, bei den Verhandlungen zugegen zu sein.

Mit Harry und den Kindern reise ich nach Shanghai. Wir wohnen im Elternhaus. Meine und Jins Mutter kümmern sich um die Kinder und Harry bleibt an meiner Seite. In seinem dunklen Anzug vermutet niemand, dass er mein Fahrer und Bodyguard ist.

Unser Vertriebsdirektor kommt mit Fritz, dem Dolmetscher. Bald darauf erscheint mein Vater mit zwei Herren, die schwere Aktenkoffer tragen. Er legt die Platzordnung fest. Ich sitze mit Harry am Rand des langgestreckten Verhandlungstisches. Als Beisitzer habe ich keine Stimme. Es ist das erste Mal, dass ich einer chinesisch geführten Übernahmeverhandlung beiwohne. Die Betriebsleitung des Kooperationsunternehmens erscheint und es werden die Visitenkarten untereinander ausgetauscht. Ich überreiche meine private Karte, auf der nur mein Name und die Londoner Adresse stehen. Das Pokerspiel kann beginnen. Der Vertriebsdirektor wechselt ein paar Höflichkeitsfloskeln mit der Gegenseite. Der Firmenleiter, der gleichzeitig alleiniger Eigentümer ist, preist sein Unternehmen mit den schönsten Worten. Er begrüßt unseren Entschluss, die Verhandlungen über eine Kooperation fortzusetzen. Die Freundlichkeit hält nicht lange an. Mein Vater erklärt ihm, dass sein Unternehmen quasi bankrott ist und seiner Bank de facto gehört.

Sie hatte in den letzten Wochen die meisten fälligen Schuldverschreibungen erworben. In den nächsten Wochen müssen sie beglichen werden. Wenn der Eigentümer nicht zahlen kann, muss er Konkurs anmelden. Statt Kooperationsverhandlungen erlebe ich die klassische Übernahme einer maroden Firma. Ich finde die Verhandlungen interessant, wie sie geführt werden. Meinen Vater kannte ich nur als einen ruhigen Menschen. In dieser Verhandlung spielt er auf allen Registern. Mit großem Geschick vertritt er die Interessen der Bank.

Trotz aller Härte geht er behutsam vor. Die beiden Herren an seiner Seite haben Erfahrungen darin. Es soll keine Entlassungen geben, die Unruhen in der Belegschaft hervorrufen würden und der ehemalige Eigentümer könnte befristeter Geschäftsführer werden. Wenn er die Firma zufriedenstellend saniert, soll sein Vertrag verlängert werden. Anfangs hatte er sich gegen die von der Bank vorgeschlagenen Veränderungen gewehrt. Er erkannte, dass er das Pokerspiel verloren hatte und lenkte ein.

Mit unserem Vertriebsdirektor versteht er sich von Anfang an gut. Beide beginnen die Kooperationsverhandlung an der Stelle fortzusetzen, wo sie im Februar endete. Der Unterschied besteht jetzt darin, dass ein Vertreter der Bank beisitzt und alle beschlossenen Maßnahmen von ihm abgesegnet werden müssen.

Mit meinem Vater spreche ich zu Hause über seine clevere Verhandlungsführung. Er erklärt mir, dass sie erlernbar ist. „Am wichtigsten ist, den Gegner zu kennen und zu erahnen, was er vorhat. Es helfen die 36 Strategeme, erklärt er mir.

„Was ist das?", möchte ich wissen.

„Es sind Überlistungstechniken, die im militärischen, diplomatischen und privaten Bereich eingesetzt werden können."

„Das sind unterschiedliche Gebiete", bemerke ich.

„Es macht nichts. Sie gelten gleichermaßen bei Wirtschaftsverhandlungen. Lange galten sie als Geheimwissen. Heute sind sie in China Allgemeingut. Die Kinder wachsen mit ihnen auf. Sie sind Schulstoff und es gibt Cartoons, die sie beschreiben."

„Ich habe mich nie damit befasst", gestehe ich.

„Wer sie nicht beherrscht, ist in Verhandlungen unterlegen." Mein Vater geht zum Bücherregal und entnimmt ein kleines Buch.

„Das schenke ich dir, Meiling. Es hat mir gute Dienste geleistet. Bei der Anwendung der Strategeme musst du besonnen vorgehen. Sie sind eine starke Waffe, im Guten wie im Bösen."

„Wie kann ich mich gegen eine der Listen wehren", möchte ich wissen.

„Durch ein Strategem, welches das angewendete aufhebt oder abschwächt. Es ist wie bei einem Schlangenbiss. Ohne Gegengift bist du verloren."

Ich blättere in dem Buch. Es fällt mir schwer zu glauben, dass mit 36 Regeln der Täuschung viel zu erreichen ist.

„Wie verhält es sich mit der Moral, sie anzuwenden?", möchte ich wissen.

„Die Moral wird in allen Kulturen unterschiedlich gesehen. Wir haben unsere, in der die Strategeme ihren Platz haben. Sie nutzen dem der sie beherrscht und schaden dem der sie nicht kennt. Jeder hat bei uns die Möglichkeit, sie zu erlernen", erklärt mir überzeugt mein Vater.

Ich ziehe mich in mein Zimmer zurück und lese in dem Buch. Vorangestellt ist die Beschreibung der Regel und es folgen Beispiele. Mich interessieren die Anwendungen aus der Wirtschaft und dem Privaten. Sie sind amüsant zu lesen. Es kommen keine hochtrabenden Dinge darin vor. Ich stelle fest, dass ich die eine oder andere

Regel unbewusst angewendet habe, um meine Ziele zu erreichen. In der Schule hatte ich Jin mit List und Taktik zu lenken versucht und es war mir gelungen. Es muss nichts Böses sein, wenn man die Regeln anwendet, solange es dem anderen nicht schadet. Auf diese Weitsicht kommt es an. In den nächsten Tagen werde ich bei den Besprechungen stärker darauf achten.

Der Geschäftsführer des Berliner Betriebes ist angereist, um den ausgehandelten Kooperationsvertrag, zu unterschreiben. Er steigt voller Zuversicht in den Ring. Der Betriebsleiter der Kooperationsfirma rollt alle Verhandlungspunkte auf. Er beginnt von vorn als würde es die Punkte, auf die wir uns geeinigt hatten, nicht geben. Verzweifelt sieht mich mein Geschäftsführer an. Ich schlage eine kurze Pause vor und spreche mit ihm.

„Sie dürfen nicht ungeduldig sein. Wie ich in den letzten Tagen beobachtet habe, ist es die Verhandlungstaktik der Gegenseite. Sie versuchen uns mürbe zu machen, um ihre Position zu verbessern."

„Die brauchen uns mehr als wir sie!", entgegnet er wütend.

„Ihre Taktik ist, in Schleifen zu verhandeln", erkläre ich ihm.

„Wie meinen sie das?"

„Unser Endziel ist die Unterzeichnung des Vertrages. Das Ziel streben sie nicht linear an, wie wir es tun. Sie gehen den Weg in Schleifen, ein paar Schritte vorwärts und zurück. Wenn das Ergebnis passt, springen sie auf den Zielpunkt."

„Ich habe noch anderes zu tun als mich mit diesen Spielchen abzugeben", flüstert er mir, finster dreinblickend, zu. „Es ist ihre Taktik, bei der wir gegensteuern können."

„Wie soll das aussehen?", will er wissen.

„Bitten sie den Beisitzer von der Bank, den Vertrag in unserem Sinne zum Abschluss zu bringen und sagen sie ihm, dass sie morgen abreisen müssen", rate ich.

Nach einer Stunde wird der Vertrag feierlich von beiden Geschäftsführern und dem Vertreter der Bank unterschrieben. Ich lade die Herren in einen separaten Speiseraum des Hotels zum Essen ein. Die Spannung ist gelöst und der angestaute Frust mit dem ersten Glas Maotai-Schnaps hinuntergespült. Alle sind mit dem Ergebnis der Verhandlungen zufrieden. Wir haben Zugang zu dem riesigen chinesischen Markt und die Shanghaier Firma ist vorerst gerettet. Ob die Bank als neuer Eigentümer, große Investitionen im Betrieb vornimmt, ist ungewiss. Wir werden es langsam angehen. Eine Delegation soll in den nächsten Tagen von Shanghai nach Berlin reisen und meinen Betrieb besichtigen. Der Betriebsleiter der Shanghaier Firma sagt mir im Maotai-Rausch, dass er sich freut, mich dort wiederzusehen. Er glaubt, dass ich die Chefsekretärin bin, weil ich während der Verhandlungen abseits saß und mir fleißig Notizen gemacht habe. Ich lasse ihn in diesem Glauben und lächle ihn an.

Harry ist meine Rettung. Er bleibt nüchtern und fährt mich rechtzeitig nach Hause.

Ein paar Tage bleibe ich noch in Shanghai und sehe mir unsere Kooperationsfirma näher an. Fritz und Harry sind meine Begleiter. Wir gehen in eine der Werkhallen. Ich bitte Harry, alles unauffällig zu fotografieren. Die Halle ist schmutzig und dunkel. An langen Tischreihen sitzen Frauen, die Kleinteile bearbeiten. Sie löten Bauteile auf Platinen. Ich spreche eine der Frauen an und frage sie, wie ihr die Arbeit gefällt. Sie sagt mir, dass sie zufrieden ist. Ich kann es nicht glauben. Fritz erklärt mir, dass es in Shanghai viele Arbeitslose gibt. Es sind Wanderarbeiterinnen, die vom Land in die Stadt kommen. Sie wohnen in Baracken, die hinter den Werkshallen liegen und erhalten dreimal täglich warmes Essen in der Kantine.

Das Gehalt ist gering und die wöchentliche Arbeitszeit ist länger als in Berlin. Von Hongping kenne ich unzumutbare Arbeits- und Wohnbedingungen. Sie sind nicht zu vergleichen mit denen, dieser Frauen. Wir gehen durch mehrere Hallen, in denen es ähnlich aussieht. In einem großen Gebäude befinden sich die Büros der Konstruktion, Entwicklung und des Vertriebs. Hier besuche ich den Betriebsleiter, der sich wundert, dass ich nicht zusammen mit meinem Chef nach Berlin geflogen bin. Ich sage ihm, dass ich den Auftrag habe, mich im Werk umzusehen.

„Das geht nicht", ist seine prompte Antwort.

„Wieso?", frage ich.

Er kommt ins Stottern.

„Es ist zu gefährlich, durch die Hallen zu gehen. Von meinen Angestellten ist niemand frei, der sie begleiten kann."

Er streckt mir die Hand entgegen, um sich zu verabschieden. Ich frage ihn, ob ich kurz telefonieren darf. Verwundert gibt er mir den Hörer. Ich rufe in der Bank meinen Vater an und sage ihm, dass ich das Werk nicht erkunden darf. Er bittet mich, den Telefonhörer dem Betriebsleiter zu geben. Der ist sichtlich überrascht.

Kurze Zeit darauf erlaubt er mir, mich frei im Betrieb zu bewegen. Er händigt mir einen Passierschein aus und warnt vor den drohenden Gefahren in den Werkshallen. Wir können unsere Inspektionstour ungehindert fortsetzen.

Am Abend spreche ich mit meinem Vater. Er fragt, ob ich mir den Betrieb angesehen habe. Ich erzähle ihm von den schlechten Arbeits- und Lebensbedingungen der Arbeiter.

„Sie sind nicht schlechter als in jedem anderen Betrieb der Branche", erklärt er mir.

„Hast du dir das Unternehmen angesehen?", will ich von ihm wissen.

„Vor der Übernahme durch die Bank, inspizierte ich den Betrieb. Du darfst die hiesigen Bedingungen nicht mit denen in Europa vergleichen. Vor 100 Jahren sah es dort nicht anders aus als bei uns heute."

„Wir leben jetzt im 21. Jahrhundert", entrüste ich mich.

Mein Vater versucht ruhig zu bleiben und redet weiter.

„Hast du dir überlegt, was wäre, wenn wir in China die Arbeitsbedingungen auf das Niveau von Deutschland anheben. Unsere Produkte würden teurer werden. Keiner kauft sie. Arbeitslosigkeit greift schnell um sich und es entstehen Unruhen, die im Chaos enden. Würde das den vielen Arbeitern nützen?"

Mein Vater schreibt ein paar Worte auf einen Zettel und übergibt ihn mir.

„Das ist ein Passierschein für zwei andere Betriebe, die seit einem Jahr unserer Bank gehören. Du kannst sie besuchen und dich dort umsehen. Ein Vergleich wird dich überzeugen, dass wir genügend für die Menschen tun."

Mein Vater wird Recht haben. Alles braucht seine Zeit. Der Fortschritt ist in vielen Teilen des Landes sichtbar. Keiner muss mehr hungern und Bildung ist für alle leistbar. Sie ist der Schlüssel für eine bessere Zukunft.

Ich möchte mit Harry in die Stadt fahren und mir die Geschäfte in der City ansehen. Er ist nicht da. Ich frage meine Mutter, ob sie weiß, wo er sich aufhält.

„Ich kann dir nicht sagen, wo er ist. Er ist mit Jins Mutter ins Stadtzentrum gefahren."

„Was tun sie dort?", frage ich verwundert.

„Es kann sein, dass sie ins Kino gehen. Jeden Abend sind sie zusammen weggegangen."

Mir war es nicht aufgefallen. Ich kann ihn verstehen. Es wäre ihm zu langweilig, die Abende allein in meinem Elternhaus zu verbringen. Jins Mutter ist in seinem Alter. Ob sie sich miteinander unterhalten können? Harry versteht kein Wort Chinesisch. Ich denke, sie werden eine Form der Kommunikation gefunden haben. Als ich mir nachts ein Glas Wasser aus der Küche hole, komme ich an der Tür von Jins Mutter vorbei. Geräusche sind zu hören. Es ist das rhythmische Knarren eines Bettes.

Er wird doch nicht …, kommt mir in den Sinn. Zuerst verführt er die Tochter und jetzt die Mutter. Was ist Harry für ein Mensch. Hat er keine Skrupel?

Entrüstet gehe ich in mein Zimmer. Mir ist als würde meine Mutter fremdgehen. Der Gedanke ist mir unangenehm. Ich kann nicht verstehen, dass sich eine Frau in ihrem Alter, mit einem fremden Mann abgibt. Gern würde ich mit jemand darüber reden. Ich könnte es nur mit Silvia tun. Ob sie, wie ich denkt? Sie hat oft andere Ansichten als ich. In vielen Fällen habe ich meine Meinung ihrer angepasst. Vor wenigen Jahren wusste ich nicht, dass ich mich in eine Frau verlieben kann. Heute finde ich es normal. Bei Peter würde ich eine Ausnahme machen. Er war mein erster Freund und Geliebter. Zu ihm fühle ich mich hingezogen. Wenn ich an ihn denke, empfinde ich Lust, wie bei Silvia. Im Vergleich mit ihr, ist er für mich eine Fata Morgana. Schemenhaft erscheint er vor mir und ich kann ihn nicht fassen. Wir leben beide in unterschiedlichen Welten und nur ich habe ein Fernglas, um ihn zu sehen. John ist mein Auge. Durch ihn weiß ich, wie es Peter geht. Gern würde ich nach Wien reisen und mich mit ihm in einem Caféhaus treffen und plaudern. Es darf nicht sein. Er hat eine Frau und zwei Kinder, für die er sorgt. Ich muss versuchen, ihn zu vergessen.

Der Besuch in den beiden Betrieben, zu denen mein Vater uns Zugang verschafft hat, stimmt mich traurig. Ich habe erkannt, dass die Arbeitsbedingungen für die Belegschaft in unserem Kooperationsbetrieb überdurchschnittlich gut sind. Wenn die Bilanz des Unternehmens positiv ist, wird es für die Arbeiter Verbesserungen geben können. Mit uns an ihrer Seite, werden sie es schaffen.

Die Zeit in Shanghai geht zu Ende.
Wir fliegen zurück nach London. Harry scheint der Aufenthalt in der Millionenstadt Shanghai gut gefallen zu haben. Er schwärmt von der Stadt, als hätte er sie als Tourist besucht. Sein Verhältnis zu Jins Mutter spreche ich nicht an. Das soll sein Geheimnis bleiben.
 Mit Gehao bespreche ich die neuen Gegebenheiten. Er findet die Zusammenarbeit vielversprechend und ermutigt mich, die Sache in Berlin persönlich mit voranzutreiben. Ich hatte nicht geplant, London bald zu verlassen. Seine Worte spornen mich an und ich beschließe, mich stärker in meine Firma einzubringen. Wo kann ich helfen, ohne im Weg zu stehen und den betrieblichen Ablauf zu stören. In der Entwicklungsabteilung müsste ich einen Beitrag leisten können. Ich werde zuerst mit John darüber sprechen.

Das Penthaus wirkt ohne den Maler Zang wie verwaist. Silvia ist mit Reisegruppen in Europa unterwegs und Jin studiert fleißig. Es gibt nichts, das mich in London hält.

Mit den Kindern und Harry fliege ich nach Berlin. John und Ruth freuen sich, die Kinder und mich zu sehen. Wir wohnen im Hotel. Ruth verrät mir, dass John in seiner Freizeit in der Werkstatt seinem Hobby frönt. Was er dort tut, sagt sie mir nicht.

Um Harry mache ich mir Sorgen, wenn wir zusammen in die Villa ziehen. Im Hotel kann er abends die Bar aufsuchen. Im Haus gibt es für ihn keine Zerstreuung. Ich werde ihn bitten, dass er mir eine Haushälterin besorgt, die für die Kinderbetreuung, Essenzubereitung, Putzen, Waschen und andere Dinge, die im Haushalt anfallen, verantwortlich ist. Wenn Harry die Vorauswahl vornimmt, dürfte sie in sein Beuteschema passen. Es wäre allen damit geholfen.

Er nimmt die Aufgabe an und nach ein paar Tagen stellt er mir eine Frau vor. Sie sieht eher aus, wie eine Modepuppe als eine Hausfrau. Ich lasse mich durch ihr Aussehen nicht abschrecken und biete ihr an, für einen Monat auf Probe zu arbeiten. Sie ist damit einverstanden. Referenzen hat sie keine. Zuletzt arbeitete sie in einem Kleinunternehmen im Büro. Die Firma ist Pleite gegangen und sie wurde arbeitslos. Seit einem halben Jahr bemüht sie sich um eine neue Arbeit und ihr sagt der Job als Haushälterin zu. Mit der Arbeitszeit ist sie einverstanden. Sie beginnt mittags und hat ab 20 Uhr Feierabend. Wir essen nur zum Diner warm. Ihr bleibt vor und nach dem Abendessen genügend Zeit für die anderen Aufgaben. Sie wohnt in einem Neubaugebiet in der Nähe der Innenstadt von Berlin und hat mit dem

Auto zwei Stunden Fahrzeit am Tag. Das finde ich viel. Es scheint sie nicht zu stören.

Ich zeige ihr das Haus und den Garten und beschreibe ihr die Aufgaben, die ich von ihr erwarte. Sie nickt mir zustimmend zu, ohne einen Kommentar abzugeben oder eine Frage zu stellen. Ich gehe davon aus, dass sie mich verstanden hat. Morgen wird sie mit der Arbeit beginnen.

In den kommenden Tagen beginne ich mit Ruth die Zimmer in der oberen Etage einzurichten. Die Küche und die Möbel für das Speisezimmer hatten wir im Herbst letzten Jahres ausgesucht. Sie wurden Anfang des Jahres geliefert.

Das Wohnzimmer, der Wintergarten und die Bibliothek stehen noch leer. Mit Harry durchstreife ich die Möbelhäuser der Stadt. Es ist nicht leicht das Passende zu finden. Nachdem die Grundausstattung der Wohn- und Schlafräume abgeschlossen ist, ziehen wir auf Probe in die Villa ein.


Jeder hat sein Tun. John bessert den Steg und das Bootshaus aus und Harry installiert eine Sicherheitsanlage. Das Grundstück verwandelt er in eine Festung. Er erklärt mir, was er vorhat. Ich lasse ihm freie Hand. Da wir im Außenbereich der Stadt wohnen, sieht er einen mehrfachen Schutz gegen Einbrecher vor. Er setzt auf Abschreckung. Bewegungsmelder sind um das gesamte Grundstück angebracht und melden jeden Eindringling. Damit die Fehlalarme minimiert werden, hat er das Überwachungssystem redundant aufgebaut. Es ist doppelt abgesichert. Mehrere Sensoren müssen gleichzeitig ansprechen, bis es zu einer Auslösung des Alarms kommt. Starke Scheinwerfer beleuchten bei Alarm das gesamte Grundstück und der gefährdete Bereich wird durch Blitzlichter erhellt. Das soll Einbrecher abschrecken. Wenn das nicht genügt, kommen zwei Wachhunde ins Spiel. Er hat einen Zwinger vorgesehen, der sich bei der Werkstatt befindet. Die Auswahl der Hunde will er mir überlassen. Er schlägt mir zwei Dobermann-Pinscher oder Deutsche Schäferhunde vor. Hunde schrecken angeblich Einbrecher am besten ab. In dem schmalen Raum zwischen Treppenaufgang und Bibliothek soll die gesamte Technik untergebracht werden. Wenn die Überwachungsanlage eingeschaltet ist, wird das gesamte Grundstück videoüberwacht. Nachts zeichnen Wärmekameras Bewegungen im Außenbereich auf. An alles hat er gedacht. Bei der Umsetzung helfe ich ihm, wenn ich am Nachmittag aus der Firma komme. Es freut ihn, dass ich großes Interesse an seiner Arbeit zeige.

Unsere Haushälterin findet sich im Haus zurecht. Ich bespreche mit ihr, was wir zum Diner gern essen möchten. Sie ist mit den Wünschen jedoch überfordert und gibt zu, dass sie nicht gut kochen kann. Die übrigen Aufgaben sind ihr bald zu schwer. Sie merkt es und kündigt das Arbeitsverhältnis, bevor die Probezeit um ist. Harry sucht erneut und wird fündig. Es ist eine Frau, die aus dem Gaststättengewerbe kommt. Sie kann gut kochen. Die Speisen, die sie uns abends vorsetzt, sind schmackhaft. Ich habe ein gutes Gefühl, dass sie bleiben wird. Sie ist 43 Jahre, geschieden und hat zwei erwachsene Töchter. Eine ist verheiratet und hat ein Kind. Die andere ist noch ledig. Mit der Hausarbeit kennt sie sich gut aus. Ich bin zufrieden. Mit Harry und ihr scheint es ebenso zu funktionieren. Ruth ist meiner Meinung und wir beschließen nach einem Monat, sie fest einzustellen.

Ich werde zunehmend in meiner Firma eingebunden. In der Entwicklungsabteilung gibt es viele Dinge, mit denen ich mich gern befassen möchte. Meine Zeit ist begrenzt. Ich stimme mich mit dem Entwicklungsleiter ab, wo ich helfen kann. Meine Stärken liegen in der Programmierung. Da ist Bedarf und es fehlen Fachkräfte. Zwei Absolventen von Universitäten sind eingestellt worden, um die Programme für Schaltkreise zu schreiben. Sie haben keine Erfahrung und tragen sich mit dem Gedanken, die Arbeitsstelle zu wechseln. Ich beginne zum rechten Zeitpunkt und kann ihnen helfen. Im Team kommen wir gut voran und die Arbeit macht Spaß.

Ein wenig habe ich das Gefühl, dass ich die Kinder vernachlässige. Ruth tut ihr Bestes. Ich übersehe, dass sie nicht mehr die Jüngste ist. Sie würde nie zugeben, dass es ihr zu viel wird. John macht mich darauf aufmerksam. Wir überlegen, wie wir ihr helfen können. Ein Kindermädchen würde sie entlasten. John glaubt, dass sie es ablehnen wird. Ich frage unsere Haushälterin ob sie eine junge Frau kennt, die Ruth unterstützen kann. Sie verweist auf ihre ledige Tochter, die in einem Büro einen Halbtagsjob hat und gut mit Kindern umgehen kann. Wir probieren es mit ihr. Es zeigt sich, dass es eine gute Entscheidung war. Die Kinder mögen sie und Ruth wirkt entspannt.

Es ist Sommer. Jin hat Semesterferien und kommt zu uns. Sie richtet sich ihr Zimmer selbst ein. Im letzten Semester hatte sie eine Prüfung nicht geschafft und muss für die Nachprüfung lernen. John hilft ihr. Die Beziehung zwischen Jin und Harry scheint sich abgekühlt zu haben. Mir war aufgefallen, dass die Tochter der Haushälterin seine neue Favoritin ist. Es amüsiert mich, wenn Jin sich bei mir beschwert. Was erwartet sie von mir. Ich kann ihr nicht helfen. Da zu Hause alles gut läuft, vertiefe ich mich stärker in meine Arbeit und komme erst spät abends heim. John versucht mich auszubremsen.

Er kennt die Probleme, die wir in der Firma im IT-Bereich haben. Es gibt einen personellen Engpass. Am Stellenmarkt sind keine Spezialisten zu finden, die sofort beginnen könnten. Ich habe mit der Arbeit begonnen und mein Ehrgeiz lässt es nicht zu, jetzt aufzuhören. Die kleinen Erfolge stärken mich. Der Sommer vergeht, ohne dass es mir bewusst wird.

Gehao besucht uns, wenn er zwischen Hongkong und London pendelt. Er genießt es, sich mit den Kindern zu befassen. Es freut mich, ihnen zuzusehen. Wenn er sich in London aufhält muss Harry bei ihm sein. Diese Abwechslung scheint ihm zu gefallen. Er hatte mich überredet, den deutschen Führerschein zu machen. Ich sträubte mich anfangs. Jetzt bin ich froh, ihn zu haben. Ein kleines Auto habe ich mir gekauft und fahre damit zur Arbeit und zum Einkaufen. Ich fühle mich unabhängig. Mit dem Geschäftsführer und Entwicklungsleiter bin ich seit kurzem auf „Du". Ich habe es ihnen angeboten und sie waren sichtlich froh darüber. Den Geschäftsführer nenne ich jetzt „Georg" und den Entwicklungsleiter „Josef". Es ergab sich an der Bar in meinem Hotel, in das wir Firmenbesucher einquartiert hatten. Sie sagten mir, wie sie mich schätzen und dass sie stolz sind, für mich arbeiten zu dürfen. Dabei verraten sie mir, dass die Belegschaft mich in der Firma anerkennend die „Chinesische Lady" nennen. Wir haben viel in den letzten Wochen erreicht. Es geht mit dem Unternehmen ständig aufwärts. Das motiviert die Belegschaft und schlägt sich in der Geldbörse nieder. Seit Monaten

zahlen wir Prämien aus, wie John und ich der Belegschaft versprochen haben.

Das Schreiben der Programme ist nicht mehr das
Einzige, mit dem ich mich in der Firma beschäftige. Ich
wirke jetzt an vielen anderen Entwicklungsprojekten
mit. Zeit kosten die vielen Besprechungen, an denen ich
teilnehmen muss. Es werden mehr Entscheidungen
gefordert und ich lasse es zu, dass ich gefragt werde. Ich
fühle, dass ich wichtig bin und Macht besitze. Es ist wie
eine Droge, von der ich nicht mehr loskomme.

Der Herbst ist eingekehrt und die Blätter fallen. Der
kühle Nebel breitet sich über dem Rasen aus. John und
Ruth kehren nach Wien zurück. Für sie beginnt die Zeit
der Theater- und Ballbesuche.

Harry kommt nach Berlin, um mich und die Kinder
abzuholen. Ich nehme von meiner Firma Abschied und
packe in einen Aktenkoffer Unterlagen von Projekten,
die ich in London bearbeiten will. Es beruhigt mich,
dass ich daran weiterarbeiten kann. Wenn ich es nicht
täte, würde ich mich nicht wohl fühlen. Ich schwimme
in der Mitte des Flusses, wo die Strömung am stärksten
ist. Mir kommt es wie eine Sucht vor, aus der ich mich
nicht mehr lösen kann. Gehao hat Verständnis, da er ein
Workaholiker und Perfektionist ist. Bisher versuchte ich
anders zu sein. Es ist zu spät, um umzukehren.

Die Haushälterin soll täglich nach dem Rechten in
der Villa und dem Park sehen. Für ihre Tochter vermit-
tele ich in den Wintermonaten einen Kurzzeitjob in
meinem Hotel. Ihren früheren Halbtagsjob hat sie noch
und ist mit dieser Gesamtlösung zufrieden.

Wir sind in London angekommen. Silvia ist froh mich
zu sehen. Sie zwingt mich ruhiger zu werden und nicht

nur an meine Arbeit zu denken. Ich verstehe sie, da sie vor einiger Zeit genauso drauf war, wie ich jetzt. Sie erzählt mir von den vielen Reisen auf dem Festland und den unglücklichen Männern, die sich vergebens um sie bemühten. Ich liege in ihren Armen und denke an meine Arbeit. Die muss bald erledigt werden. Die Mitarbeiter benötigen dringend die Ergebnisse.

Um die Kinder kümmere ich mich wenig. Sie vermissen mich nicht. Isabella und Jin sind bei ihnen. Cai kommt in zwei Jahren in die Schule. Gehao ist damit einverstanden, dass er in Berlin eine zweisprachige Ganztagsschule besucht. Ich habe bereits eine ausgesucht. Mit Cai hatte ich sie angesehen. Er freut sich darauf, dort eingeschult zu werden und eine große Zuckertüte zu bekommen. Es ist eine mehrsprachige Privatschule, in die viele Diplomatenkinder gehen. Mit den Sprachen hat er keine Probleme. Er spricht Englisch, Deutsch und Chinesisch. Ich unterhalte mich mit ihm in Deutsch, Isabella, Harry und James in Englisch und Jin in Chinesisch. Er ist ein sprachbegabtes Kind mit einer schnellen Auffassung. Gehao hat ihm Französisch beigebracht und auf eigenen Wunsch erlernt er mit einem Privatlehrer Italienisch. Lien hat das gleiche Talent. Wenn die Kinder miteinander sprechen, weiß man nicht, in welcher Sprache sie sich gerade unterhalten.

Einen neuen Gast kann ich im Penthaus begrüßen. Es ist einer von Gehaos Cousins aus Hongkong. Er soll die Londoner Filiale kennenlernen und bleibt in den verschiedenen Abteilungen, nur wenige Wochen. Ich vermute, dass er eines Tages eine Führungsposition übernehmen soll.

Unser neuer Mitbewohner ist unauffällig. Er wohnt im Gästetrakt und ich sehe ihn nur selten. Er zieht es vor, in den Restaurants essen zu gehen und dort seine Freizeit zu verbringen. Isabella sagte mir, dass er sich ihr gegenüber arrogant verhält. Sie kann ihn nicht leiden und wäre froh, wenn er abreisen würde. Warum er unsere Gesellschaft meidet, kann ich nicht sagen. Vielleicht hat er Freunde in London gefunden, bei denen er seine freie Zeit verbringt. Ich habe bisher nur wenige Sätze mit ihm gesprochen. Er weicht mir aus. Mit solchen Menschen kann ich nicht klarkommen und suche ihre Nähe nicht. Wie Gehao zu ihm steht und was er von ihm denkt, weiß ich nicht. Ich glaube, dass ihre Beziehung über den fachlichen Bereich nicht hinausgeht.

Sonderbar finde ich, dass er an unserer Weihnachtsfeier nicht teilnimmt. Ich hatte ihn extra eingeladen. Es wäre eine gute Gelegenheit sich näher kennenzulernen. Obwohl er Gehaos Cousin ist und durch ihn eine enge verwandtschaftliche Bindung besteht, ist und bleibt er ein Fremder in unserem Penthaus.

<< 21 >>

*Flugzeug über Hongkong*

Die Flugbegleiterin fordert die Passagiere auf, sich anzu-schnallen. Mit Jin, den Kindern und Harry befinde ich mich im Landeanflug des Flughafens von Hongkong. Ich hatte keinen Grund gefunden, erneut unser Kom-men zum chinesischen Neujahrsfest abzusagen.

Gehao wird uns vom Flughafen abholen. Wir wer-den bei den Schwiegereltern wohnen. Mein Mann hat dort sein festes Quartier, nachdem er die Geschäfte in der Hongkonger Bank von seinem Vater übernommen hat. Madame Zhou bekomme ich erst im Salon ihrer Wohnetage zu Gesicht. In ihrer überschwänglichen Art begrüßt sie uns. Zahlreiche Gäste sind anwesend, von denen mir nur wenige bekannt sind. Die Personen und deren Zugehörigkeit im Familienclan kann ich mir nicht merken.

Ich frage Gehao, wie es seinem Vater geht. Er hatte vor einer Woche einen Schlaganfall. Gehao führt mich zu ihm. Er ist in einem separaten Raum untergebracht, der speziell für ihn ausgestattet ist.

242

Ich komme mir vor, wie in einer Klinik. Eine Krankenschwester sitzt neben seinem Bett. Er sieht mich mit leuchtenden Augen an. Gehao sagt mir, dass er halbseitig gelähmt ist. Die Mundwinkel sind schief und das Reden fällt ihm schwer. Er tut mir leid, wie er hilflos im Bett liegt. Da er ein Workaholiker wie Gehao ist, muss ihm die neue Situation schwerfallen. Den rechten Arm kann er ein wenig bewegen. Er deutet mir an, näher zu kommen.

„Ich freue mich, dich zu sehen, Meiling", presst er zwischen den verschobenen Lippen hervor.

„Wie geht es dir, Schwiegervater?"

„Du siehst, dass ich hilflos bin. Für einen Mann, wie mich, ist es das Schlimmste."

„Du wirst gut versorgt", entgegne ich und sehe zu der Schwester.

„Erzähle mir von dir und was du tust", fordert er mich auf.

„Mir geht es gut. Ich habe viel Arbeit mit meiner Berliner Firma."

„Gehao berichtete mir, dass du selbst bei der Produktentwicklung mittust."

„Es macht mir Spaß!", gestehe ich.

„Darauf kommt es an. Man darf seine Ziele nicht aus den Augen verlieren. Zu schnell ist das Ende da und wenig geschafft."

„Du hast viel erreicht, Schwiegervater!"

„Es ist nur ein Teil von dem, was ich mir vorgenommen habe. Den Rest werden mein Sohn und Cai erledigen müssen. Es ist der Lauf des Lebens. Ich freue mich, in Gehao einen guten Nachfolger gefunden zu haben. Meine Arbeit war nicht umsonst."

Das Sprechen fällt ihm sichtbar schwer. Er ringt nach Luft. Die Schwester bittet uns zu gehen.

Zu den Neujahrsfeierlichkeiten übernimmt Gehao die Aufgaben seines Vaters als Familienoberhaupt. Cai ist ständig bei ihm und achtet auf alles. Eines Tages wird er an seiner Stelle sein. Er muss jetzt lernen, was zu tun ist. Nichts ist aufgeschrieben. Die Abläufe und Zeremonien werden mündlich an die nächste Generation weitergegeben. Drei Tage wollen wir in Hongkong bleiben. Gehao wird mit uns über Shanghai zurückreisen. Seine Mutter ist gefragt. Ihr Mundwerk kommt nicht zur Ruhe. In einer Pause bittet sie mich in ihr Zimmer und will mit mir reden.

„Meiling, du hast gesehen wie es um Gehaos Vater steht. Wir müssen mit dem Schlimmsten rechnen", erklärt sie mir.

„Er wird sich erholen, Schwiegermutter", tröste ich sie.

„Ich glaube nicht. Er ist ein Mensch, der sich nicht schont. Wenn er spürt, dass er nicht das tun kann, was er will, wird ihn der Lebensmut verlassen. Er hat mir gegenüber Andeutungen gemacht, dass er sich das Leben nehmen will, wenn es nicht besser wird", berichtet sie aufgeregt.

„Er wird es nicht tun. Mit der Arbeit von Gehao ist er zufrieden. Was er geschaffen hat, liegt in guten Händen", beruhige ich sie.

„Ich denke, dass es für Gehao zu viel ist, ständig zwischen London und Hongkong zu pendeln. Ihr solltet hierher übersiedeln. Es ist für euch genügend Platz bei uns. Cai kann in eine Eliteschule gehen. Ich kenne eine, für die ich regelmäßig spende. Sie ist die Beste in der Stadt."

„Wir haben ihn in Berlin in einer zweisprachigen Schule angemeldet", sage ich.
Sie sieht mich verwundert an.

„Ist das eine Schule, wo Arbeiterkinder hingehen?",
fragt sie empört.

„Es ist eine gemischte Klasse, in die er kommt. Der
größte Teil sind Kinder von Diplomaten."

Dies hat Geltung bei ihr und sie wechselt das Thema.

„Was ist mit deiner Firma in Berlin. Findest du es
angemessen, im Betrieb mitzuarbeiten? Ich bin der Meinung, dass eine Frau in unseren Kreisen keiner profanen
Arbeit nachgehen soll."

Ich spüre wie sich mir die Nackenhaare aufstellen.
Sie mischt sich nicht nur in das Kinderkriegen, sondern
in meine Arbeit ein. Verwundert bin ich, woher sie es
weiß. Wer kann es ihr gesagt haben? Ich werde Gehao
fragen, ob er es war.

„Ich habe diese Arbeit studiert und übe sie gern aus.
Sie dient mir nicht zum Broterwerb, sondern ist für
mich, wie eine innere Erfüllung in meinem Leben",
erkläre ich.

„Die solltest du in anderen Dingen suchen. Wenn du
ständig in Hongkong bist, werde ich dir zeigen, welches
deine Aufgaben in unserer Familie sind. Gehao hat jetzt
die von seinem Vater übernommen und du wirst eines
Tages, die von mir übernehmen. Unser Ansehen in
dieser Stadt ist hoch und das soll in allen Zeiten bleiben.
Hast du mich verstanden?"

Ich nicke. Das war kein freundschaftlicher Rat meiner Schwiegermutter, sondern ein Befehl. Widersprechen traue ich mich nicht. Ich sehe sie mit großen Augen an. Sie glaubt, dass ich sie verstanden habe und
mich ihren Wünschen unterordne.

Unser Gespräch findet zu meiner Freude ein Ende,
da sie einen Termin hat. Sie eilt in Richtung Salon und
ich laufe ihr hinterher.

Ein Gast ist gekommen, der über wohltätige Aktivitäten in der Stadt referiert. Über einen Beamer projiziert er aktuelle Bilder der wichtigsten Veranstaltungen des letzten Jahres an die Wand. Auf allen ist meine Schwiegermutter zu sehen. Sie ist die Vorsitzende in verschiedenen karitativen Vereinen. Hochrangige Personen machen ihr die Aufwartung. Ständig unterbricht sie den Referenten und erläutert die Fotos im Detail.

Ob es die Verwandten und Gäste interessiert?

Ich glaube es nicht.

Mit Bravour überstehe ich die drei Tage in Hongkong und zwei anschließende Tage in Shanghai. Es bleibt mir in meinem Geburtsort Zeit, mich mit dem Shanghaier Vertriebsdirektor zu treffen. Ich erfahre, dass sich die Verkaufszahlen der Berliner Produkte erhöhen, die der Shanghaier Firma jedoch stagnieren. Sie schaffen es nicht über den Berg zu kommen. Die gesamte Firma müsste von Grund auf neu aufgestellt werden. Mit dem vorhandenen Management ist es nicht zu erreichen.

In London treffe ich mich mit Silvia. Sie hat eine gute Nachricht für mich. Ich machte ihr vor Weihnachten ein Angebot, dass ihr Reiseunternehmen in meinem Hotel in Berlin, zu günstigen Konditionen ein Büro einrichten kann. Bedingung wäre, dass Silvia es leitet. Ihr Chef entschied, das Angebot anzunehmen. Ich schlage ihr vor, mit mir in den nächsten Wochen nach Berlin zu reisen. Sie soll sich mit dem Geschäftsführer des Hotels die passenden Räume aussuchen und die Einzelheiten besprechen.

Ich freue mich, nach Berlin zu kommen. Wie wird es im Garten aussehen. Meiner Haushälterin habe ich geschrieben und ihr unser Kommen angekündigt. Sie antwortet, dass sie sich freut und ihre Tochter halbtägig die Kinder betreuen wird.

Mit der Programmierung der Module für die Entwicklungsprojekte komme ich gut voran. Mir geht das Zeitgefühl verloren. Jede freie Minute denke ich an die Programme. Mit John und Ruth habe ich telefoniert. Sie berichten mir von den Ball- und Theaterbesuchen. Ich bin froh, nicht in Wien zu sein. Meine Arbeit müsste liegenbleiben.

Zum Diner bin ich mit Gehao allein. Die Kinder haben keinen Hunger, weil sie tagsüber von Charlotte in der Küche verwöhnt wurden und Jin hat abends noch Vorlesungen an der Universität. Ich unterhalte mich mit ihm, über betriebswirtschaftliche Probleme in meiner Firma. Er kennt sich darin besser aus als ich und gibt mir gute Ratschläge.

Ich wechsle das Thema und erzähle ihm von der Unterredung mit seiner Mutter. Ich sage ihm, dass sie mir geraten hat, meine Arbeit aufzugeben und mit den Kindern nach Hongkong zu übersiedeln.

„Das ist mir nicht neu. Sie liegt mir mit dem Umzug ständig im Ohr. Wenn du es nicht willst, bleibt es, wie es ist."

„Hast du ihr von meiner Arbeit erzählt?", frage ich ihn.

„Nicht ein Wort! Wenn sie mich fragt, weiche ich ihr aus und muss ins Büro. Es gibt nichts, das sie wissen kann, was du ihr nicht selbst sagst."

„Wenn du es nicht warst, muss es jemand anderes gewesen sein", überlege ich laut.

„Frage Jin, ob sie mit ihr darüber gesprochen hat. Wenn du es herausgefunden hast, sage es mir."

Jin schließe ich für mich aus. Sie würde es mir erzählen. Wenn Gehao es nicht war, könnte es Charlotte sein, die ein Nahverhältnis zu meiner Schwiegermutter hat. Ich werde sie beobachten. Nach einem der Strategeme, lasse ich ihr eine Falschmeldung zukommen. Wenn sie die weitergibt, weiß ich, dass sie es war.

Gehao reist nach Hongkong. Ich bereite mich auf den Aufenthalt in Berlin vor. Es darf nichts vergessen werden. Lien hat ihre Puppen in den Koffer gepackt, für Cai sind seine Computerspiele am wichtigsten. Harry kümmert sich um das viele Gepäck und organisiert den Flug. Ich sitze bis zur letzten Minute an meinem Notebook und programmiere.

Silvia treffen wir auf dem Flughafen. Wir freuen uns, dass ihr Chef in unserem Sinne entschieden hat. Wenn alles funktioniert, können wir uns im Sommer öfter sehen.

In Berlin angekommen, fahren wir gleich zur Villa. Silvia ist erstaunt, wie schön sie geworden ist. Die Herbststürme und Winterkälte haben keinen Schaden im Haus und im Garten angerichtet. Die Haushälterin berichtet, dass die gesamte Technik einwandfrei funktionierte.

Harry fährt mit Silvia und mir zum Hotel. Der Geschäftsführer begrüßt uns herzlich und versichert mir, dass er gemeinsam mit Silvia die passenden Räumlichkeiten auswählen wird. Ich fahre mit Harry in meine Firma. Es ist am späten Nachmittag. Nur in den Büros der Entwicklungsabteilung brennt Licht. Josef, der Entwicklungsleiter, ist noch hier. Er grübelt über einer Konstruktionszeichnung. Er ist überrascht, mich um diese Zeit zu sehen.

„Ich möchte mich bei dir für die Programmroutinen bedanken, die du mir zugesandt hast. Wir verwenden sie in unseren Modulen und sie funktionieren einwandfrei", beginnt er gleich von der Arbeit zu sprechen.

„Du hattest mit dem Pflichtenheft gute Vorarbeit geleistet", lobe ich ihn.

„Aufgaben beschreiben, das kann ich. Sie in den Source-Code eines Programms umzusetzen, gelingt mir nicht leicht. Vor 20 Jahren hatte ich viel programmiert. Heute fällt es mir schwer", meint er entschuldigend.

„Die Software verändert sich schnell. Mir sind die alten Programmiersprachen nur vom Namen bekannt. Eines Tages wird es mir, wie dir gehen", erwidere ich lachend.

Josef nickt bestätigend mit dem Kopf.

Er macht auf mich einen besorgten Eindruck. Ob er Probleme in seiner Familie hat? Ich entschließe mich, ihn danach zu fragen.

„Josef, hast du Ärger?"

Er wendet sich mir zu und verzieht sorgenvoll den Mund.

„Es gibt eine Sache, die mich bedrückt. Ich weiß nicht, wie ich sie einschätzen soll. Es kann sein, dass sie belanglos ist. Es beschäftigt mich."

„Sag heraus, was es ist."

„Ich habe zu DDR-Zeiten nach dem Studium in einer Entwicklungsabteilung gearbeitet. Von meinem Chef wurde besonderer Wert auf die Sicherheit gelegt. Jedes Papier, das wir produzierten, galt als streng geheim. Wir mussten unsere Schreibtische und Schränke verschließen, wenn wir nach Hause gingen und die Schlüssel gut verwahren. Es war maßlos übertrieben. Bis heute habe ich dieses Sicherheitsdenken beibehalten. Als ich heute früh kam und meinen Ordnerschrank öffnete, hatte ich den Eindruck, dass jemand anderes daran war. Die Projektordner standen nicht an dem gleichen Platz."

„Das ist sonderbar", bestätige ich ihm erstaunt.

„Es ist nicht das erste Mal. Vor einer Woche hatte ich einen Stapel Unterlagen auf meinem Schreibtisch liegen lassen. Sie waren nicht bedeutungsvoll. Am nächsten Morgen fand ich sie nicht in der gleichen Reihenfolge übereinanderliegen."

„Kann es sein, dass du vergessen hast, wie du die Hefter abgelegt hast?", gebe ich zu bedenken.

„Nein! Es war mir gleich aufgefallen."

„Kann es sein, dass die Reinigungskraft an den Stapel gekommen ist und die Unterlagen auf den Boden fielen."

„Das habe ich mir auch gedacht und sie am Abend gefragt. Sie hat es verneint."

„Hast du mit jemand darüber gesprochen?", will ich wissen.

„Nein, nur mit dir, jetzt."

„Ich möchte dich bitten, es vorerst für dich zu behalten. Ich werde darüber nachdenken und wir sprechen morgen weiter."

Josef packt seine Sachen zusammen. Er verschließt die Türen und wir gehen zum Ausgang.

Harry wartet auf mich. Wir fahren ins Hotel zu Silvia. Unterwegs erzähle ich ihm von der Sorge des Entwicklungsleiters, dass jemand unerlaubt seine Unterlagen eingesehen haben könnte. Harry bietet mir an, sich darum zu kümmern. Er sagt mir, wie er vorgehen will. Ich bin beeindruckt. Er plant wie ein Detektiv. Ob er Erfolg hat, bezweifle ich. Josef wird sich geirrt haben. Für ihn scheint es ein großes Problem zu sein. Wer sollte sich für diese Unterlagen interessieren.

Ich kann mir nicht vorstellen, dass sie jemand stehlen will.

Am nächsten Tag installiert Harry in dem Arbeitszimmer des Entwicklungschefs und in meinem, eine Überwachungsanlage. Die Kameras sind gut verborgen und kein anderer weiß davon.

Harry fährt mich Frühs in die Firma und wartet bis zum Nachmittag in der Eingangshalle auf mich. Es fällt nicht weiter auf, da er mein Fahrer ist. Scheinbar gelangweilt sitzt er im Foyer und liest Zeitung oder er schlendert durch die Gänge und Hallen.

Zwei Dinge bezweckt er damit. Zum einen gewöhnen sich die Mitarbeiter an seine Person und zum anderen kann er sie unauffällig beobachten.

Josef und ich lassen Unterlagen von Entwicklungsergebnissen auf unseren Schreibtischen offen liegen. Harry meint, dass man einen Köder auslegen muss. Es tut sich in den nächsten Tagen nichts. Ich beginne nicht mehr daran zu denken und ähnlich geht es Josef. Wir stecken tief in der Arbeit. Zur nächsten Messe wollen wir ein paar neue Entwicklungen vorstellen. Bis dahin ist viel zu tun.

Nach drei Wochen kommt Harry frohgelaunt abends zu mir. Er wertet, wenn wir von der Firma nach Hause kommen, die Speicher der Kameras aus. Auf einem Video ist zu sehen, wie ein Mitarbeiter in der letzten Nacht das Büro des Entwicklungsleiters betritt und den Stapel an Unterlagen auf dem Schreibtisch überprüft. Es ist ein älterer Kollege, der an einem Projekt von Robotermodulen mitarbeitet.

„Das ist unglaublich!", sage ich erstaunt.

„Sehen sie nur Madam, was er weitermacht."

Es ist deutlich zu erkennen, dass der Mann die einzelnen Blätter aus dem Schnellhefter fotografiert.

Betreibt der Mann Industriespionage?

„Was sollen wir tun?", frage ich Harry.

„Zunächst nichts!", rät er mir.

„Wieso? Dies ist der Beweis, dass er Informationen gestohlen hat", erkläre ich aufgeregt.

„Sie wissen nicht, ob es Komplizen gibt. Wir müssen ihn außerhalb der Firma beobachten. Eine Detektei wäre hierfür am besten geeignet."

„Tun sie, was sie für richtig erachten", sage ich Harry. Er ist in einer solchen Angelegenheit der Fachmann.

Die ganze Nacht geht mir das Video nicht aus dem Sinn. Warum tut der Mann das. Es muss einen Hehler geben, der ihn für die Informationen bezahlt. Ob es ein Konkurrent ist, der wissen will, was unsere Zukunftsprodukte sind? Ich kann es mir nicht erklären.

Zwei Wochen später zeigt mir Harry Fotos, die der Detektiv gemacht hat. Auf einem erkenne ich den früheren Betriebsleiter und vier Mitarbeiter. Sie sitzen in einer gemütlichen Runde in einem Berliner Lokal.

Für mich ist es nicht verwunderlich, dass der frühere Betriebsleiter noch Kontakte zu ehemaligen Kollegen hat. Harry sieht es anders.

Ich bitte am nächsten Morgen Georg und Josef in mein Büro. Sie sind verwundert, dass auf dem Foto in dem Lokal, auch der ehemalige technische Leiter und jetzige Prüffeldleiter, zu sehen ist. Sie glauben an eine Verschwörung. Josef unterstellt seinem Mitarbeiter aus der Entwicklungsabteilung Industriespionage. Er glaubt, dass die anderen Personen Hehler sind.

Für mich ist nur der Mitarbeiter aus der Entwicklungsabteilung verdächtig, da er die Dokumente fotografiert hat, wie auf dem Video von der Überwachungskamera zu sehen ist. Das Treffen in dem Lokal, mit ehemaligen Kollegen, deute ich als zufällig.

Harry hält sich mit seiner Meinung zurück. Er schlägt vor, dass das Detektivbüro seine Überwachung fortsetzen soll. Wir stimmen ihm zu. Josef tauscht seinen Rollschrank in einen Sicherheitsaktenschrank um. Nur er hat die Schlüssel. Die installierten Kameras bleiben an ihrem Platz und Georg will in seinem Büro ebenfalls eine Kamera installieren. Harry rät Josef, dass er weiterhin einen Köder auf seinem Schreibtisch platziert. In die Zeichnungen und Beschreibungen soll er Fehler einbauen, die nicht leicht erkennbar sind. Ich finde die Vorsichtsmaßnahmen übertrieben, doch stimme ich zu.

In den nächsten Tagen habe ich viel zu tun. Eine Gruppe junger Techniker aus unserer Shanghaier Kooperationsfirma ist angekommen. Sie sollen im Prüffeld und in der Serviceabteilung ein Praktikum absolvieren. In Zukunft werden sie den Service für unsere Lieferteile auf dem chinesischen Markt übernehmen. Sie sprechen neben ihrer Muttersprache nur Englisch. Es gibt Verständigungsschwierigkeiten. Ich werde hinzugerufen und gebeten zu übersetzen. Für mich ist es erfrischend, mit den jungen Leuten zu sprechen. Es erinnert mich an die Zeit als ich in Hongping zu arbeiten begann und mir vieles fremd vorkam.

Georg sagt mir, dass er den Austausch von jungen Technikern verstärken will. Er hofft, dass er das Qualitätsbewusstsein für ihre Produkte erhöht. Kunden auf den Messen unterscheiden noch zu stark, wo die Zulieferteile gefertigt werden. Ich bin überzeugt, dass es der richtige Weg ist, den wir einschlagen und sich der Aufwand bald auszahlen wird.

## 22

*Schuleinführung in Berlin*

Weihnachten und Neujahr verbrachten wir in London. Die Grippe machte uns schwer zu schaffen. Gehao fing damit an. Einer nach dem anderen wurde krank. Anfang Februar lag ich im Bett. Ich konnte nicht mit den Kindern nach Hongkong zum Frühlingsfest reisen.

Ende April flogen wir nach Berlin. Es ist jetzt mein Hauptwohnsitz. Im Herbst soll Cai hier eingeschult werden. Die Möblierung im Haus ist weitgehend abgeschlossen. Seit Juni sind John und Ruth zu Besuch bei uns und genießen ein paar Wochen am See.

Harry musste uns verlassen. Er begleitet Gehao nach Hongkong. Es gab einen Vorfall mit dem Bodyguard, den Gehaos Mutter für ihren Sohn in Hongkong eingestellt hatte. Gehao ertappte ihn als er in seinem Privatzimmer den Schreibtisch durchsuchte. Der Raum ist eine Tabuzone und darf nicht ohne die Zustimmung von Gehao betreten werden. Der Mann wurde von der Sicherheitsfirma abgezogen. Das Vertrauen ist gestört.

Was der Mann im Zimmer von Gehao gesucht hatte und wer ihn beauftragte, konnte mein Ehemann nicht erfahren. Er vermutet, dass seine Mutter dahintersteht, da sie den Sicherheitsdienst bezahlt. Ich hoffe, dass mein Mann bald eine andere Lösung findet und Harry zu uns nach Berlin kommen kann. Er fehlt mir hier. Irgendwie gehört er zum engeren Kreis der Familie.

Positiv fällt mir auf, dass Gehao oft zu uns nach Berlin kommt. Er spielt mit den Kindern und entwickelt sich zu einem richtigen Familienvater. Ich nehme es freudig zur Kenntnis. Es ist wichtig, dass er für die Kinder da ist.

Bei Cai merke ich es deutlich. Er benötigt eine männliche Bezugsperson. Heute kommt er in die Schule und die Aufregung ist groß. Meine Mutter ist aus Shanghai angereist. Die Schwiegermutter hat sich entschuldigt. Sie hat wichtige Veranstaltungen in Hongkong geplant.

Jin kam ebenso heute. Ich habe mich gewundert, dass sie ihre Sommerferien nicht bei uns in Berlin verbrachte. Sie wollte nach Shanghai fliegen und ihre Mutter besuchen. Bisher gab es noch keine Gelegenheit mit ihr darüber zu sprechen.

Mit einem Kleinbus fahren wir zur Schule. In der Aula hören wir uns eine kurze Rede des Direktors an, der die Kinder anspricht. Wir gehen in das Klassenzimmer und die Lehrerin begrüßt die Erstklässler. Hier bekommen sie ihre Zuckertüte. Ich denke, dass es an diesem Tag das Wichtigste für sie ist.

Auf dem Schulhof wird ein Gruppenfoto gemacht und wir fahren ins Hotel zum Feiern. Es gefällt Cai, im Mittelpunkt zu stehen. Er nimmt freudig die Geschenke entgegen und stellt sie gut sichtbar auf den Gabentisch.

Gehao hält eine kurze Ansprache und betont, wie wichtig der kommende Lebensabschnitt für Cai ist. Ich bin stolz auf meinen Sohn.

Nach der Feier habe ich Zeit, mit Jin zu sprechen.

„Warum bist du in den Semesterferien nicht zu uns gekommen? Musstest du für eine Nachprüfung lernen?"

Jin zögert mit einer Antwort. Sie verhält sich sonderbar. Tränen rollen ihr über die Wangen.

Ich nehme sie in meine Arme.

„Sprich! Was ist passiert?", fordere ich sie behutsam auf zu reden.

„Ich bekomme ein Kind", flüstert sie.

Überrascht zucke ich zusammen.

„In welchem Monat bist du?"

„Im dritten."

„Ist der Vater deines Kindes ein Kommilitone", mutmaße ich.

Sie schweigt.

Es ist nicht wichtig, wer es ist. Ich werde nicht mehr fragen.

Sie ist verzweifelt. Wie kann ich ihr helfen?

„Willst du das Kind behalten?", will ich von ihr wissen.

Sie hebt unsicher die Schulter.

„Du musst das selbst entscheiden", bedränge ich sie.

„Wo soll ich mit ihm leben?", entgegnet sie verzweifelt.

„Das ist kein Problem. Bis zum Ende deines Studiums wohnst du im Penthaus in London und wenn du den Abschluss hast, kommst du mit deinem Kind nach Berlin."

„Ich will nicht weiter studieren. Beides ist mir zu viel", erklärt sie unter Tränen.

„Überlege es dir noch einmal. Das Kind ist bei Isabella in guten Händen. Du kannst dich dem Studium widmen."

„Es macht mir keinen Spaß mehr", gesteht sie.

Ich habe den Eindruck, dass sie die Freude am Lernen verloren hat.

Zwingen kann und will ich sie nicht.

„Überschlafe die Sache! Du kannst jederzeit hierbleiben", sicher ich ihr zu.

„Danke Meiling!", erwidert sie gelöst.

Ich sehe ihr an, dass ihr ein großer Stein vom Herzen gefallen ist. Der Entschluss, mit dem Studieren aufzuhören, wird bei ihr schon lange schwelen. Den anderen erzählen wir nichts von dem erwarteten Nachwuchs. Sie werden es noch früh genug erfahren.

Der Herbst hält früh Einzug. Gelbe Blätter fallen von den hohen Birken. Jin ist mit Gehao und Harry nach London geflogen. Sie will sich exmatrikulieren lassen und allein nach Berlin kommen. Ich warte auf sie am Flughafen. Die Maschine ist pünktlich. Eine frohgelaunte Jin eilt mir entgegen. Wir fallen uns in die Arme. Die Entscheidung, das Studium aufzugeben, wird richtig gewesen sein. Der Leistungsdruck war für sie zu hoch. Wir fahren mit meinem kleinen Auto nach Hause in die Villa am See.

Ich zeige ihr das Zimmer, in dem sie wohnen kann und das ich möbliert habe.

„Wenn dir die Einrichtung nicht gefällt, ändern wir sie nach deinen Wünschen. Du sollst dich heimisch fühlen."

„Es ist schön", sagt sie strahlend.

Meine Jin ist die Alte. Die Last des Studiums ist von ihr gefallen und sie lebt sichtlich auf.

„In welchem Zimmer wohnt deine Freundin Silvia?",
möchte sie wissen.

Mich überrascht diese Frage. Ist sie eifersüchtig?

„Sie wohnt im Hotel. Dort hat sie ihr Reisebüro.
Warum fragst du?"

„Ihr scheint euch sehr nahe zu sein. Das hatte ich
gleich bemerkt", gesteht sie mir.

„Es hat nichts mit dir zu tun", versichere ich.

„Zur Schuleinführung hast du sie sonderbar angesehen."

„Ich habe mich gefreut, dass sie noch zur Feier
kommen konnte. Sie war mit einer Reisegruppe unterwegs", erkläre ich.

„Es geht mich nichts an. Behalte dein Geheimnis für
dich", entgegnet Jin schnippisch.

Ich gehe zu ihr und fasse ihre Hand.

„Jin, lass uns darüber sprechen. Du bist, wie eine
Schwester für mich und Silvia ist meine Geliebte. Es ist
nicht leicht das zu erklären. In ihrer Nähe finde ich die
Geborgenheit, wie ich sie vorher bei Peter hatte. Sie gibt
mir die Kraft, die ich brauche."

„Ich kann das nicht verstehen. Nie könnte ich mich
mit einer Frau einlassen", sagt sie abweisend.

„Es kommt darauf an, dass man sich liebt und begehrt, wie bei dir und deinem Kindesvater."

Jin fängt an zu weinen. Ich habe wahrscheinlich einen wunden Punkt getroffen. Sie möchte mir etwas
sagen und doch scheut sie sich, es zu tun.

Langsam beruhigt sie sich. Sie sieht mich an und hält
meine Hand.

„Ich habe den Kindesvater weder begehrt noch geliebt. Er hat mich vergewaltigt."

„War es ein Kommilitone von dir?", frage ich entsetzt.

„Nein, es war der Praktikant, der in der Filiale deines Mannes arbeitet", gesteht sie mir.

„Der arrogante Schnösel von Cousin?", erwidere ich verwundert.

„Ja, der war es!"

„Warum hast du mir oder Gehao nichts gesagt?"

„Ihr seid beide nicht dagewesen."

„Was ist passiert?", will ich wissen.

„Er kam wie jeden Tag spät nach Hause und klopfte an meine Tür. Ich öffnete und fragte, was er will. Ohne zu antworten trat er in mein Zimmer und warf mich auf das Bett. Ich fing an zu schreien, da hat er mich geknebelt und gefesselt. Ich dachte er steht unter Drogen und will mich umbringen. Nachdem er mich vergewaltigte ging er aus dem Zimmer."

Ich drücke Jin fest an mich und streiche ihr über den Kopf.

„Du hättest ersticken können", erwidere ich aufgeregt.

„Nach einer Weile kam er zurück. Ich musste ihm versprechen, mit niemand darüber zu sprechen und er band mich los."

„Dieser Schuft, ich habe ihm von Anfang an nicht über den Weg getraut. Warum hast du Gehao nichts gesagt. Er hätte ihn hart bestraft."

„Dein Mann hat ein gutes Verhältnis zu seinem Cousin. Du warst nicht hier und ich hatte furchtbare Angst", erklärt Jin unter Tränen.

Das ist zu verstehen. Wenn es bekannt würde, wären die Folgen möglicherweise schlimmer als sie es jetzt sind. Gehao würde von seinem Cousin fordern, dass er Jin zur Frau nimmt, um die Schande der Vergewaltigung unter die Decke zu kehren. Wenn sie mit einem solchen Mann zusammenleben müsste, wäre das ihr Ende. Sie würde sich von ihm unterjochen lassen und jedes Selbstwertgefühl verlieren. Es ist besser, das Schreckliche zu vergessen. Ob ihr das gelingen kann, wenn sie ein Kind von ihm hat? Jedes Mal, wenn sie es ansieht, wird sie sich an den Vorfall erinnern.

Sie könnte es noch abtreiben lassen.

Eine Schuld sehe ich bei mir nicht, dass ihr das passiert ist. Ich kann sie nicht einsperren, um sie zu schützen.

Jin ist froh mit mir darüber gesprochen zu haben. Ich habe den Eindruck, dass sie das Geschehene gut verkraften wird. In Hongping muss es ihr noch schlimmer ergangen sein. Dort erlebte sie einen Psychoterror sondergleichen.

Am nächsten Tag reist Gehao mit Harry ab und ich muss in die Firma. Es gibt Ärger mit zwei Praktikanten aus Shanghai. Angeblich sind sie von Gleichaltrigen beschimpft und tätlich angegriffen worden. Sie haben sich gewehrt und dem einen Angreifer die Nase gebrochen. Vorbehalte werden laut, dass wir uns nicht den Chinesen ausliefern dürfen. Die Sprache ist von der „Gelben Gefahr". Ich nehme diese Äußerungen ernst und beziehe sie auf mich, da ich eine Chinesin bin.

Den Betriebsleiter habe ich angewiesen, den Sachverhalt zu klären. Er konnte herausfinden, welche Mitarbeiter den Streit begonnen hatten. Den Rädelsführer habe ich fristlos entlassen. Der Betriebsrat hatte opponiert.

Ich blieb hart.

„Wehret den Anfängen!", riet mir John und unterstützte mich nach Kräften. Georg wollte noch radikaler durchgreifen. Ich beschwichtigte ihn. Die Jugendlichen, die dem Anführer gefolgt waren, hatten ihren Fehler eingesehen. Sie stehen jetzt unter Beobachtung.

Ein anderes Problem ist die Sicherheit. Die Auswertung der Videos aus den Sicherheitskameras habe ich nach dem Weggang von Harry, selbst vorgenommen. Auf zwei Sequenzen ist zu sehen, dass der gleiche Mitarbeiter die Dokumente auf dem Schreibtisch des Entwicklungsleiters fotografierte. Georg macht eine Anzeige wegen Industriespionage. Die Polizei will die Angelegenheit weiterverfolgen und herausfinden, wer die Hehler für die Fotos sind. Die Bilder aus der Detektei übergebe ich den Beamten.

Diese Vorkommnisse beeinträchtigen meine eigentliche Arbeit des Programmierens. Sie sind der unangenehme Ballast, den ich als Chefin des Unternehmens mittragen muss. Er wird ausgeglichen durch die Freude, die mir die Kinder bereiten.

Cai geht gern in die Schule und Lien bastelt mit dem Kindermädchen Geschenke zu Weihnachten. Wir werden in der Villa feiern. Gehao und Harry kommen aus Hongkong. John und Ruth haben versprochen, das Fest nicht zu verpassen. Was noch fehlt, ist Schnee. Es ist Frost und der See zur Hälfte zugefroren. Eine leichte Schneedecke würde das Fest komplettieren. Zu Heilig Abend war Lien geboren. Sie ist ein echtes Christkind und legt Wert darauf, dass alle das würdigen. Tage zuvor half sie in der Küche beim Weihnachtsplätzchen backen.

Meine Firma ist über die Feiertage geschlossen. Zur Betriebsweihnachtsfeier in meinem Hotel habe ich die Kerzen des großen Weihnachtsbaums angezündet. Die Veranstaltung war feierlich gestaltet und ein schöner Moment für mich. Jeder bekam ein Geschenk von mir überreicht.

Zu Hause verbiete ich mir, an die Arbeit zu denken. Es fällt nicht leicht. Ich vergleiche es mit den meditierenden buddhistischen Mönchen, die lernen müssen, an nichts zu denken. Die Ungeduld der Kinder lenkt mich ab. Gehao liest ihnen Weihnachtsgeschichten vor. Sie können es nicht erwarten, dass der Weihnachtsmann mit seinem vollbeladenen Schlitten zu unserem Haus kommt. Draußen ist es dunkel. Harry hat mehrere Bäume im Park mit Lichterketten geschmückt.

Auf der Straße hält ein Kleinbus vor dem Gartentor. Cai entdeckt ihn zuerst. Er ruft laut, dass der Weihnachtsmann kommt. Es steigt ein Mann aus, der wie der Weihnachtsmann gekleidet ist. Er ist in Begleitung. Zwei Engel helfen ihm, Pakete zu tragen. Harry geht ihnen entgegen und weist den Weg zur Terrasse. Dort steht eine Tanne im Lichterschmuck. Der Weihnachtsmann lädt seine schwere Last unter dem Baum ab. Die Engel stellen sich neben ihn und alle drei fangen an, ein Weihnachtslied zu singen. Wir sind gerührt und stimmen in den Gesang ein. Der Weihnachtsmann ruft zuerst Cai zu sich und fragt ihn, ob er ein braver Junge war. Wer würde in diesem Moment das Gegenteil sagen?

Er bekommt ein großes Paket. Als nächstes ist Lien an der Reihe. Sie ist ängstlich und traut sich nicht vorzutreten. Fest umklammert sie meine Beine. Wir gehen zusammen zu dem weißbärtigen Mann. Er übergibt meiner Tochter zwei Pakete. Eines zum Geburtstag und das andere zum Weihnachtsfest. Mich fragt er, ob ich brav war. Jetzt erkenne ich den Weihnachtsmann. Es ist James. Ich sehe zu den Engeln. Es sind Charlotte und Isabella. Welch eine Freude! Mit diesem Geschenk habe ich nicht gerechnet. Mir stehen die Tränen in den Augen und ich kann kein Wort sagen. Gehao genießt meine

Verlegenheit. Die übrigen Geschenke werden verteilt und wir ziehen uns in die beheizte Diele zurück. Ich brauche lange, bis ich es fassen kann, dass meine Bediensteten aus London hier sind.

Ich gehe zu Gehao und gebe ihm einen Kuss auf die Wange.

„Es ist dir gelungen mich weinen zu sehen", flüstere ich ihm freudig zu.

„Ich habe noch eine kleine Überraschung für dich", sagt er leise und reicht mir ein Kuvert. Ich sehe hinein und finde einen Vertrag in chinesischer Sprache. Es betrifft unsere Kooperationsfirma, die er mir überlässt. Es verschlägt mir im ersten Moment die Sprache.

„Ich kann nicht mithalten", entschuldige ich mich bei ihm und reiche ihm ein kleines Päckchen. Er öffnet es ungeduldig und findet eine Schweizer Taschenuhr. Als er den Deckel öffnet erklingt leise eine Melodie von Mozart. In den Innendeckel ist eingraviert „Für Gehao in Liebe von Meiling".

Er ist gerührt und zieht sich in die Bibliothek zurück. Ich gehe zu den Kindern. Alle haben mit dem Auspacken ihrer Geschenke zu tun.

Lien spielt mit ihren neuen Puppen. Die anderen Sachen interessieren sie nicht. Cai hat ein neues Videospiel und probiert es aus. Sie nehmen mich nicht zur Kenntnis. Ich unterhalte mich mit John. Ihm erzähle ich von Gehaos Geschenk. Er freut sich für mich. Es wird jetzt leichter sein, Verbesserungen in dem Shanghaier Betrieb durchzusetzen. Bisher scheiterten die Neuerungen an dem ehemaligen Eigentümer und jetzigen Geschäftsführer.

„Du musst ihn bald auswechseln Meiling. Er wird dir ein Hindernis sein", rät mir John. Ich verstehe ihn und er wird wie immer recht haben.

„Er hat die Firma aufgebaut und wird ihr keinen Schaden zufügen. Es ist gewissermaßen sein Baby. Was meinst du, wo wir ihn einsetzen können?", frage ich ihn.

„Wenn er ein Fachmann ist, wäre er im Vertrieb gut geeignet. Du könntest in Hongkong noch ein Vertriebsbüro einrichten und machst ihn dort zum Direktor", schlägt John vor.

„Der Vorschlag ist gut. Wer soll neuer Geschäftsführer in Shanghai werden?", gebe ich zu bedenken.

„Was ist mit dem ehemaligen Finanzchef, der jetzt in Shanghai das Vertriebsbüro leitet. Er hat sich bisher gut geschlagen und ich traue ihm diese Aufgabe zu."

„Mit der Technik hat er Probleme, das sagte er mir", gebe ich zu bedenken.

„Stelle ihm einen Techniker aus der Berliner Firma zur Seite."

„Die Idee gefällt mir. Ich werde in drei Tagen mit Gehao nach Shanghai fliegen und bespreche mit dem Vertriebsdirektor die Sache. Wenn er damit einverstanden ist, haben wir gewonnen."

Ich gehe zu den anderen. James, Charlotte und Isabella zeige ich die Räume im Haus. Das Penthaus in London ist flächenmäßig größer. James gefällt die Villa, wie er sagt. Wenn er morgen den Park und See sieht, wird er davon überzeugt sein. Charlotte hat an der Küche dies und jenes auszusetzen. Es stört mich nicht. Es ist das Reich unserer Haushälterin, die sie sich nach ihren Gutdünken eingerichtet hat. Spät am Abend bringt Harry unseren Besuch ins Hotel. Bei uns in der Villa ist nicht genügend Platz zum Schlafen.

Als Einzige fehlt mir Silvia. Sie ist mit einer englischen Reisegruppe in Nürnberg. Ich hatte am Abend Schluckauf und glaubte, dass sie fest an mich denkt. Silvester ist sie in Dresden. Es bietet sich für mich an, den Jahreswechsel bei meinen Eltern zu verbringen und die Shanghaier Firma zu besuchen. Ich hoffe, dass mich mein Vater begleitet. Er kennt den Betrieb besser als ich und weiß Rat, wie ich vorgehen muss.

Ich gehe allein hinaus auf die Terrasse und lasse die großen Ereignisse des letzten Jahres an mir vorüberziehen. Es war ein erfolgreiches und gesegnetes Jahr für meine kleine Familie und die Firma. Ich habe mehr erreicht als ich mir hätte denken können. Das meiste habe ich meinem Mann zu verdanken, der mir vertraut und der mich fordert. Wie wird das nächste Jahr aussehen. Ziele gibt es genug und ich glaube, dass ich die meisten erreichen kann, wenn mir meine Familiengötter zur Seite stehen. Mir fällt ein, dass ich ihnen heute noch nicht gedankt habe und gehe in die Bibliothek, wo ein kleiner Schrein für sie aufgestellt ist. Ich zünde ein Räucherstäbchen an und stecke es in den Sand der bronzenen Schale vor dem Bildnis.

## 23

*Meilings Firma in Shanghai*

Mit Gehao und Harry bin ich auf dem Flug nach Shanghai. Wir haben ein schönes Weihnachtsfest erlebt. Die Überraschung mit dem Besuch von James als Weihnachtsmann und Charlotte mit ihrer Tochter als Engel war Gehao gelungen. Noch nie habe ich die Kinder so aufgeregt gesehen. Für jeden hatte ich ein Paket unter den Baum gelegt. Da ich für außergewöhnliche Fälle, ein paar Geschenke in Reserve habe, ging unser überraschender Besuch nicht leer aus.

Isabella hat mich auf den Bauch von Jin aufmerksam gemacht. Ich sagte ihr, dass sie im Februar ein Kind erwartet. Traurig sah sie mich an. Ich fragte sie, was der Grund für ihre Verstimmung ist. Sie meinte, dass sie die einzige ist, die kein Kind bekommt. Als ich ihr erklärte, dass sie Schauspielerin werden will und ein Kind ihrer Karriere im Weg stehen würde, war sie beruhigt. Die Hoffnung, ein berühmter Filmstar zu werden, hat sie noch nicht aufgegeben. Sie hat ein sonniges Gemüt und glaubt an ihren Erfolg.

Wir landen auf dem Flughafen in Shanghai. Mein Vater holt uns mit seinem Chauffeur ab. Wir fahren gemeinsam in die Bankfiliale. Dort wartet der Notar und ich unterzeichne den Vertrag zur Übereignung der Kooperationsfirma von Gehao auf mich. Er hatte sie zuvor aus seinem Privatvermögen von der Bankfiliale erworben. Die rechtlichen Dinge habe ich noch nicht durchschaut. Es wird Gründe geben, warum er es gemacht hat. Mit meiner Unterschrift bin ich jetzt Eigentümerin der Kooperationsfirma. Mein Vater strahlt vor Stolz.

Gehao und Harry halten sich nicht lange auf. Sie fliegen weiter nach Hongkong. Mit meinem Vater gehe ich in ein Restaurant, in der Nähe der Filiale und wir stoßen auf das gute Gedeihen der Firma an. Er erzählt mir, wie es gekommen ist, dass Gehao die Firma kaufte.

„Mit dem Unternehmen ging es weiter bergab. Ich habe einen Kredit nach dem anderen bewilligen müssen. Die Schulden stiegen auf einen Wert, der untragbar wurde. Ich schlug vor, die Firma zu verkaufen. Es gab niemand der sie haben wollte. Wir beschlossen sie als Verlust der Bank abzuschreiben und Anlagenteile zu liquidieren."

„Ich hatte keine Ahnung, dass die wirtschaftliche Lage unserer Kooperationsfirma derart schlecht ist", gestehe ich verwundert.

„Sie war bankrott. Niemand wollte sie retten. Da ich wusste, dass deine Berliner Firma mit ihr kooperierte, informierte ich Gehao. Er kam und kaufte den Betrieb zu dem Restwert."

„Was soll ich mit einem Unternehmen, das nur noch auf dem Papier steht?", gebe ich zu bedenken.

„Dein Mann meinte, dass du es auf die Beine stellen wirst."

„Wenn es dir nicht gelungen ist, es zu erhalten, wie soll ich es tun?", bemerke ich verzweifelt.

„Du musst es zerschlagen und von Grund auf neu aufbauen, wie ein verfallenes Haus."

„Warum hat die Bank, als Eigentümer, es nicht getan?", will ich wissen.

„Wir geben uns damit nicht ab. Es gibt viele Firmen, die uns gehören und denen es ähnlich ergeht. Sie werden abgeschrieben und sind dem Untergang geweiht."

„Denkt ihr nicht an die Menschen, die dort arbeiten und das Geld, was sie verdienen, zum Leben für sich und ihre Familien brauchen", entgegne ich heftig.

„Das sind die Gesetze der Marktwirtschaft. Wir haben sie nicht gemacht. Wer nicht erfolgreich ist geht unter."

Über die Härte meines Vaters staune ich. Er ist ohne Mitleid. Ich will keinen politischen Diskurs mit ihm beginnen.

Auf der Toilette rufe ich unseren Vertriebsdirektor an und frage, ob wir uns in einer Stunde in seinem Büro treffen können. Er ist überrascht, dass ich in Shanghai bin. Nach kurzem Zögern bittet er mich, zu ihm in seine Wohnung zu kommen.

Bei meinem Vater entschuldige ich mich für den kurzfristigen Aufbruch und sage ihm, dass ich ins Vertriebsbüro muss. Er hat Verständnis und eilt zurück in seine Bankfiliale.

Mit dem Taxi fahre ich zu der Wohnung des Vertriebsdirektors. Sie liegt außerhalb des Zentrums, in einem Randgebiet von Shanghai, das vom Krieg nicht zerstört wurde. Bauten aus den zwanziger Jahren säumen die Hauptstraße. Der Taxifahrer zeigt mir den Eingang. Ich steige die Treppe bis in den zweiten Stock hinauf. Es sind viele Stufen und ich muss verschnaufen. Auf dem Namensschild lese ich Franz Fiedler. Der Name ist in Chinesisch und Deutsch geschrieben. Ich klingle. Der Vertriebsdirektor öffnet die Wohnungstür und bittet mich herein. Es ist ein Unterschied, wie Tag und Nacht. Das Treppenhaus ist renovierungsbedürftig und der Vorraum erstrahlt in hellen Farben. An der linken Wand befindet sich die Garderobe.

„Darf ich ihnen aus dem Mantel helfen?", fragt Herr Fiedler höflich. Seine Frau kommt aus der Küche und begrüßt mich. Ich bin überrascht. Äußerlich passt sie nicht zu ihrem Mann, der eher einem Dickbauch-Buddha gleicht. Sie ist schlank und zart. Freundlich bittet sie mich ins Wohnzimmer. Unauffällig sehe ich mich um. Der Raum ist groß wie ein Salon und geschmackvoll eingerichtet. Wir trinken einen Aperitif und sprechen über Berlin. Frau Fiedler erzählt von dem Leben in Shanghai. Sie weiß nicht, dass ich hier geboren und aufgewachsen bin. Es ist eine nette Unterhaltung zwischen uns Frauen. Sie ist mir sympathisch. Ihr Mann sitzt stumm neben uns und hört lächelnd zu. Nach einer Weile bittet sie mich zum Abendessen zu bleiben. Ich zögere und gebe nach. Sie geht in die Küche.

Jetzt kommt der Mann zu Wort. Er fragt mich, warum ich ohne Ankündigung nach Shanghai gekommen bin. Ich sage ihm, dass ich vor wenigen Stunden den Vertrag zur Übernahme der Kooperationsfirma unterzeichnet habe. Das überrascht ihn.

Seine Frau kommt mit belegten Broten aus der Küche. Zum Trinken bietet sie mir Bier, Wein und alkoholfreie Getränke an. Ich entscheide mich für Wein. Herrn Fiedler scheint es zu freuen, dass ich ein Gläschen mittrinke. Wir sprechen über allgemeine Dinge, die in China und der Welt passiert sind. Frau Fiedler ist Sinologin und hatte in Berlin studiert. Sie war die treibende Kraft, dass ihr Mann den Job als Vertriebsdirektor in Shanghai annahm. Begeistert spricht sie über China, seine Geschichte und Kultur. Wie sie mir sagt, beherrscht sie die chinesische Sprache perfekt. Ihren Mann konnte sie noch nicht motivieren, Chinesisch zu lernen. Wir sprechen nur Englisch damit er uns versteht. Ich merke bald, dass sie zu Hause die Hosen anhat. Herr Fiedler lächelt zu allem was sie sagt. Ob er uns zuhört, wage ich zu bezweifeln. Kinder haben sie nicht. Sie erzählt von den Reisen, die sie durch China unternommen haben. Viele dieser Orte kenne ich nicht. Mir wird bewusst, wie wenig ich von meinem Vaterland weiß.

Es ist spät geworden. Ich verabrede mich mit Herrn Fiedler für morgen früh in seinem Büro und verabschiede mich.

Frau Fiedler hat einen starken Eindruck auf mich gemacht. Sie ist im Alter von Ruth.

Meine Eltern sind besorgt, weil ich lange wegblieb. Sie denken an schlimme Dinge, die täglich in einer Großstadt passieren. Meine Mutter hat gleich ein paar Gruselgeschichten parat, die einem verleiden als Frau ohne Begleitung auf die Straße zu gehen. In dieser Hinsicht bin ich wahrscheinlich zu sorglos.

Das Büro des Vertriebsdirektors liegt nicht weit von seiner Wohnung entfernt. Ich bin pünktlich um 10 Uhr dort. Fritz, der Dolmetscher, öffnet mir die Tür.

Der Eingangsraum ist einfach gehalten. Ein Kleiderständer und eine Sitzecke stehen im Vorraum. Die Tür zu einem großen Büroraum steht offen. Zwei junge Frauen sitzen vor Computern und arbeiten konzentriert. Ich gehe zu ihnen und begrüße sie. Fritz stellt mich ihnen vor. Stolz zeigt er mir seinen Schreibtisch und führt mich zu der zweiten Tür, die in das Chefzimmer führt. Er klopft an und öffnet. Der Vertriebsdirektor kommt mir entgegen und begrüßt mich. Er bietet mir einen Platz an dem Besprechungstisch an und fragt, ob er mir ein Getränk anbieten kann.

„Grünen Tee bitte!", sage ich.

Eine große Wandvitrine fällt mir auf. In ihr sind viele unserer Produkte aufgereiht. Fotos von der Berliner Firma schmücken die Wände.

Herr Fiedler erkundigt sich höflich nach meinem Befinden und beginnt mit Small Talk. Es hilft, die erste Anspannung zu überwinden. Fritz kommt mit dem grünen Tee und verschwindet.

„Herr Fiedler, ich habe sie gestern informiert, dass ich Eigentümerin unserer Kooperationsfirma bin."

„Ich gratuliere ihnen!", fällt er mir ins Wort.

„Sie werden wissen, dass die Firma bankrott ist und die Bank als Eigentümer den Betrieb schließen wollte. Mein Mann hat die Firma gekauft, da sie unsere Kooperationsfirma ist und hat sie mir übertragen. Was soll und kann ich jetzt damit tun? Das ist der Grund für meine plötzliche Anreise. Ich möchte die Angelegenheit mit ihnen besprechen."

Herr Fiedler streicht verlegen durch seine wenigen Haare, die er auf dem Kopf hat.

„Es ist eine schwierige Situation. Wenn ich sie richtig verstehe, haben sie einen Scherbenhaufen übernommen", erklärt er mir.

„Sie sagen es!", bestätige ich ihm.

„Es bleibt ihnen nichts anderes übrig als Nägel mit Köpfen zu machen."

„Wie würden sie an meiner statt vorgehen?", möchte ich wissen. „Als erstes müsste der ehemalige Firmenchef entlassen werden. Er hat es nicht verstanden, den Betrieb in die schwarzen Zahlen zu bringen. Des Weiteren müssen die Qualitätskontrolle und der Service verbessert werden. Wir bieten ihre Produkte mit an. Unsere Kunden lehnen sie ab, da ihnen die Qualität nicht passt. Techniker aus Berlin müssten kommen und die Firma neu aufstellen."

„Ihre Vorschläge finde ich hervorragend", bestätige ich ihm. Das Lob freut ihn. Wie er die Sachlage analysiert gefällt mir. Er entwickelt einen Maßnahmenkatalog, wie ich ihn nicht besser aufstellen könnte.

Fritz klopft und bringt uns einen Teller mit Weihnachtsgebäck.

„Das hat meine Frau gebacken", erklärt mir Herr Fiedler.

Ich koste die Plätzchen. Sie schmecken gut. Er bietet mir an, den Rest mitzunehmen. Ich nicke ihm dankend zu.

Es entsteht eine Gesprächspause.

„Herr Fiedler, sie sind viele Monate erfolgreich in China unterwegs. Was halten sie davon, unsere Kooperationsfirma als Geschäftsführer zu leiten."

Dem Vertriebsleiter verschlägt es die Sprache. Mit diesem Angebot hat er nicht gerechnet.

„Es ehrt mich Madame, dass sie an mich denken. Ich weiß nicht, ob ich für diese Herkulesarbeit der richtige Mann bin. Die Firma ist ein Augiasstall, der ausgemistet werden muss."

„Wie bitte?", frage ich verwundert.

„Das ist eine Redewendung aus der griechischen Mythologie."

„Können sie mir das näher erklären?", frage ich ihn.

Verlegen streift er mit den Fingern durch die wenigen Haare auf seinem Kopf. und überlegt, wo er beginnen soll.

„Ich versuche es! Herkules ist ein griechischer Halbgott. Sein Vater ist der Göttervater Zeus. Für den König von Mykene sollte Herkules 12 Aufgaben erfüllen. Eine davon war, die Rinderställe des Augias auszumisten. In ihnen wurden über 3000 Rinder gehalten und sie waren seit 30 Jahren nicht gereinigt worden. Es war eine nicht zu schaffende Arbeit. Herkules brach das Fundament des Stalls an einer Seite auf und leitete zwei Flüsse hindurch. Das Wasser spülte den ganzen Dreck weg. Die Redewendung ‚einen Augiasstall ausmisten' wendet man an, wenn gründlich aufgeräumt werden muss."

Mir gefällt dieser Vergleich. Er bezeichnet das, was geschehen muss.

„Sie haben erkannt worum es geht. Ich bin überzeugt, dass sie als Geschäftsführer die Firma neu aufstellen werden. Wie sie das tun wollen haben sie mir gesagt", erkläre ich ihm begeistert.

„Es gibt keine Zusage von mir, dass ich die Rolle des Herkules übernehme", unterbricht er mich.

„Das stimmt! Gesetzt den Fall, dass sie einverstanden sind, wie würden sie die Firma neu organisieren?"

„Ich sagte ihnen, was zu tun ist. Die Bereiche, die nach einem viertel Jahr nicht positiv wirtschaften, würde ich komplett schließen."

„Was ist mit den Mitarbeitern?", frage ich.

„Sie werden entlassen. Wer will, kann sich erneut bewerben und es wird geprüft ob er für seinen Job geeignet ist."

„Werden die Entlassungen nicht viel Ärger in der Öffentlichkeit zur Folge haben?", gebe ich zu bedenken.

„Damit muss man leben können."

Zufrieden sehe ich ihn an. Ich bin mir sicher, dass er der geeignete Betriebsleiter sein wird, der das marode Unternehmen retten kann.

„Ich denke, sie werden es schaffen. Bitte geben sie mir bis zu meinem Rückflug am 3. Januar Bescheid. Sie sind der erste, der davon weiß."

Herr Fiedler nickt. Die Bedenkzeit scheint ihm angemessen zu sein. Er weiß, dass es für mich schwer sein wird, einen anderen Kandidaten als Geschäftsführer zu finden. Die Kollegen aus Berlin werden sich nicht um diesen Posten reißen.

„Gehen wir davon aus, dass sie zusagen. Welche Gehaltsvorstellung hätten sie?", möchte ich von ihm wissen.

Herr Fiedler überlegt eine Weile.

„30 % mehr fände ich angemessen."

„Ich würde ihnen 50 % mehr anbieten als sie jetzt bekommen und zusätzlich eine Gewinnbeteiligung am Erfolg des Unternehmens", sage ich ihm.

„Das ist großzügig Madame und ein starker Anreiz, ‚ja' zu sagen."

„Ich denke wir haben alles besprochen oder haben sie noch Fragen?"

„Eine Bitte habe ich noch. Meine Frau und ich möchten sie zum Lunch bei uns zu Hause einladen. Sie würden uns eine große Freude machen wenn sie zusagen. Gestern Abend waren wir nicht auf ihren Besuch vorbereitet. Das Abendessen war dürftig", entschuldigt er sich.

„Ich bin gestern Abend nicht zum Diner gekommen. Ihre Einladung zum Lunch nehme ich gerne an. Ich habe heute nichts weiter geplant."

Herr Fiedler telefoniert mit seiner Frau und sagt ihr, dass ich in einer Stunde mitkommen werde.

Wir haben noch Zeit und ich sehe mir das Büro an. Der Kundenstamm ist stark angestiegen. Die meisten Kunden bestellen die deutschen Produkte, weil sie in der Qualität hohen Ansprüchen genügen und auf dem neuesten Stand der Technik sind. Ich hoffe, dass wir in einem Jahr mit dem Shanghaier Unternehmen gleichgute Produkte auf den Markt bringen können.

Frau Fiedler wartet auf uns. Wir sind pünktlich.
Bevor das Essen serviert wird, bietet mir Herr Fiedler einen Aperitif an.

Die Hausfrau serviert das Essen. Es ist ein typisches Shanghaier Menü mit vielen Gängen. Ich komme mir vor, wie in einem erstklassigen Chinarestaurant. Die Speisen schmecken vorzüglich. Während des Essens erzählt mir Frau Fiedler, dass es im Stadtmuseum eine hervorragende Ausstellung mit Bildern namhafter europäischer Künstler geben soll. Sie fragt mich, ob ich sie dorthin begleiten möchte. Ich erzähle ihr, dass ich für einen Maler aus Suzhou, eine Ausstellung in London organisiert hatte und dass ich selbst zu Malen begann. Sie ist begeistert und zeigt mir nach dem Essen in einem Nebenzimmer eigene Werke im Stil alter chinesischer Maler. In Berlin hatte sie mit der Malerei begonnen. Sie sagt, dass ihr dort die Motivation fehlte, sich stärker mit dem Hobby zu beschäftigen. Wir kommen ins Fachsimpeln und die Zeit rinnt dahin. Ihr Mann verabschiedet sich, da er ins Büro muss. Ein Kunde hatte sich am Nachmittag bei ihm angemeldet und er erhofft sich einen großen Auftrag.

Frau Fiedler und ich fahren mit dem Taxi in das Museum. Die Ausstellung ist großartig. Europäische Künstler haben ihre Werke in großen Räumen präsentiert. Nur wenige Maler sind mir vom Namen her bekannt. Es gibt eine zweite Ausstellung über chinesische Malerei, die wir uns im Anschluss ansehen. Ermüdet kehren wir in ein nahegelegenes Restaurant zum Diner ein. Ich bin nicht hungrig, da ich ausgiebig zu Mittag gegessen hatte und bestelle nur eine Salatplatte. Frau Fiedler geht es wie mir. Wir sind nicht zum Essen hier, sondern um uns zu unterhalten. Ich merke, dass wir viele gleiche Interessen haben. Sie ist für mich wie ein Brunnen, aus dem ich Wissen schöpfe.

Nach zwei kleinen Drinks bietet sie mir das „Du" an. Sie heißt Andrea mit Vornamen. Es erleichtert die Unterhaltung und erzeugt ein Gefühl von Vertrautheit. Bevor wir uns trennen vereinbaren wir, uns morgen früh zu treffen. Sie will mit mir ein anderes Museum besuchen.

Meine Eltern sehen mich nur an den späten Abenden. Sie beschweren sich nicht. Ich bin froh, dass ich meinen Vater wegen der neuen Firma nicht um Rat gefragt habe. Er hatte als Geschäftsführer der Bankfiliale die Chance, den Betrieb auf Vordermann zu bringen. Warum hat er es nicht getan? Von meinem Vorhaben, dem Vertriebsdirektor die Sache zu übertragen, sage ich ihm vorerst nichts. Er kennt ihn und hatte sich während der Kooperationsverhandlungen negativ über ihn geäußert. Die Gründe habe ich vergessen. Ich weiß, dass es Banalitäten waren.

Andrea ist am nächsten Morgen pünktlich vor dem Museumseingang. Sie spricht mich auf das Angebot an, das ich ihrem Mann machte. Abends hatten sie darüber gesprochen und er hat sich entschlossen, es anzunehmen. Ich vermute, dass sie die treibende Kraft war und ihm stark zugeraten hatte.

„Es freut mich, dass ihr euch entschieden habt. Ich mache dir einen Vorschlag, dass wir den Museumsbesuch verschieben und uns den Betrieb inkognito ansehen."

Andrea ist einverstanden und ruft ihren Mann an, dass sie nicht zu Mittag nach Hause kommen wird. Er fragt warum und sie nennt ihm den Grund. Er will wissen, ob er mitkommen darf. Ich bin einverstanden. Wir treffen uns vor dem Eingang der Firma. Im Foyer sitzen vier junge Männer gelangweilt hinter einem Tresen. Ihre Kleidung gleicht der, von Securities. Ich zeige ihnen meinen alten Passierschein und wir werden ungehindert ins Werk gelassen.

Wir gehen durch die Fabrikationshallen und privaten Unterkünfte der Arbeiterinnen. Andrea scheint das verkommene Ambiente nicht zu stören. Sie sagt mir, dass sie schon Schlimmeres gesehen hat. Wir inspizieren die Kantine und Toilettenräume. Das Bürogebäude meiden wir, da ich nicht mit dem Betriebsleiter zusammentreffen möchte. Ich müsste ihn ansprechen und sagen, dass die Firma jetzt mir gehört.

Wir verlassen das Werk und gehen in ein Restaurant. Ich weiß nicht, ob Herr Fiedler seine Meinung ändert, nachdem er den Betrieb gesehen hat. Andrea bricht das Schweigen.

„Das ist nicht schlecht, was wir soeben sahen. In Firmen, die weiter im Westen liegen, habe ich andere Zustände erlebt."

Ihr Mann nickt ihr zu. Mir fällt ein Stein vom Herzen. Nach dem Rundgang habe ich vermutet, dass er den neuen Job ablehnt.

„Madame Zhou, ich habe mich entschieden, ihr Angebot anzunehmen. Ich bin ihr neuer Geschäftsführer für das Werk in Shanghai", bestätigt er mir förmlich seinen Entschluss.

Andrea und ich sehen ihn zufrieden an. Es ist der Beginn, Nägel mit Köpfen zu machen, wie er sagt.

Mit Maotai stoßen wir an.

Ich biete als Frau und seine neue Chefin, ihm das „Du" an. Er ist sichtlich erfreut darüber. Wir wollen noch die Behördenwege erledigen, bevor ich nach Berlin zurückfliege. Ich kenne mich nicht aus was notwendig ist. Mir fällt mein Vater ein und ich rufe ihn an. Er will mir helfen und wir treffen uns bei dem Notar, wo ich den Vertrag unterschrieben hatte. Der erklärt uns die behördlichen Formalitäten, die zu beachten sind und dass es seine Zeit benötigt.

Wochen kann und will ich nicht in Shanghai bleiben. Mein Vater erklärt sich bereit, die Formalitäten für mich zu erledigen. Ich unterschreibe ihm eine notariell beglaubigte Vollmacht, dass er in allen Dingen, die die Firma betreffen, selbständig entscheiden und handeln kann. Damit habe ich alles geklärt und muss mich um nichts mehr kümmern. Die drei Männer besprechen sich weiter. Andrea und ich können uns aus den Gesprächen ausklinken. Sie sagt mir, dass viel Arbeit zu Hause auf sie wartet. Zu Silvester hat sie mehrere Freunde zu einer Party eingeladen. Sie fragt mich, ob ich mit meinen Eltern kommen würde. Es wäre für sie und ihren Mann eine große Ehre. Für mich kann ich zusagen. Meine Eltern muss ich noch fragen. Ich überlege, was ich an dem frühen Abend machen kann. Lust habe ich nicht, zu Hause bei meiner Mutter zu sitzen und über alles Mögliche, was mich nicht interessiert, zu tratschen.

„Wenn ich dir bei deinen Vorbereitungen helfen kann, tue ich es gern", biete ich ihr meine Hilfe an.

Überrascht sieht mich Andrea an.

„Gern!", sagt sie freudig.


Wir fahren mit dem Taxi zu ihrer Wohnung. Bevor wir mit der Arbeit beginnen zeigt sie mir alle Räume.

„Das Haus gehörte vor dem Krieg einem Fabrikanten. Hier war seine Wohnung. Jetzt ist die Stadt der Eigentümer. Die Miete ist im Vergleich zu Berlin, gering. Als wir sie bekamen, war sie heruntergekommen. Wir haben viel Geld in die Renovierung gesteckt."

„Die Möbel in der Bibliothek sind schön."

„Vieles habe ich auf Flohmärkten erworben und vom Tischler auffrischen lassen. Sie sind nicht neu und ich habe manches Stück vor dem Verbrennen gerettet. Die Leute kaufen lieber moderne Sachen."

„Mein Vater hat in seinem Haus noch alte Möbel, die aus den zwanziger Jahren stammen. Manches sieht man nur noch in den Museen."

In Vitrinen befinden sich besondere Sammlerstücke. Ich erkenne, dass sie ein Faible für Utensilien der Kalligrafie hat. Verzierte Reibsteine und Pinselgefäße liegen nebeneinander. In einem Fach sehe ich Stempelsteine, mit denen früher Dokumente unterfertigt wurden. Manche sind groß, wie eine Faust. Drachen und andere Figuren schmücken die Griffläche.

„Kann ich mir die Stempelfläche ansehen?", frage ich Andrea.

„Interessierst du dich dafür?"
Ich nicke ihr zu.

„In meiner Berliner Bibliothek habe ich eine kleine Sammlung davon stehen. Es sind nicht viele. Bei manchen habe ich herausgefunden, aus welcher Dynastie sie stammen."

Andrea fasst nach einem großen Stein. Und reicht ihn mir.

„Mit diesem Stempel wurden kaiserliche Erlässe beglaubigt. Sieh dir diese Zeichen an. Nur wenige können sie entziffern. Der Stempel stammt aus der Han-Dynastie. Auf einem Flohmarkt habe ich ihn günstig erworben. Der Händler hatte noch mehrere dieser Kostbarkeiten. Er kannte ihren wahren Wert nicht."

Mir fällt ein kleiner Stempelstein auf, der abseits liegt und einen schwach ausgeformten Kopf zeigt.

Andrea nimmt ihn aus der Vitrine und zeigt mir das Schriftzeichen auf der Unterseite. Ich kann es nicht deuten.

„Der Stempel gehörte einem unteren Beamten aus der Zhou-Dynastie. Dein Name ist doch Zhou. Es kann sein, dass er einem Vorfahren deines Mannes gehörte. Die Zhou-Könige lebten vor 3000 Jahren. Wenn dir der Stein gefällt, schenke ich ihn dir."

„Das kann ich nicht annehmen", lehne ich ab.

„Du kannst es. Es ist ein Freundschaftsgeschenk." Ich bin gerührt und bedanke mich.

Wir gehen in die Küche und beginnen mit den Vorbereitungsarbeiten. Andrea erklärt mir, was sie vorhat. Alte Spezialitäten aus verschiedenen Dynastien will sie zubereiten. Sie hat auf dem Tisch mehrere Kochbücher liegen, in denen die Herstellung beschrieben ist. Auf einem Zettel hat sie die Menüfolge aufgeschrieben. Es sind 88 Speisen, die sie bereiten will. Es sollen nur Häppchen zum Probieren sein. Es ist mir unverständlich, dass sie das zeitgerecht schaffen kann.

Warum es 88 sind, hängt mit der Glückszahl 8 zusammen. Sie verspricht Wohlstand und Reichtum. Andrea scheint abergläubisch zu sein. Heute ist der 28. Dezember. Ob sie ihrem Mann wegen des günstigen Datums geraten hat Geschäftsführer zu werden? Zumindest eine 8 befindet sich in dem Datum.

Ich bemühe mich, nicht abergläubisch zu sein. Selbstkritisch betrachtet, bin ich es ein wenig. Kommt in einem Datum eine 4 vor, versuche ich an dem Tag nichts Wichtiges anzugehen. Die 4 ist eine Unglückszahl, wie alle Kombinationen mit ihr. Sie hat die Bedeutung, wie die 13 für viele Christen. In manchen Hotels gibt es keine dreizehnte Etage und wenn Gäste eingeladen werden, soll die Anzahl von 13 abweichen.

Das neue Jahr hat begonnen. Ich sitze am Flughafen in Shanghai und warte auf den Abflug nach Berlin. Meine Tage in Shanghai verliefen harmonisch und waren erfolgreich. Silvester verbrachte ich mit meinen Eltern auf der Party bei den Fiedlers und den Neujahrstag benötigte ich zum Ausruhen. Kleine Geschenke für die Lieben daheim habe ich eingekauft und freue mich auf das Wiedersehen.

Der Flug kommt mir kurz vor. Nachmittags komme ich in Berlin an. Es ist die Zeitverschiebung, die das innere Gleichgewicht ein wenig stört. Es entsteht der Eindruck als würde der Tag nicht vergehen.

Harry holt mich vom Flughafen ab. Gehao ist bei den Kindern. Zur Jahreswende war er mit ihnen zusammen und sie hatten Raketen auf den See abgeschossen. Sein entflammter Familiensinn freut mich. Ich denke, es wird vor allem Lien sein, die ihn wie ein Magnet anzieht. Sie ist sein Fleisch und Blut. Sie stört sich nicht an seinem entstellten Gesicht und lacht den ganzen Tag. Die Freude überträgt sich auf jeden, der mit ihr zu tun hat.

Zu Hause ist großer Bahnhof. Alle sind angetreten, um mich zu empfangen. Ich muss von Shanghai erzählen und sie berichten mir, wie sie ins neue Jahr gerutscht sind. Meine kleinen Geschenke bereiten große Freude. Nachdem Ruhe eingekehrt ist, ziehe ich mich mit Gehao in die Bibliothek zurück. Ich berichte ihm in allen Einzelheiten von den Abmachungen, die ich mit dem Vertriebsdirektor und meinem Vater getroffen habe. Er ist zufrieden mit mir und glaubt wie ich, dass es mit der Firma jetzt aufwärtsgeht.

„Wenn du Geld für Investitionen benötigst, sage es mir. Ich habe einen Notgroschen dafür vorgesehen."

„Ich werde dich mit meinen Firmen noch in den privaten Konkurs treiben", entgegne ich lachend.

„Versprichst du mir, mich dann als Gärtner in deiner Villa einzustellen?", fragt er schmunzelnd.

„Das kommt auf deine Referenzen an. Wenn die nicht meinen Ansprüchen genügen, hast du nur als Hilfsgärtner eine Chance."

Ich fasse seine Hände und drücke die Handflächen auf mein Gesicht. Er zieht sie zurück. Meine Zärtlichkeitsbekundungen sind ihm unangenehm. Ich akzeptiere es.

Der Winter ist mild. Gehao kommt jedes Wochenende nach Berlin. Wir verbringen die freien Tage in familiärer Eintracht. Ich überlege, ob ich mit Gehao das Bett teilen sollte. Er ist nach der Geburt von Lien ein anderer geworden und verhält sich, wie ein Familienvater. Ich möchte ihm zeigen, wie dankbar ich bin. Ein unbestimmtes Gefühl hält mich jedoch davon ab. Wir haben einen Weg gefunden, wie wir unser Eheleben angenehm gestalten. Ich möchte nicht, dass sich das verändert. Gehao scheint mit dem, wie es ist, zufrieden zu sein.

Harry ist in den letzten Wochen nicht mitgekommen. Sein Vater ist schwer erkrankt und Gehao hat ihm Urlaub gegeben.

Jin bekam im Februar eine Tochter. Ihre Mutter ist seit der Geburt ihrer Enkelin bei uns zu Besuch. Alles ist im harmonischen Gleichlauf und meinen Kindern geht es gut.

Es ist April. Das Eis auf dem See ist geschmolzen und die Birken zeigen an ihren dünnen Zweigen erste Knospen. Die Krokusse treiben aus der Erde und strahlen in ihren Farben. Nester mit Schneeglöckchen bilden einen schönen Kontrast. Silvia ist bei mir. Wir sitzen auf einer Bank im Garten und unterhalten uns. Das Reisegeschäft war in der Wintersaison erfolgreich. Zahlreiche Gruppen wollten Deutschland bei Schnee und Kälte erkunden. Beliebte Ausflugsziele waren die großen Städte und die Mittelgebirge zum Skifahren. Durch die britischen Reisegruppen war mein Hotel den ganzen Winter über ausgebucht.

In der Berliner Firma läuft es bestens. Die Auftragszahlen steigen und in der Entwicklungsabteilung kommen wir gut voran. Sorgen bereitet mir die Shanghaier Firma, der es nicht gelingt mit ihren Problemen fertig zu werden. Hierüber will ich mit Gehao sprechen. Er wird eine Lösung finden.

Ich sehe auf meine Armbanduhr. Die Maschine von London müsste gelandet sein. Einen Stau auf den Straßen muss ich einkalkulieren. Seit einer Stunde hätte er hier sein müssen. Ich werde unruhig. Silvia nimmt die Sache in die Hand. Sie ruft auf dem Flughafen an. Eine Verspätung des Fliegers hat es nicht gegeben. Sie nutzt ihre Beziehungen und erfährt, dass Gehao nicht unter den Passagieren war. Ich telefoniere mit James. Er sagt mir, dass mein Mann das Penthaus verlassen hat und nach Berlin fliegen wollte. Harrys Telefonnummer habe ich zum Glück gespeichert. Er ist bei seinen Eltern.

Ich soll mich nicht beunruhigen, sagt er mir. Er wird sich darum kümmern und zurückrufen. Silvia hatte inzwischen herausgefunden, dass Gehao in London nicht eincheckte. Einen Verkehrsunfall oder Stau hatte es auf der Strecke zwischen Penthaus und Flughafen nicht gegeben. Es ist rätselhaft und unerklärlich, wo er geblieben ist. Harry ruft mich an und sagt mir, dass er mit der nächsten Maschine nach Berlin kommt. Ich denke, dass er nicht mehr herausgefunden hat als wir. Wenn Gehao gekidnappt wurde, müssten sich die Erpresser bald melden. Ich achte darauf, dass niemand außer mir, ans Telefon geht. Die Mithöranlage, die Harry eingebaut hat, schalte ich ein. Jedes Gespräch wird aufgezeichnet.

Eisige Ruhe umgibt mich. Ich starre unentwegt auf das Telefon. Nur Silvia ist bei mir in der Bibliothek und versucht meine Sorgen zu zerstreuen. Es ist Abend und noch kein Anruf.

Harry steht im Raum. Ich habe nicht bemerkt, wie er hereinkam. Ich laufe auf ihn zu und will wissen, was los ist. Er sieht mich sorgenvoll an. Ich ahne das Schlimmste. Ob man ihn getötet hat?

„Madame, bitte seien sie stark und setzen sie sich. Ich habe erfahren, dass ihr Mann nicht in der Linienmaschine war. Er ist in sein Kleinflugzeug gestiegen. Wenige Kilometer nach dem Start ist die Maschine abgestürzt. Er ist tot."

Ich kann es nicht fassen und weine. Viele Fragen stellen sich mir. Harry kann sie nicht beantworten. Mit dem ersten Linienflugzeug will er mich morgen früh nach London begleiten.

## 24

*Londoner Regen*

Ich brauche Zeit, damit fertig zu werden. Harry sagt mir, was ich machen muss. Ich kann es nicht fassen, was passiert ist. Wir fliegen nach London und melden uns bei der Polizei. Ich muss Gehaos Leiche identifizieren. Es ist ein schmerzlicher Anblick, ihn tot vor mir liegen zu sehen.

Der Beamte erklärt mir, wie es passiert sein könnte. Ich höre ihm nicht zu und verlasse eilig das Gebäude. Harry fährt mich heim.

Ich brauche Ruhe, um das Schlimme zu verkraften.

Am nächsten Tag sucht mich Gehaos Anwalt auf. Er übergibt mir einen Brief meines Mannes. Ich sehe auf das Datum. Der Brief ist am Tag unserer Hochzeit datiert. Ich öffne ihn und finde mehrere Schreibmaschinenseiten. Er schreibt mir, was ich zu tun habe, wenn er verstirbt. Sein Leichnam soll nach Hongkong überstellt und dort in der Familiengruft beigesetzt werden. Im Detail ist angeführt, wie sein letzter Wille umgesetzt werden soll.

Er verweist auf sein Testament, das er beim Londoner Anwalt hinterlegt hat und bittet mich, unseren Ehevertrag und alle persönlichen Dokumente, die ich in seinen Privatzimmern des Penthauses finde, zu vernichten. Der Anwalt verabschiedet sich. Harry informiert mich, dass er Gehaos Mutter angerufen und vom Tod ihres Sohnes informiert hat. Sie will mit der nächsten Maschine nach London kommen. Harry bittet mich, meine persönlichen Sachen in Koffer zu packen. Gehaos Mutter ist unberechenbar. Er kann nicht abschätzen wie sie reagiert, wenn sie hier ist. Er erklärt mir, dass das Penthaus ihr gehört.

Ich betrete zum ersten Mal die Privaträume meines Mannes. Es sind drei Zimmer, ein Schlafzimmer mit Bad, ein Arbeitszimmer und eine Bibliothek. Ich setze mich an seinen Schreibtisch und sehe mich um. Am liebsten würde ich die Räume versiegeln und nichts verändern. Da Gehao weitsichtiger dachte als ich, muss ich mich an seine Anweisungen halten. Ich lese nochmals das Schreiben durch. Mir ist klar, was ich tun soll. Mit dem Ehevertrag beginne ich. Auf der rechten Seite des Schreibtisches ist ein Reißwolf eingebaut. Ich stecke den Vertrag in den Schlitz und er wird zerkleinert. Ich sehe mich um. Wo hat er seine persönlichen Unterlagen gelagert? Sie können nur im Schrank und der einen Seite des Schreibtisches liegen. Ich sehe nach und finde, wonach ich suche. Ordner mit seiner Krankenakte, Fotos, und vielem mehr, sind übersichtlich aneinandergereiht und beschriftet im Schrank.

Auf seiner Anweisung ist eine sechsstellige Nummer, am unteren Rand, handschriftlich vermerkt. Sie sieht aus, wie der Code von einem Tresor. Den kann ich nicht entdecken. Ich gehe in die Bibliothek. Hier sind nur Bücher. Im Schlafzimmer und der angrenzenden begehbaren Garderobe ist nur seine Kleidung zu finden. Ich gehe zurück in den Arbeitsraum. Mir fällt ein Ölbild an der Wand auf. Der Rahmen passt nicht zu dem Gemälde. Ich betrachte das Bild näher und stelle fest, dass es die Tür des Tresors abdeckt. Mit dem Code kann ich ihn öffnen. Ein Schnellhefter liegt im unteren Fach. In ihm finde ich Details zu seinem Vermögen und wie es zu verwenden ist. Ich entdecke die Kopie des aktuellen Testaments. Cai ist sein Haupterbe. Er soll eines Tages die Bank mit den Filialen übernehmen. Unsere Tochter und ich erhalten gleiche Anteile des Gesamtvermögens. Es sind noch weitere Details beschrieben, die ich nicht verstehe. Auf einem losen Handzettel hat er mit Namen und Unterschrift vermerkt, dass die Werte, die im Tresor liegen, alleinig mir gehören. Sie werden im Testament nicht genannt. Ich sehe nach. Pfundnoten und andere Währungen liegen im oberen Fach gestapelt. In mehreren Ledersäckchen befinden sich Diamanten und in einer Holzschatulle wenige Goldmünzen. Den Wert kann ich nicht abschätzen.

Ich verschließe den Tresor und gehe in mein Zimmer. Es ist schwer für mich, alles zu erfassen. Harry klopft an meine Tür. Er bringt mir zwei große Hartschalenkoffer.

„Madame, die Koffer sind für die wichtigsten Dinge gedacht. Bevor ihre Schwiegermutter eintrifft, müssen wir sie außerhalb des Penthauses lagern."

„Mir kommt es vor als sind wir auf der Flucht", sage ich zu Harry.

„Es ist eine reine Vorsichtsmaßnahme. Sie kennen ihre Schwiegermutter nicht, wie ich."

„Na gut, wir können die Koffer in Silvias Wohnung zwischenlagern. Sie ist in Berlin und ich habe einen Zweitschlüssel."

„Das ist eine gute Idee. Bitte packen sie die Koffer und sagen sie mir Bescheid, wenn sie damit fertig sind", drängt er mich.

Ich wollte mir, mit der Vernichtung von Gehaos Dokumenten, Zeit lassen. Es ist nicht leicht alles zu sichten und zu entscheiden, was wichtig oder weniger wichtig ist. Ich entschließe mich, eine Grobauswahl zu treffen und die Unterlagen und einen Teil der Fotos in die Koffer zu packen. In Berlin kann ich sie in Ruhe ansehen und anschließend vernichten oder behalten.

Die Wertsachen aus dem Tresor packe ich in meinen Handgepäck-Koffer. Bis zur Ankunft meiner Schwiegermutter ist alles erledigt und in der Wohnung von Silvia abgestellt. In den Tresor lege ich Bankunterlagen, die ich im Schreibtisch gefunden habe, damit er nicht leer ist.

Madame Zhou kommt am nächsten Tag aus Hongkong an. Ihr Gesicht ist verweint und sie begrüßt mich verhalten. Der Tod ihres Sohnes hat sie schwer getroffen. Sie will seinen Leichnam sehen. Er soll nach Hongkong überführt werden. Mit Abschluss der Untersuchungen wird ihr das erlaubt, wenn ich einverstanden bin.

Harry kommt mit ihr und dem Chef eines Bestattungsunternehmens zurück. Sie hat den Bestatter mit der Abwicklung der Überführung und Beisetzung der Leiche beauftragt. Er legt mir mehrere Formulare zum Unterschreiben auf den Tisch. Ich überfliege sie kurz und unterschreibe sie. Damit sind die Formalitäten erledigt.

Meine Schwiegermutter will mit mir organisatorische Dinge abklären und bittet mich in die Bibliothek. Ihr Gesicht sieht streng aus. Ich kann mir denken worüber sie mit mir sprechen will.

„Es ist unfassbar, was geschehen ist. Wir müssen jetzt überlegen, wie es weitergehen soll. Mein Sohn wird in unserer Familiengruft bestattet werden. Das Institut erledigt alles. Du kannst packen und mit den Kindern nach Hongkong übersiedeln. Wir hatten es bei deinem letzten Besuch so besprochen."

Es verschlägt mir die Sprache. Ich habe ihr keine derartige Zusage gemacht. Ich unterbreche sie, bevor ihr Redeschwall nicht mehr zu bremsen ist.

„Verehrte Schwiegermutter, ich werde nicht in Hongkong mit den Kindern bleiben."

„Wo willst du leben. Wir sind deine Familie und da gehörst du hin", entgegnet sie unwirsch.

„Ich sehe das anders. Mit Gehao habe ich in Berlin ein eigenes Heim geschaffen und dort will ich mit unseren Kindern bleiben."

„In dieser Provinzhauptstadt willst du dahinvegetieren? Das ist nicht dein Ernst!", entgegnet sie aufbrausend.

„Niemand kann mich davon abbringen."

„Wir werden sehen! Cai zumindest geht in Hongkong auf die höhere Schule. Er soll eines Tages unsere Bank übernehmen."

„In Berlin gibt es ähnlich gute Schulen und Universitäten, wo er studieren kann", bemerke ich.

Ihr Gesicht färbt sich rot vor Zorn. Sie ist vollkommen außer sich.

„Das kommt nicht infrage! Darüber sprechen wir noch! Ich hoffe, du wirst bald einsichtig sein und meinen Rat befolgen", fährt sie mich verbissen an.

„Was wäre, wenn ich das nicht tu?"

„Ich müsste mir überlegen, ob du dann weiterhin in meinem Penthaus wohnen darfst."

Das ist eine deutliche Ansage.

Sie versucht mich zu erpressen, wie Harry es vorausgesagt hatte. Damit kommt sie bei mir nicht an.

„Ich bin nicht auf das Penthaus angewiesen. Ich habe ein Haus in Berlin", erwidere ich trotzig.

„Ich weiß nicht, ob und wie lange du das Anwesen erhalten kannst. Mein Sohn hat dir deine Extravaganzen finanziert. Ich werde es nicht tun."

„Worauf willst du hinaus?", frage ich.

„Ich kenne mich gut aus. Die Berliner Firma hat sich erholt, aber sie ist bei weitem nicht über den Damm. Dein Shanghaier Betrieb ist ein Desaster und wird noch viele Millionen verschlingen. Wo willst du das Geld hernehmen? Wir werden bald erfahren, ob dich mein Sohn im Testament bedacht hat. Wenn das der Fall ist, kannst du deine Anteile an der Bank verkaufen. Dieses Vermögen wird für deine Firmen dahinschmelzen, wie Eis in der Sonne. In kurzer Zeit bist du bankrott und dankbar, wenn ich dir helfe", schmettert sie mir triumphierend entgegen.

„Es wird nie passieren!", protestiere ich.

„Du magst eine gute Technikerin sein, doch von Betriebs- und Finanzwirtschaft hast du nicht die geringste Ahnung!"

Sie hat nicht Unrecht, aber ich werde mich niemals unterkriegen lassen. Ich habe gelernt, mein eigenes Geld zu verdienen und bin bereit auf Luxus zu verzichten. Die persönliche Freiheit und das Wohl meiner Kinder sind mir am wichtigsten.

Ich erkenne, dass es keinen Sinn hat, mit meiner Schwiegermutter weiter zu streiten und gehe auf mein Zimmer. Mit Silvia telefoniere ich und lasse meinen Frust ab. Ich sage ihr, dass ich in ihrer Wohnung Koffer mit persönlichen Dingen abgestellt habe, die ich nach

Berlin bringen will. Sie meint, dass sie den Transport über ihr Reisebüro für mich erledigen kann. Ich bin damit einverstanden.

An den nächsten Tagen sehe ich meine Schwiegermutter nicht. Harry sagt mir, dass sie das Büro meines Mannes in der Bankfiliale in Beschlag genommen hat. Sie hatte von mir die Schlüssel zu Gehaos Privaträumen im Penthaus verlangt. Die Türen sind verschlossen. Ich bin Harry dankbar, dass er mich zur Eile trieb. Vor meiner Abreise nach Berlin, erhalte ich vom Anwalt meines Mannes eine Einladung zur Testamentseröffnung. Als das Testament verlesen wird, erkenne ich das enttäuschte Gesicht meiner Schwiegermutter. Sie hat es sich anders gewünscht. Im Anschluss fliege ich gleich nach Berlin. Harry darf mich nicht begleiten. Meine Schwiegermutter hat ihm jeglichen Kontakt mit mir untersagt.

Der Termin der Beisetzung wurde mir vom Bestattungsinstitut mitgeteilt. Ich fliege mit den Kindern nach Hongkong. Meine Schwiegermutter bestand darauf, dass ich bei ihr wohne. Ich muss den guten Schein wahren. Meine Eltern sind ebenfalls bei ihr einquartiert. Die Feier verläuft im kleinen Rahmen. Ich bin in mich gekehrt, wie man es von mir erwartet und brauche keine Gespräche führen. Jeder hat Verständnis, dass ich auf Fragen nicht antwortete.

Es kommt erneut zu einem Gespräch mit meiner Schwiegermutter. Sie hat Heimvorteil und erklärt mir, dass wir in Hongkong bleiben sollen. Sie will veranlassen, dass unsere persönlichen Sachen in Berlin von Harry abgeholt werden.

Ich versuche, ruhig zu bleiben, damit unser Gespräch nicht eskaliert. Ich wiederhole, was ich ihr in London gesagt habe. Während des Gesprächs erkenne ich, dass es ihr einzig um Cai geht. Sie verlangt von mir, dass ich ihr das Sorgerecht für Cai übertrage. Ich lehne empört ab.

„Meiling, es ist ein großer Fehler, den du machst! Du denkst nicht an die Zukunft von Cai, sondern verharrst in deinem kleinbürgerlichen Denken. Wenn du deinen starren Eigensinn nicht änderst, muss ich mir überlegen, ob dein Vater die Filiale in Shanghai weiterhin leiten kann."

Jetzt wird sie fies.

„Was hat er mit meinem Sohn zu tun?", erwidere ich empört.

„Ein Vater sollte in der Lage sein, seiner Tochter klar zu machen, was für unsere Bank notwendig ist."

Sie hat meine verletzliche Stelle getroffen. Ich zögere mit einer Antwort und versuche mich innerlich zu beruhigen.

„Mein Vater hat mit meiner Entscheidung nichts zu tun. Mir geht es um die Zukunft und das Wohl meines Sohnes. Gehao hatte darunter gelitten, dass seine Eltern keine Zeit für ihn hatten, weil sie zu beschäftigt waren. Mir ist bewusst, dass es wichtig für Cai ist, die besten Schulen zu besuchen, um eines Tages in die Fußstapfen seines Vaters treten zu können. Ich mache dir folgenden Vorschlag: Cai lebt bei mir in Berlin. Zu jedem Frühlingsfest darf er drei Wochen zu dir nach Hongkong. Mit seinem zwölften Lebensjahr gebe ich ihn in das Schweizer Internat, das du für Gehao ausgesucht hattest. Dieser Kompromiss ist mein letztes Wort. Du entscheidest jetzt, ob Cai ein Banker wird oder nicht."

Meine Schwiegermutter zögert. Sie erkennt die Vorteile in dieser Lösung. Wenn ich mit ihr in einer Wohnung leben würde, müsste sie sich mit mir stetig auseinandersetzen. Das kostet Kraft und frustriert. Kinder in ihrer unmittelbaren Nähe sind ihr unangenehm. Wenn Cai das gleiche Internat besucht, wie sein Vater, wäre seine gute Ausbildung abgesichert. In der Zeit, bis zum Ende seines Studiums würde sie interimistisch der Bank vorstehen. Sie weiß, dass sie vom Bankgeschäft nicht viel versteht, und verlässt sich auf ihre Berater und Fachkräfte. Ihr geht es um Macht und Anerkennung. Ohne mich, in ihrer Nähe, gibt es keine Konkurrenz. Insgesamt überwiegen für sie die Vorteile.

„Ich bin einverstanden mit deinem Vorschlag", sagt sie kurz.

„Ich werde unsere Vereinbarung schriftlich festhalten und wir unterzeichnen sie beide", schlage ich vor.

Auf einem Briefbogen formuliere ich die Punkte der Abmachung und unterschreibe. Sie überfliegt die Zeilen und setzt ihre Zeichen daneben. Ich fertige eine Kopie an und reiche ihr das Original.

„Du kannst das Original behalten, mir genügt die Kopie", sagt sie zufrieden.

Mit der Lösung kann ich leben. Cai wird die drei Wochen zum Frühlingsfest leicht überstehen und dass er in das Schweizer Internat geht, hatte ich ohnehin für ihn vorgesehen.

Meinem Vater sage ich nicht, dass sein Job auf Messers Schneide stand.

Wir reisen in gutem Einvernehmen ab. Ein paar Tage will ich bei meinen Eltern in Shanghai bleiben und anschließend mit den Kindern nach Berlin fliegen.

In Shanghai besuche ich die Familie Fiedler. Franz hat weniger Haare als vor einem Vierteljahr. Der Ärger, mit der Umgestaltung des Betriebes, hat sie ihm geraubt. Er erzählt mir von den Problemen, mit denen er sich täglich herumschlagen muss. Die Kündigungen haben großen Ärger bereitet. Die Belegschaft hat er auf die Hälfte reduziert und den früheren Betriebsleiter nach Hongkong entsandt. Er leitet dort ein neues Vertriebsbüro. Franz ging es darum, ihn nicht in seiner Nähe zu haben. Ein Teil des ehemaligen Führungspersonals soll den früheren Chef im Vertrieb unterstützen.

Franz versichert mir, dass es jetzt im Betrieb langsam aufwärtsgehen wird. Junge Fachkräfte befinden sich im Erfahrungsaustausch mit den Berliner Kollegen. Er strebt eine enge Zusammenarbeit an. Das liegt in meinem Interesse. Ich verspreche ihm, mich öfter in Shanghai sehen zu lassen und ihn vor Ort zu unterstützen. Wir überlegen, welche Produkte aus dem Berliner Werk nach Shanghai ausgelagert werden könnten. Franz macht mehrere Vorschläge, die ich in Berlin diskutieren will. Abends bin ich bei ihnen zum Diner eingeladen. Andrea freut sich, wenn sie mich mit ihren Kochkünsten beeindrucken kann.

Am nächsten Tag fliege ich nach Berlin zurück. Die Kinder überstehen die lange Reise besser als ich. Der Gedanke an Gehaos Flugzeugabsturz geht mir nicht aus dem Kopf. Was war die Ursache? Es ist ein Teil der Bewältigung meiner Trauer. Ruth, die mit ihrem Mann bei uns wohnt, findet die richtigen Worte, mich zu trösten.

Die Arbeit in der Firma hilft mir, meine Gedanken abzulenken. Am Horizont zeichnet sich Ärger im Betrieb ab. Der Widerstand formiert sich in der Geschäftsleitung wegen der Überlassung einiger Produkte für die Shanghaier Firma. Man glaubt, dass dies der Anfang vom Ende des Unternehmens ist. Sie wollen das Knowhow nicht an das chinesische Unternehmen weitergeben. Es ist schwer, sie davon zu überzeugen, die

Sache in Ruhe zu prüfen. Am Ende gibt es eine Einigung. Nur lohnintensive Zubehörteile sollen ausgelagert werden und die Entwicklung und Konstruktion für diese Produkte wird in Berlin verbleiben. Es ist wieder Ruhe im Betrieb eingekehrt.

Das Austauschprogramm junger Führungskräfte wird fortgesetzt. Eine Gruppe aus der Shanghaier Firma ist für ein Praktikum bei uns in Berlin. Sie sollen nach ihrer Rückkehr, die Umgestaltung des Werkes in Shanghai beschleunigen. Zunächst scheint der Vorteil nur auf der chinesischen Seite zu liegen. Ich bin jedoch überzeugt, dass unter Berücksichtigung des riesigen Marktes sich die Aufwendungen bald auszahlen werden. Schon jetzt nutzen wir das weitverzweigte Vertriebsnetz der Shanghaier Firma in China und der Absatz unserer Produkte ist rasant gestiegen.

In meiner Postmappe finde ich einen Brief von Isabella aus London. Hastig öffne ich ihn. Sie schreibt mir, dass der Buttler James vom Penthaus ausziehen wird und sie nicht weiß, wer die Pflanzen in der Orangerie auf dem Dach pflegen soll. Sie bittet mich, bald zu kommen.

Ich erinnere mich, dass James von Gehao seinen Lohn bekam. Ob meine Schwiegermutter ihn nach dem Tod meines Mannes fest eingestellt hat, habe ich vergessen zu fragen.

Das übrige Personal, einschließlich Harry, wurde in der Vergangenheit von Madame Zhou bezahlt. Ihr gehört das Penthaus in dem Gehaos Cousin jetzt ständig wohnt.

Mit Cai pflegt sie, nach unserem letzten Aufenthalt in Hongkong, regelmäßigen Briefverkehr. Er schreibt seiner Großmutter wöchentlich was er erlebt hat und wie es ihm in der Schule geht. Ob sie ihre Antwortbriefe selbst formuliert oder ihre Sekretärin damit beauftragt hat, ist aus den Zeilen nicht zu erkennen. Die Briefe, die ankommen, zeigt mir Cai. Sie sind meine wichtigste private Informationsquelle, wo sich meine Schwiegermutter aufhält und was sie tut.

Ich schreibe Isabella zurück und informiere sie, dass ich in einer Woche in London sein werde. Es ist die Zeit, wo sich Madame Zhou mit großer Wahrscheinlichkeit in Hongkong aufhält. Sie kann wegen einiger Veranstaltungen, die sie besuchen muss, nicht verreisen.

John begleitet mich nach London. Er will sich mit ehemaligen Kollegen aus der Bankfiliale treffen. Meine Zimmer im Penthaus sind verschlossen. Isabella öffnet sie. Es wurde nichts verändert. John zieht im Gästetrakt ein.

Isabella informiert mich, was in den letzten Monaten passiert ist. Meine Schwiegermutter hatte Harry entlassen, weil sie ihm die Schuld am Tod ihres Sohnes gibt.

„Wieso das?", unterbreche ich sie.

„Der Grund für den Absturz der Maschine war ein technischer Fehler. Madame Zhou sagte, dass Harry ihren Sohn nicht hätte fliegen lassen dürfen."

„Er wusste nicht, dass mein Mann in sein Flugzeug steigt", entgegne ich kopfschüttelnd.

„Das glaubt sie ihm nicht. Hinzu kommt, dass er noch Geld für ausstehende Überstunden von ihr verlangt. Sie reagierte verärgert und entließ ihn fristlos. Harry sagte ihr, dass er sein Geld einklagen will. Sie rief einen Reporter der Tagespresse an und gab ihm ein Interview zu dem Unfall, aus ihrer Sicht."

„Hast du den Artikel?"

„Ich werde ihn holen, Madame."

Isabella eilt aus dem Zimmer.

Sie kommt mit der Zeitung zurück. Ich überfliege die Zeilen. In dem Beitrag hat meine Schwiegermutter Harry bezichtigt, als Bodyguard versagt zu haben und am Tod ihres Sohnes Schuld zu sein. Er soll seinen Auftrag nicht ordnungsgemäß wahrgenommen haben.

„Es ist falsch, was sie dem Reporter erzählt hat", sage ich entsetzt.

„Ja, Madame. Nach diesem Interview hat Harry keinen Auftrag oder Job in seiner Branche mehr bekommen. Er ist in seinem Beruf erledigt."

„Wo ist er jetzt?", will ich wissen.

„Bei seinen Eltern. Dem Vater geht es nicht gut und er hilft seiner Mutter bei der Gartenarbeit", berichtet Isabella.

„Hast du ihn nach diesem Streit gesehen?"

„Wir treffen uns gelegentlich in der Stadt. Er ist unglücklich, dass er nicht mehr arbeiten kann. Mit über 50 Jahren ist es schwer einen neuen Job zu bekommen."

„Hast du die neue Telefonnummer von Harry?"

„Die habe ich im Kopf. Ich schreibe sie ihnen auf, Madame."

Sie sucht einen Zettel und Stift.

„Was ist mit James?", frage ich Isabella.

„Ihm geht es ähnlich, wie Harry. Nach dem Tod ihres Gatten, bekommt er keinen Lohn. Er ist inzwischen Rentner geworden und will in seinen Heimatort ziehen. Ich hatte Madame Zhou gefragt, ob sie ihn verabschiedet. Sie meinte, dass es sie nichts angeht."

„Danke Isabella, dass du mich gleich benachrichtigt hast. Wir werden eine schöne Abschiedsfeier für James vorbereiten. Er gehört zur Familie und das will ich würdigen."

Isabella ist erfreut, dass ich das sage. Sie fühlt sich als Teil der Gemeinschaft. Madame Zhou behandelt sie wie eine Sklavin. Das gefällt ihr nicht. Ich gebe ihr Anweisungen für die Vorbereitung der Abschiedsfeier und versuche Harry telefonisch zu erreichen. Es gelingt mir nicht gleich. Als er am Telefon ist, lade ich ihn zu der Abschiedsfeier für James ein. Er fragt, ob meine Schwiegermutter anwesend sein wird. Als ich verneine, sagt er zu.

Ich brauche ein angemessenes Geschenk für unseren Butler. Er hatte Gehao viele Jahre gedient und mir geholfen, mich schnell in London einzugewöhnen. Ich denke an das Weihnachtsgeschenk für Gehao und wie er sich gefreut hat. In einem Uhrengeschäft lasse ich mich beraten und bestelle eine goldene Taschenuhr mit Sprungdeckel und Spielwerk. Zur Auswahl stehen verschiedene Musikstücke. Vivaldi könnte ihm gefallen. Ich hatte James überrascht als er über die Stereoanlage im Salon ein Musikstück von Vivaldi anhörte. Als Gravur wähle ich die Worte: „In Dankbarkeit von Meiling Zhou".

Als Harry am nächsten Tag ankommt, bitte ich ihn, in die Bibliothek. Ich möchte mit ihm unter vier Augen sprechen und ein Angebot machen.

„Harry, ich habe gehört, dass sie zurzeit frei sind. Würden sie für mich arbeiten", beginne ich unsere Unterredung.

Er sieht mich verwundert an.

„An welche Art von Arbeit denken sie?"

„Als Chauffeur und Sicherheitsmann, wie bisher als mein Mann noch lebte."

„Fühlen sie sich bedroht, Madam?", erwidert er verwundert.

„Nein! Sie wissen, dass ich in Berlin weit außerhalb der Stadt lebe. Cai muss täglich zur Schule gebracht und abgeholt werden. In Sicherheitsfragen brauche ich einen Spezialisten im Hotel, der Firma und dem Haus. Ich kenne keinen besseren als sie."

„Es ehrt mich Madame, dass sie an mich denken. Ich muss ihnen gestehen, dass ich mich ihnen gegenüber nicht immer loyal verhalten habe. Ihr Angebot kann ich aus diesem Grunde nicht annehmen."

„Sie verwundern mich Harry! Können sie mir sagen, worum es geht."

„Als ihr Gatte noch lebte, war ich von Madame Zhou angestellt und bezahlt worden. Ich war für die Sicherheit verantwortlich. Das war jedoch nicht der einzige Grund. Madame Zhou hat ihren Sohn von mir überwachen lassen. Ich musste ihr von allen Vorkommnissen berichten."

„Hat mein Mann nichts davon gemerkt."

„Ich habe es ihm gesagt. Es hatte ihn nicht verwundert. Wir vereinbarten, dass ich seiner Mutter die Informationen zukommen ließ, die er mir gibt."

„Das ist schlimm, wenn eine Mutter ihren Sohn überwachen lässt", erwidere ich entsetzt.

„Sie hat von allen Personen, die ihrem Sohn nahestanden, Informationen gesammelt. Ich war nicht der Einzige, der diese liefern musste. Isabella und Charlotte waren ebenso Informanten, wie ich."

„Isabella ist in ihrem Wesen unschuldig wie ein Kind", wende ich ein.

„Nein Madame, sie spielt diese Rolle nur. Ich treffe mich regelmäßig mit ihr in der Stadt. Sie ist nicht das brave Mädchen, das sie glauben, zu kennen."

„Ich bin von den Neuigkeiten überrascht", gestehe ich.

„Von ihrer Freundin Silvia habe ich ihr nichts gesagt. Was ich ihrer Schwiegermutter mitgeteilt habe, waren

Banalitäten. Ich erzählte ihr von den Shoppingtouren und was sie gekauft haben. Alles Dinge, die nicht ausreichten, sie zu erpressen."

„Wieso erpressen? Das klingt kriminell."

„Ja! Von allen wichtigen Personen in ihrem Umfeld hat sie brisante Informationen gesammelt. Sie scheut sich nicht, sie anzuwenden."

„Ich habe meine Schwiegermutter nicht derart gefährlich eingeschätzt", gestehe ich.

„Das sollten sie tun. Ihrer Schulfreundin Jin hat sie geschadet."

„Was hat sie mit ihr zu tun?"

„Das ist eine komplizierte Geschichte. Sie waren lange Zeit in Berlin und Jin war mit ihrem Mann im Penthaus. Ihre Freundin hatte versucht, sich ihrem Mann zu nähern. Isabella hatte es bemerkt und es ihrer Mutter gesagt. Charlotte informierte Madame Zhou. Die hat ihren Neffen angewiesen Jin zu bestrafen, damit sie sich von ihrem Sohn fernhält. Es war nicht vorgesehen, dass Jin schwanger wird."

„Wieso tat ihr Neffe das?", frage ich verwundert.

„Er ist der heimliche Geliebte von Madame Zhou. Wenn sie in London ist, muss er bei ihr schlafen."

Ich bin bestürzt, was sich vor meinen Augen abgespielt hatte, von dem ich nichts ahnte.

„Wieso wurden sie entlassen?", will ich wissen.

„Sie gibt mir die Schuld, dass ihr Sohn tödlich verunglückt ist, weil ich nicht bei ihm war. Mich belastet dieser Gedanke. Wäre ich an dem Wochenende nicht zu meinem Vater gefahren, würde ihr Mann noch leben."

„Sie sind nicht verantwortlich für das, was passiert ist. Sie kennen meinen Mann. Wenn er vorhatte, mit seinem Flugzeug zu fliegen, gäbe es niemand, der ihn umstimmen könnte", erkläre ich Harry.

Harry scheint erleichtert.

„Das sind die Gründe, warum ich ihr Angebot ablehnen muss, Madam", sagt er betroffen.

„Sie haben sich mir gegenüber in all den Jahren fair verhalten. Ich würde mich freuen, wenn sie ihre Meinung ändern und mit mir nach Berlin kommen", wiederhole ich mein Angebot.

Harry sieht mich an als wollte er prüfen, ob meine Worte ehrlich gemeint sind.

„Ich habe ihnen alles gesagt, Madame. Wenn es sie nicht stört, was ich getan habe, nehme ich gern den Job an."

Ich bin froh, dass er sich entschlossen hat, bei mir zu bleiben.

## 25

*Pleinair in den Bergen*

Die Linienmaschine von Berlin nach Wien startet. In 1½ Stunden werde ich mein Ziel erreicht haben. Harry begleitet mich. Es ist eine Weile her, dass ich mich auf Reisen begebe. Wenn es der Anlass nicht erfordern würde, wäre ich nicht geflogen. John wurde operiert. Er hatte einen Bandscheibenvorfall. Die Operation soll gut verlaufen sein. Ich will ihn im Krankenhaus besuchen.

John war in den letzten Jahren meine große Stütze. Nach dem Tod von Gehao habe ich mich in meine Arbeit gestürzt. Es wurde mehr und mehr, bis ein Jahr später meine Gesundheit streikte. Ich wusste zunächst nicht, was mit mir passiert. Erschöpfung und Antriebs-schwäche machten sich bemerkbar. Die Arbeit begann mich nicht mehr zu interessieren und es entwickelte sich eine Distanz zu meiner Umgebung und den Mitarbei-tern in den beiden Firmen. Ich hatte das Gefühl, die erwarteten Leistungen nicht mehr bringen zu können. Den Sinn an meinem Tun verlor ich. Fachärzte diagnos-tizierten bei mir Burnout.

Ich hatte mich zu großem Stress ausgesetzt und die Warnsignale nicht rechtzeitig erkannt. Meine Aktivitäten stellte ich ein und wurde in eine Burnout-Klinik eingewiesen. Durch die Behandlungen stabilisierte sich mein Zustand. Mir wurde erklärt, wie ich mein Leben umgestalten muss. Ich sollte mich nur noch mit Dingen befassen, die mir Spaß machen und keinen Stress erzeugen. Ein Teil der Therapie in der Klinik bildete die Malerei. Sie hatte einen positiven Einfluss auf meine Genesung und das allgemeine Wohlbefinden. Ich engagierte einen Kunstmaler, der an der Universität der Künste in Berlin studiert hatte. Er sollte unsere Villa, den Park und die Personen auf der Leinwand festhalten. Ich hatte den Künstler auf einer seiner Vernissagen kennengelernt. Seine Bilder gefielen mir gut. Ihm sah ich bei der Arbeit zu. Wenn ich Lust verspürte, selbst einen Pinsel in die Hand zu nehmen, tat ich es. Für mich war es wichtig, mich keinem inneren und äußeren Zwang auszusetzen. Nach einigen Monaten spürte ich Besserung meiner Gesundheit. Die Depressionen ließen nach. Um die Firmen kümmerte ich mich nicht mehr. Das Interesse an ihnen war mir verloren gegangen. John hatte ein wachsames Auge auf alles. Jin half ihm. Sie unterstützte ihn tatkräftig. Da John keine weiten Strecken flog, musste sie die Dienstreisen zu unserem Shanghaier Betrieb übernehmen. Heute geht es mir, im Gegensatz vor einem Jahr, viel besser. Eine innere Stimme hält mich davon ab, an die Firmen zu denken. Ich habe Angst, dass ich in den Strudel, aus dem ich mich mühsam befreit habe, wieder hineingerate.

Ich sehe aus dem Fenster. Die leicht hügelige Landschaft liegt unter mir. Die Laubfärbung hat begonnen. Wie auf einer Malerpalette, sind die Farben verteilt. Harry sitzt neben mir. Er hatte für einen kurzen Moment die Augen geschlossen. Die Flugbegleiterin bringt ihm ein Glas Wasser. Ich bin froh, dass ich ihn habe. Ohne Harry gehe ich nicht mehr aus dem Haus. Durch ihn fühle ich mich beschützt und geborgen.

„Harry, ich muss an den ersten Flug nach Wien denken. Wir flogen mit der Cessna und ich hatte große Angst."

„Das haben sie nicht gesagt, Madame."

„Man sagt vieles nicht, was einen berührt. Kritische Momente bleiben unauslöschlich im Gedächtnis hängen. Mein Mann hatte zwei Freunde in Wien getroffen. Wissen sie davon, dass mich die drei im Schlafzimmer betrachtet haben", verrate ich ihm.

„Ihr Gatte erzählte es mir und es tat ihm leid. Er und seine Freunde waren damals betrunken und wussten nicht, was sie taten."

„Ich habe es ihm nicht übelgenommen. Ich war erschrocken. Wir kannten uns noch nicht lange. Bei einem Mann kann man nie sagen, was ihm einfällt."

„Denken sie bitte nicht schlecht über Männer. Sie sind grundsätzlich brav", versucht er mich zu besänftigen.

„Eines wüsste ich gern, hatte mein Mann eine Geliebte?"

„Nein Madame, er war gut versorgt."

„Wie meinen sie das?", frage ich neugierig.

„Es ist besser, wenn ich es ihnen nicht sage", entgegnet Harry trocken.

„Ich stehe über den Dingen. Sprechen sie!", ermuntere ich ihn.

„Isabella spielte eine besondere Rolle. Nach dem Verkehrsunfall von ihrem Gatten, kam sie mit ihrer Mutter nach London. Madame Zhou machte sie zur Leibsklavin für ihren Sohn. Sie hatte Sorge, dass er sich bei einer Prostituierten ansteckt. Isabella musste ihm, wenn er es wünschte, zu Willen sein."

„Ich habe nichts davon gemerkt", entgegne ich überrascht.

„Isabella brachte ihrem Mann zum Lunch Suppe ins Büro. Sie war gewissermaßen die Nachspeise."

„Wieso hat sie es getan?", will ich wissen.

„Ihre Mutter hatte es ihr angeschafft. Ich habe mit Isabella darüber gesprochen. Sie kannte es nicht anders und fand es gut, was sie tat. Es machte ihr Spaß. Da sie von einer Filmkarriere als Erotikdarstellerin träumte, habe ich sie darin bestärkt und ihr Praktiken gezeigt, die ihrem Gatten gefielen."

„Nur meinem Gatten?", frage ich schmunzelnd.

„Auch mir", gibt Harry zu.

Ich sehe aus dem Fenster und entdecke einen breiten Fluss. Es ist die Donau. Unser Ziel ist nicht mehr fern.

Die Maschine befindet sich im Landeanflug zum Flughafen Wien Schwechat.

Mit einem Leihauto fahren wir zu unserem Hotel. Harry hatte zwei Zimmer im Parkhotel Schönbrunn gebucht. Ich will gleich ins Krankenhaus und John besuchen. Wir sind nicht bei ihm angemeldet. Es soll eine Überraschung sein und meine Vorfreude ist groß.

In der Eingangshalle des Spitals erfahre ich, am Informationsschalter, wo er liegt. Vorsichtig öffne ich die Tür zu seinem Zimmer. Er hat Besuch. Zwei Erwachsene Personen sitzen auf Stühlen, mit dem Rücken zur Tür. Zwei Kinder stehen am Tisch und beschäftigen sich mit einem Spielzeug. John sieht mich und winkt mir freudig zu.

Ich bekomme einen Schreck. Auf einem der Stühle erkenne ich Peter.

Wir sehen uns für einen Moment verwundert an.

„Kommt herein!", ruft uns John zu. Ruth umarmt mich. Ich begrüße John und frage ihn, wie es ihm geht. Bevor er berichten kann, stellt uns Ruth den Mann mit den beiden Kindern vor. Harry trägt zwei Stühle, die an der Wand stehen, zum Bett und wir nehmen Platz. John erzählt vom Verlauf der Operation. Er meint, dass er bald aufstehen und ins Büro gehen kann. Ruth winkt ab und macht ihm klar, dass sie jetzt das Sagen hat.

„Du wirst dich schonen. An Arbeit ist vorerst nicht zu denken. Zum Glück hast du Peter, der dich gut vertritt."

John versucht zu protestieren, weil seine Frau ihm widerspricht. Die Kinder sehen mich aufmerksam an. Ich frage das Mädchen, wie es ihr in der Schule gefällt.

„Gut!", sagt sie verunsichert.

Sie wird sich wundern, dass sich eine fremde Frau für ihre Schule interessiert.

Ihr jüngerer Bruder ist gesprächiger.

„Ich gehe in den Kindergarten und nächstes Jahr komme ich in die Schule", erklärt er mir.

„Dann bekommst du eine Zuckertüte", erwidere ich.

„Eine riesige", fordert er und zeigt mir, wie hoch sie sein wird.

„Die muss noch auf dem Zuckertütenbaum wachsen", erkläre ich ihm.

Er nickt mir bestätigend zu.

Ruth lädt Harry und mich, nach dem Besuch, zur Tea-Time bei ihr in die Wohnung ein. Sie lockt mit selbstgebackenem Kuchen. Ich sage ihr zu und biete an, dass ich sie mit dem Auto nach Hause mitnehme.

„Danke, das ist nicht nötig, Meiling. Ich fahre mit Peter und seinen beiden Kindern. Ihr könnt uns folgen."

Die Situation ist mir unangenehm.

Ich habe nicht damit gerechnet, dass Peter seinen Chef besucht. Es bleibt mir nichts anderes übrig als gute Miene zum überraschenden Spiel zu machen.

Nach dem Krankenhausbesuch fahren wir zu Ruths Wohnung. Im Korridor riecht es nach frisch gebackenem Kuchen. Der Duft löst in mir ein Wohlgefühl aus. Ruth gibt den Kindern Papier und Buntstifte, damit sie beschäftigt sind. Uns bittet sie, sich zu setzen. Harry und Peter unterhalten sich. Ich fliehe zu Ruth in die Küche und helfe ihr den Kuchen aufzuschneiden. Sie sagt mir, dass John und sie, sich über meinen Besuch freuen und will von mir wissen, wie es mir geht. Ich sage ihr, dass ich zufrieden bin, doch an die Arbeit und Firma nicht denken darf.

„Nach einem Burnout musst du geduldig sein. Es wird noch ein paar Jahre dauern, bis du genesen bist. Um deine Firmen brauchst du dir keine Sorgen machen. Sie sind in guten Händen. Es ist wichtig, dass man fähige Mitarbeiter hat, auf die man sich verlassen kann. John kann sich froh schätzen, Peter im Büro zu haben. Der junge Mann hatte sich schnell eingelebt und arbeitet selbständig."

„Wo ist seine Frau?", frage ich.

„Das ist eine traurige Geschichte. Sie ist vor zwei Jahren verstorben. Sie hatte Krebs. Der wurde bei ihr zu spät erkannt. Die Ärzte konnten ihr nicht mehr helfen", erzählt mir Ruth.

„Es wird für ihn nicht leicht sein, mit den beiden Kindern und seinem Job klar zu kommen", mutmaße ich.

„Es ist nicht zu schwierig für ihn. Seine Mutter kümmert sich um alles. Sie wohnen im gleichen Haus."

Ruth trägt den Kuchen in das Wohnzimmer und stellt ihn auf den Tisch. Ich folge ihr mit dem Tee. Peter beobachtet mich unauffällig. Er wird sich wundern, mich hier zu sehen.

Ob er annimmt, dass Harry mein Mann ist? Ich höre, dass sie sich über Fotografie unterhalten. Beide kennen sich auf diesem Gebiet gut aus.

Peter fühlt sich in der Runde nicht wohl. Er drängt nach Hause zu fahren. Bei der Verabschiedung reicht er mir nicht die Hand. Sein Blick ist voller Hass. Nur ich erkenne das.

Am nächsten Morgen besuche ich John im Krankenhaus, bevor ich am Nachmittag nach Berlin abreise. Er freut sich verhalten. Was ist passiert? Hat sich sein Gesundheitszustand verschlechtert. Harry verabschiedet sich von ihm und wartet auf mich draußen im Gang. Eine Schwester kommt und bringt Tabletten. John starrt zur Decke.

„Vor einer Stunde war Herr Pichler bei mir. Er hatte mich gefragt, woher ich dich kenne. Ich sagte ihm, dass du die Eigentümerin unserer Berliner Firma bist. Er wollte weiter von mir wissen, ob es ein Zufall war, dass ich ihn für den Job in dem Vertriebsbüro ausgewählt habe. Ich fing an, um den heißen Brei herum zu reden. Er ließ nicht locker."

„Was hast du ihm gesagt?", dränge ich John.

„Dass ich den Tipp von dir bekommen habe. Ich konnte ihn unmöglich anlügen. Wir haben ein freundschaftliches Verhältnis und da bleibt man bei der Wahrheit."

„Wie hat er darauf reagiert?", will ich wissen.

John sieht mich betrübt an und es fällt ihm schwer darüber zu sprechen.

„Er hat seinen Job gekündigt."

„Das ist schlimm!" entgegne ich betroffen.

„Aus Freundschaft zu mir will er noch solange bleiben, bis ich ins Büro gehen kann."

„Es tut mir leid John. Ich hätte nicht überraschend nach Wien kommen dürfen", sage ich.

John schluckt seine Tabletten und sieht mich durchdringend an.

„Meiling, ich möchte jetzt von dir wissen, was zwischen euch vorgefallen war."

Ich erzähle John unsere Geschichte.

„Nach meinem Studium habe ich mit Peter auf der gleichen Baustelle gearbeitet. Wir verliebten uns und wollten heiraten. Meine Eltern hatten mich einem anderen versprochen. Sie verlangten von mir, Gehao zu ehelichen. Peter hatte ich zu spät informiert. Er fing an zu trinken und verlor seinen Job."

John schüttelt den Kopf.

„Ich kann mir jetzt vieles erklären. Meine Sorge ist, dass sein Weggang dem Vertriebsgeschäft schadet. Wo bekomme ich einen neuen Mitarbeiter her?"

„Kannst du mit Herrn Pichler sprechen. Ich habe es gut gemeint", bitte ich John.

„Ich verstehe deine Beweggründe. Warum hast du es mir nicht früher gesagt, was zwischen euch vorgefallen war? Im Nachhinein gibt es wenige Möglichkeiten zu agieren. Wir können nur noch auf seine Entscheidungen reagieren."

„Was wird er jetzt tun? Ich hoffe, er fängt nicht erneut an zu trinken. Ich könnte es mir nie verzeihen", gestehe ich John. Ich muss weinen. John reicht mir ein Papiertaschentuch. Der Gedanke, dass Peter rückfällig wird und zur Flasche greift, ist mir unerträglich. Ich bitte John, alles zu tun, damit das nicht passiert. Ich verabschiede mich von ihm und gehe.

In den nächsten Tagen verbringe ich schlaflose Nächte.

Ich denke an Peter und sorge mich darum, dass er zu trinken beginnt.

John ist wieder im Büro und ruft mich an. Er sagt mir, dass er mit Peter eine Aussprache hatte. Es ging um die Zukunft unseres Vertriebsbüros. Peter hat die Absicht, sich selbständig zu machen. Er will in der gleichen Branche bleiben und die Konkurrenzprodukte vertreiben. Als Techniker kennt er sich gut aus. Seine Absicht ist, neben dem Vertrieb der Produkte den Service mit zu übernehmen. Das kommt bei Kunden gut an. Seine Mutter will ihn finanziell für den Neustart unterstützen.

John ist besorgt, dass Peter mit seiner Neugründung uns einen großen Teil des Geschäfts wegnehmen könnte. Er schlug ihm vor, dass er unsere Produkte mit vertreibt und bot ihm einen zinslosen Kredit an. Peter hatte verlangt, dass das Geld nicht von mir kommen darf und er allein darüber verfügt, welche Produkte aus unserer Fertigung in seine Angebotslisten aufgenommen werden. John möchte wissen, ob ich damit einverstanden bin. Die Lösung finde ich gut und sage John zu.

Eine große Sorge bin ich los. Ständig muss ich an Peter denken. Sein Hass gegen mich wird tief sitzen. Wie vernichtend er mich bei der Verabschiedung in Ruths Wohnung angesehen hatte, lässt mir das Blut in den Adern erstarren. Ob ich an seiner statt ebenso unversöhnlich wäre. Ich glaube nicht. Aus meiner Liebe heraus, würde ich ihm alles verzeihen.

John informiert mich in Abständen von den Vorkommnissen in Wien. Peter hat in kurzer Zeit ein leerstehendes Bürogebäude mit Werkstatt gefunden, das nicht weit von seinem Wohnhaus entfernt ist. Das Geld für die notwendigen Anschaffungen hat ihm John aus seiner Privatschatulle geliehen und bei der Gestaltung des Büros geholfen. Von unserem Vertriebsbüro ist nicht mehr viel übriggeblieben. Die beiden Mitarbeiterinnen sind zu Peter gewechselt. John schlägt mir vor, unser Wiener Büro zu schließen. Ich bespreche den Vorschlag mit Georg, dem Geschäftsführer der Berliner Firma. Er ist grundsätzlich einverstanden. Ein Problem sieht er jedoch. Peter will nicht unsere gesamte Vertriebspalette übernehmen. Ich bitte ihn, es mit John abzuklären.

Die Aufregung der letzten Tage haben mich geschwächt. Ich versuche mich abzulenken und nicht an Peter und die Firma zu denken. John sage ich, dass er mich nicht mehr informieren braucht. Er hat mich verstanden. Ich beginne mich erneut zurückzuziehen. Meine Depressionen nehmen zu. Es kann das nasskalte Herbstwetter schuld daran sein. Meine Bilder, die entstehen, sind dunkel gehalten. Grau und Schwarz dominieren auf der Palette.

Besorgt erscheint mein Arzt und rät mir dringend zu einer Kur. Ich bin damit einverstanden und verschwinde in einem Sanatorium. Die Abgeschiedenheit tut mir gut. Ich fühle mich in eine Nebenwelt versetzt, wo mich niemand kennt und ich auf nichts achten muss. Kaltwasserbehandlungen, Kneippanwendungen und ausgedehnte Spaziergänge, in der flachen Gegend, tun mir gut. Der Winter vergeht und die Gäste wechseln. Ich habe kein Verlangen nach Hause zu fahren oder Besuche zu bekommen. Silvia und Jin sind an den Wochenenden bei mir. Ich mag mich nicht mit ihnen unterhalten. Wenn die Kinder mitkommen, nehme ich sie kaum wahr. Es ist als bewege ich mich in einer Parallelwelt, in der andere Gesetze gelten.

Der Kurarzt, der mich untersucht, sieht mich über seine Brillengläser besorgt an. Er weiß keinen Rat mehr und er überweist mich in die Berliner Burnout-Klinik, wo ich einst war. Ich werde mit Medikamenten vollgepumpt. Mein Zustand verbessert sich langsam. Die Ärzte fühlen sich bestätigt in ihrem Können und schicken mich in ein anderes Sanatorium. Es liegt in den Bergen und gefällt mir besser. Die Luft ist sauber und das Wasser glasklar.

Auf einem meiner Spaziergänge komme ich an einem abgeschiedenen Bauernhaus vorbei. Ich trinke dort ein Glas Milch und unterhalte mich mit der Bäuerin und ihren drei Töchtern. Ihr Los ist schwer. Der Vater starb nach einem Unfall bei der Waldarbeit. Von früh bis spät müssen sie sich auf den Bergwiesen und im Stall plagen. Sie sind arm und trotzdem mit ihrem Leben zufrieden.

Es ist Sommerbeginn. Die Wiesen werden gemäht. Ich helfe der Bäuerin, das Gras zu wenden und das Heu einzubringen. Die schwere körperliche Arbeit tut mir gut. Ich spüre nach einigen Tagen, wie die Lebenskraft zurückkehrt. In einem Papierladen kaufe ich Aquarellfarben, Pinsel und einen Block. Damit steige ich hinauf zu den Bergen. An den schönen Plätzen raste ich und male, was ich sehe.

Heute habe ich mir einen besonderen Platz zum Malen ausgesucht. Ein schmaler Steg führt hinauf zur Alm. Von oben bietet sich ein wunderbarer Blick auf das gegenüberliegende Gebirge. Ich setze mich auf eine Bank am Weg und beginne zu aquarellieren. Die gegenüberliegende Felswand reflektiert die Sonnenstrahlen. Gestein und Schnee glänzen silbergrau. Tief unten liegt ein Bergsee, der mit wenigen Kiefern umsäumt ist. Es wird ein Bild mit hellen Farben. Ich konzentriere mich, keinen Pinselstrich falsch zu setzen. Bei der Aquarellmalerei werden die Fehler nicht verziehen und Korrekturen sind kaum möglich. Ab und zu kommen Wanderer vorbei und sehen mir eine Weile beim Malen zu. Es stört mich nicht und mit dem einen oder anderen wechsle ich ein paar belanglose Worte.

Ein Mann spricht mich von hinten an und fragt, ob er das Bild kaufen kann. Ich antworte nicht gleich, da ich mich auf mein Aquarell konzentrieren muss.

„Es tut mir leid, ich verkaufe keine Bilder", erwidere ich, ohne ihn anzusehen.

Der Mann gibt nicht auf und nennt einen Preis, der maßlos überhöht ist.

„Ich bin nur eine Hobbymalerin. Für das Geld, das sie bieten, bekommen sie ein Meisterwerk."

„Für mich ist es das", erklärt er beharrlich.

Ich muss nur noch wenige Pinselstriche machen. Es ist ein Moment, wo ich mich selbst über das Geschaffene freue. Jedes Bild ist ein Teil von mir.

Den Mann, der hinter mir steht, habe ich vergessen.

„Wenn sie das Bild nicht verkaufen, könnten sie es mir schenken?", schlägt er vor.

Über diese Dreistigkeit sollte ich mich ärgern. Ich tue es nicht. Es freut mich, dass jemand das Aquarell unbedingt haben will.

„Wissen sie, ein Bild ist wie ein Kind, von dem man sich nicht trennen mag", erkläre ich ihm und setze konzentriert die letzten Pinselstriche auf das Blatt.

„Ich tausche es gegen das Wertvollste, das ich bei mir habe, ein", schlägt er vor.

Meinen Namen und das Jahr setze ich in die rechte untere Ecke des Blatts. Jetzt bin ich fertig und atme tief durch. Der Mann streckt seine Hand über meine Schulter und legt eine Halskette mit Anhänger auf den Aquarellblock. Erschreckt zucke ich zusammen. Was soll das?

Ich erkenne die Hälfte einer chinesischen Monade. Überrascht drehe ich mich um. Hinter mir steht Peter und sieht mich an. Er hatte seine Stimme verstellt, damit ich ihn nicht gleich erkenne.

„Bekomme ich das Aquarell oder nicht?", fragt er schmunzelnd.

Es verschlägt mir die Sprache. Er setzt sich zu mir auf die Bank und wartet geduldig auf meine Antwort. Ich blicke wie gebannt zu der gegenüberliegenden Bergfront. Es dauert eine Weile bis ich mich gefangen habe und ihn ansehe.

„Ich schenke dir das Bild", sage ich und reiche ihm den ganzen Block. Er löst das Aquarell ab und rollt es zusammen. Seine Kette mit dem Anhänger steckt er in die Tasche seiner Lederhose. Ich muss lachen.

„Was gibt es Lustiges?", fragt er verwundert.

„Ich habe dich noch nie in einer Lederhose gesehen. Das sieht urkomisch aus."

Jetzt lacht er auch.

Das Eis zwischen uns ist gebrochen. Ich nehme meine Kette ab und zeige ihm das Gegenstück zu seinem Anhänger. Er zieht seine Kette aus der Hosentasche und vergleicht die Schnittstellen.

„Beide Teile passen zusammen. Was machen wir damit?", will er von mir wissen.

„Sie gehören mir. Deine Kette ist der Lohn für mein Bild."

„Du hast es mir geschenkt!", erwidert er dreist.

„Gut, tauschen wir die Teile der Monade. Ich nehme deine und du meine", schlage ich vor.

Wir haben uns geeinigt. Er holt aus seinem Rucksack Brot, Speck und eine Flasche Mineralwasser.

„Es ist Brotzeit und ich habe Hunger. Darf ich dich einladen?", fragt er gelassen.

Meine innere Aufregung schnürt mir fast die Kehle zu. Ich trinke einen Schluck aus seiner Wasserflasche.

Wir sitzen auf der Bank und ich sehe ihm zu, wie er Brotzeit macht. Ab und zu bietet er mir ein Stück Speck mit Brot an. Anfangs lehne ich ab, doch dann kann ich nicht widerstehen.

„Wie hast du mich hier oben gefunden?", will ich wissen.

„John hat mir verraten, wo du bist. Er erzählte mir von deinem Burnout und dass es dir schlecht geht. Ich habe mich im Gasthof, gegenüber von deinem Sanatorium, einquartiert und dich ein paar Tage lang observiert."

„Bist du jetzt bei der Geheimpolizei?", scherze ich.

„Nein, ich wollte nur herausfinden, ob es stimmt, was man über dich sagt."

„Was erzählt man über mich?", frage ich neugierig.

„Dass du krank bist und nur ich dir helfen kann."

Ich muss lachen. Er ist noch der gleiche Charmeur, wie früher. Diese feine Art des Umgangs habe ich an ihm von Anfang an bewundert und geschätzt. Sie scheint ihm trotz der Tiefen, die er durchstehen musste, nicht verlorengegangen sein.

„Bilde dir nichts ein! Meine Gesundheit ist hervorragend. Ich bin jetzt eine Malerin", trumpfe ich auf.

„Kannst du davon leben?", will er wissen.

„Wenn öfter Spaziergänger, wie du, von mir ein Bild kaufen, habe ich keine Geldsorgen."

„Ich möchte mich von dir portraitieren lassen. Nimmst du den Auftrag an?", fragt er interessiert.

„Einen Termin für die Fertigstellung kann ich dir jedoch nicht nennen. Ich arbeite langsam."

„Es kommt nicht auf ein paar Jahre an", entgegnet er leise und sieht mir tief in die Augen. Ich spüre einen tiefen Frieden.

„Danke für dein Verständnis", erwidere ich und lege meinen Kopf an seine Schulter.

Wir sind dort angekommen, wo wir uns verloren hatten. Peter hat mir verziehen und sein Hass gegen mich ist verflogen. Ich denke an unsere Begegnung mit dem alten Mann im Huangshan-Gebirge. Er hatte uns den Anhänger mit dem Abbild der chinesischen Monade geschenkt und ihn geteilt. Wir gehören zusammen, wie die beiden Hälften des Schmuckstücks. Ich spüre, dass seine Liebe zu mir, nicht erloschen ist. Die Zeit wird die Wunden der Vergangenheit heilen und die Monade uns den Weg in eine gemeinsame Zukunft weisen.

**Ende**

*Chinesische Monade*

## Worterklärungen:

## Personen:

| Name | Zuordnung |
|------|-----------|
| Isabella | Zimmermädchen von Gehao und Tochter der Köchin Charlotte |
| James | Butler von Gehao |
| Jin | Freundin von Meiling seit Kindestagen |
| John BLACK | Bereichsleiter für Mittel- und Osteuropa von Gehaos-Filiale in London |
| Josef | Entwicklungsleiter der Berliner Firma |
| Karin | Freundin und Ehefrau von Peter |
| Lien | Tochter von Meiling („die Lotosblüte") |
| Li | Schulfreundin von Meiling in Shanghai |
| Lu | Älteste Schwester von Meiling |
| Meiling | Protagonistin, Ehefrau von Gehao |
| Peter PICHLER | Inbetriebsetzer der österreichischen Firma NILE auf einer chinesischen Baustelle, Geliebter von Meiling |
| Ruth | Frau von John BLACK |
| Silvia | Freundin von Meiling in London. Sie ist in einem Reisebüro angestellt |
| ZANG | Maler aus Suzhou |
| ZHOU | Familienname von Gehao |

# Über den Autor:

Herbert Schida wurde 1946 in Neuroda (Thüringen) geboren. Er ist verheiratet und lebt mit seiner Familie in Wien.

Nach dem technischen Hochschulstudium (Elektrotechnik) arbeitete der Autor auf dem Gebiet der Supraleitung, Elektromaschinenbau, CAD, Identifikationssysteme und von 1994 bis 2004 im Kraftwerksbau in China.

# Publikationen:

**Im Tal der weißen Pferde.** Ein historischer Roman aus dem Thüringer Königreich, Heinrich-Jung-Verlagsgesellschaft mbH, Zella-Mehlis 2009, (vergriffen).
ISBN 978-3-930588-92-3

**Das Blut der weißen Pferde.** Ein historischer Roman aus dem Thüringer Königreich, Heinrich-Jung-Verlagsgesellschaft mbH, Zella-Mehlis 2011.
ISBN 978-3-930588-95-4

**Die Spur der weißen Pferde.** Ein historischer Roman aus dem Thüringer Königreich, Heinrich-Jung-Verlagsgesellschaft mbH, Zella-Mehlis 2012.
ISBN 978-3-943552-03-4

**Der Pferdejunge.** Fantastische Geschichten aus Rodewin, Heinrich-Jung-Verlagsgesellschaft mbH, Zella-Mehlis 2016, Herausgeber: Heimatverein Neuroda e. V.
ISBN 978-3-943552-99-7

 **Bruder Reinhold und Graf Bertel.** Elgersburger Geschichten aus dem Mittelalter mit Bildern von Rosa Bauer, Verlag Kern GmbH, Ilmenau 2017. ISBN 978-3-95716-261-8

 **Ein Ticket nach Shanghai.** Roman, Books on Demand GmbH, Norderstedt 2018. ISBN 978-3-7528-4682-9

 **Die Geliebte aus Shanghai.** Roman, Books on Demand GmbH, Norderstedt 2018. ISBN 978-3-7528-4713-0

 **Liebe und Tradition.** Roman, Books on Demand GmbH, Norderstedt 2019. ISBN 978-3-7494-6595-8

 **Die chinesische Lady.** Roman, Books on Demand GmbH, Norderstedt 2019. ISBN 978-3-7494-5327-6

Weitere Informationen finden Sie unter www.schida.net .